Mord und Karamellkuchen

Ein Kulinarischer Holly Holmes Krimi – book 1

K.E. O'Connor

K.E. O'Connor Books

Kapitel 1

Die Kette des altmodischen Fahrrads ratterte, als ich härter in die Pedale trat. Mein Herz fühlte sich an, als würde es aus meiner Brust springen wollen, während ich mich über den Lenker beugte. Ich stemmte mich gegen die Pedale und fixierte den Gipfel des Hügels, als wäre er der Hauptpreis eines »Gewinn einen riesigen Kuchen«-Wettbewerbs.

»Komm schon, Holly. Ein kleiner Hügel wird dich doch nicht fertig machen«, murmelte ich leise vor mich hin.

»Wuff, wuff.« Meatball drehte seinen Kopf und schaute mich aus der Sicherheit seines Korbes, der vorne am Fahrrad hing, an.

»Das stimmt. Wir sind diesen Weg schon sehr oft gefahren. Die Tatsache, dass wir gefühlt eine Tonne Kuchen mit uns herumschleppen, wird uns nicht aufhalten.« Kuchen, die ich liebevoll an diesem Morgen in der Küche von Audley Castle gebacken hatte.

Ich blähte meine Wangen auf und stieß meinen Atem nach oben hin aus, um eine meiner dunklen Strähnen zu vertreiben, die an meiner verschwitzten Stirn klebte.

Ich würde nicht langsamer werden oder eine Pause einlegen. Bürgermeister Baxter brauchte diese Kuchen für seine Nachmittags-Teegesellschaft, und ich würde ihn nicht enttäuschen.

Ich hob eine Hand und winkte, als ich Miss Emily Spixworths Cottage passierte, deren Tür von einem Wasserfall aus wunderschön blühenden, rosafarbenen Rosen eingerahmt wurde. Sie trug einen breitkrempigen Hut und Gartenhandschuhe, während sie vor ihrer Haustür stand und die Blumen bewunderte.

Sie lächelte mir zu. »Guten Nachmittag, Holly. Da hast du aber eine ganz schöne Ladung bei dir.«

»Alles für die Gesellschaft des Bürgermeisters«, sagte ich. »Ich kann nicht anhalten.«

Sie winkte mich weiter. »Viel Spaß.«

Spaß! Nun, ich nehme an, es war eine Form des kostenlosen Trainings, und wenn ich das Fahrrad benutzte, würde ich nie in ein Fitnessstudio gehen müssen, um in Form zu bleiben.

Es war eins dieser lächerlich niedlichen altmodischen Räder ohne Gangschaltung und mit einem Weidenkorb, der am Lenker hing.

Für Meatball, meinen geliebten Hund, war der Korb perfekt. Als kleiner Corgi-Mischling passte er perfekt dort hinein. Er trug ein Geschirr und eine Leine, die an dem Körbchen befestigt war, und einen speziell angefertigten Fahrradhelm für Hunde, der mit seinem strahlenden Blau genau zu meinem passte. Sicherheit ging vor, wenn es um meinen liebsten kleinen Kerl ging.

Meatball liebte es, mit mir Fahrrad zu fahren, und freute sich immer, wenn er die wunderschöne Aussicht von Audley St. Mary genießen konnte, wo wir erst seit gut einem Jahr lebten. Oft legte er seine kleinen Pfoten über den Korbrand und ließ seine Ohren im Wind flattern, Freude lag auf seinem pelzigen Gesicht, wann immer wir durch das Dorf düsten.

Ich schaffte es bis auf den Hügel und lächelte. Von hier an war die Strecke ein Kinderspiel.

Wir passierten ein Wäldchen und flogen über die Brücke, die über den Fluss führte. Manchmal musste ich mich immer noch kneifen, weil ich in diesem idyllischen, hinreißenden Stück Himmel lebte. Nicht nur das, ich wohnte im Audley Castle. Was war das für ein Traum von einem Wohnsitz?

Als wir die kleine Reihe von Läden im Zentrum von Audley St. Mary erreichten, bremste ich ab. Ich stellte einen Fuß auf dem Boden ab und seufzte, als ich das leere Schaufenster betrachtete.

Einmal hatte dieser Laden mir gehört. Mein eigenes kleines Café. Und neun Monate lang hatte ich mich gut geschlagen und die Leute mit meinen köstlichen, hausgemachten Kuchen und cremigem Kaffee hineingelockt. Es war zum Zentrum der Gemeinde geworden.

Bis eine Café-Kette, deren Namen nicht genannt werden darf und die man niemals betreten sollte, am anderen Ende der Straße eröffnet hatte.

Ich hatte alles versucht, um mein Geschäft am Laufen zu halten, aber konnte nicht mit ihren Sonderangeboten und Rabattaktionen mithalten. Die Touristen, die regelmäßig das Dorf besuchten, gingen immer dorthin. Es war günstiger und sie kannten den Namen. Sie mussten damit zufrieden gewesen sein, den schwachen Kaffee zu trinken und den schalen Kuchen zu essen, der dort angeboten wurde.

Ich schüttelte den Kopf. Es gab keinen Grund, so verbittert zu sein. Ich hatte mein Bestes gegeben. Wahrscheinlich waren die Kuchen, die sie verkauften, ganz okay.

»Schau, Meatball! Es wurde verkauft.« Ich glitt von meinem Sattel und linste durch das frisch geputzte Fenster in den leeren Laden.

»Wuff, wuff.« Meatball neigte seinen braunen Kopf von Seite zu Seite, seine Ohren standen spitz nach oben.

»Ja, das ist traurig.« Ich tätschelte den Fensterrahmen, als wäre es mein lieber alter Hund. »Trotzdem haben wir unser Bestes gegeben. Und wenn ich immer noch dieses Café hätte, hätte ich den Job im Audley Castle nicht angenommen.«

Ich arbeitete erst seit drei Monaten in der Küche der Burg und war noch immer dabei, mich einzuarbeiten. Die Umgebung war wunderschön und die meisten Angestellten waren fabelhaft, aber die harte, kühle Schale des Küchenchefs Heston hatte ich noch nicht geknackt. Es gefiel ihm, alle anzuschreien. Das war seine Standardeinstellung. Je lauter er schrie, desto härter wurde gearbeitet. Das war zumindest seine Theorie.

Obwohl die Arbeitstage lang waren und die Bezahlung nicht überragend war, machte es die Tatsache wieder wett, dass ich jeden Tag backen durfte. Außerdem wohnte ich in einem Schloss. Na ja, fast.

Audley Castle war ein atemberaubendes Gebäude aus dem frühen siebzehnten Jahrhundert, das im jakobinischen Stil mit einer auffälligen Steinverkleidung ausgestattet war. Die Gärten waren von keinem Geringeren als Capability Brown entworfen worden, und im Innern gab es über einhundert Zimmer, in denen überall antike Möbel standen. Es war ein wunderschönes Zuhause.

Versteht mich nicht falsch, ich hatte nicht wirklich ein Zimmer in der Burg, aber meine Anstellung brachte eine Unterkunft auf dem wunderschönen Gelände mit sich, die sich in einem geschmackvoll umgebauten Kuhstall befand. Sie war einfach gehalten, aber Meatball und mir gefiel es.

Er winselte und sprang in seinem Korb hoch, seine Pfoten lagen auf dem Rand. Das war seine Art zu zeigen, dass er rauswollte, um die Gegend zu erkunden.

»Oh, nein. Noch können wir keinen Spaziergang machen. Wir müssen immer noch diese Kuchen ausliefern, bevor wir uns amüsieren können.« Nach einem letzten Blick auf mein altes Café schwang ich mich zurück auf das Fahrrad und fuhr die letzte halbe Meile bis zu dem kunstvollen, freistehenden Haus von Bürgermeister Baxter, das mit seinem Strohdach und dem Wildblumengarten hervorstach.

Ich kletterte vom Sattel und eilte über den Weg, der zur Vordertür führte. Ich klopfte an, lief zurück und fing an, die Kuchen aus dem kleinen Wagen zu laden, der an meinem Fahrrad hing.

Normalerweise würde ich für so viele Kuchen den Lieferwagen nutzen, aber im Moment gab es an der Burg nur einen davon, und der Chef hatte darauf bestanden, dass ich das Fahrrad nahm.

Manchmal bekam ich den Eindruck, dass er uns zu seiner eigenen Belustigung mit dem Rad fahren ließ. Er sagte mir, dass es den Leuten gefiel, wenn ihre Kuchen auf altmodische Weise ausgeliefert wurden. Wenn ich auf dem Fahrrad angefahren kam, erinnerte es sie scheinbar an die alten Zeiten, in denen die Leute noch Zeit hatten, um anzuhalten und sich zu unterhalten, anstatt sofort in ihren Transporter zurückzueilen und sich hinter dem Lenkrad zu verstecken.

Da mochte etwas dran sein, aber ich musste besonders vorsichtig sein, um die Kuchen auf der Fahrt nicht zu beschädigen. Und wenn ich mit dem Fahrrad unterwegs war, sah ich oft wie ein überhitztes, schwitzendes Wrack aus, wenn ich vor manchen geschätzten Mitgliedern der Gemeinde stand. Das war kein erstrebenswerter Anblick.

Audley St. Mary war ein hinreißender Ort, und das bedeutete, dass die Häuser einen gewissen Preis hatten und eine bestimmte Klasse von Menschen anzogen.

»Holly Holmes!« Bürgermeister Baxter stand in der Eingangstür, als ich mich wieder seinem Haus zuwandte. »Es freut mich, dass Sie uns noch Kuchen bringen konnten.«

Ich eilte mit vier genau ausbalancierten Kuchenschachteln in meinen Armen zurück. »Selbstverständlich. Wir freuen uns immer, helfen zu können. Wo sollen die hin?«

»Direkt in die Küche, wie immer.« Er trug seine rote Zeremonienrobe und seine offizielle Bürgermeisterkette um den Hals. Das bedeutete, dass er wichtige Gäste erwartete.

Ich war schon einige Male in seinem Haus gewesen, um eine Lieferung vorbeizubringen, und hatte ihn sogar dazu überreden können, mein Café mit einer Zeremonie zu eröffnen, bei der er ein Band durchgeschnitten hatte. Bürgermeister Baxter war ein freundlicher Mann, manchmal vielleicht ein bisschen realitätsfern, aber sein Herz saß am rechten Fleck.

»Wie geht es dem Herzog und der Herzogin?« Er folgte mir in die weitläufige Küche aus Marmor und Granit, die einen großen Teil der Rückseite des Hauses ausmachte.

»Beiden geht es gut«, sagte ich. Der Herzog und die Herzogin von Audley lebten schon seit Jahrzehnten in der Burg. Seit über zweihundert Jahren war sie in Familienbesitz. Sie waren großzügige Gönner des Dorfes und achteten darauf, dass die Gegend unter ihrem aufmerksamen Blick aufblühte.

»Ich beabsichtige immer wieder sein Angebot anzunehmen, mit ihm Forellenfischen zu gehen. Das Problem ist nur, dass ich zu beschäftigt damit bin, andere zu unterhalten.« Er klopfte leicht auf seinen runden Bauch. »Nicht, dass ich mich beschwere. Obwohl ich mir wünschte, dass Ihre Kuchen etwas weniger köstlich wären. Ich kann nie einem zweiten oder sogar dritten Stück widerstehen.«

Ich kicherte und stellte die Schachteln ab. »Das hört man gerne. Heute gibt es Ihre geliebten Caramel Cream Cupcakes. Wen erwarten Sie heute Nachmittag?«

»Drei Bürgermeister aus anderen Ortschaften mit ihren Frauen und Assistenten. Wir werden uns über die Gründung einer gemeinnützigen Stiftung austauschen. Das Problem ist, dass einer von ihnen Bauern unterstützen möchte, ein anderer die Wildtiere, und ich möchte Häftlingen helfen. Ich dachte, da das in Audley Castle mit seinem ausgezeichneten Rehabilitationsprogramm schon geschieht, würde es gut passen. Ich befürchte, dass wir uns über ein paar Treffen lang im Kreis drehen werden, bevor wir das Projekt wieder fallen lassen, weil wir uns nicht einig werden können.«

»Das klingt alles nach lobenswerten Zielen«, sagte ich. »Ich werde den restlichen Kuchen holen.«

»Da haben Sie recht.« Er öffnete bereits vorsichtig eine Schachtel und linste hinein.

Das Backen hatte ich mir größtenteils selbst beigebracht. Obwohl ich zwei Jahre in Teilzeit eine Gastronomieschule besucht hatte, also wusste ich, wie man einen guten Kuchen zauberte.

Und ich liebte es, Rezepte auszuprobieren. Im Moment experimentierte ich mit einem römischen Honigbrot, das meine Fähigkeiten auf die Probe stellte. Meine letzten drei Versuche waren zu hart gewesen, um es zu essen. Eine wichtige Zutat fehlte, aber ich war noch nicht darauf gekommen, was es sein könnte.

Als ich mit dem restlichen Kuchen zurückkehrte, erwischte ich Bürgermeister Baxter dabei, wie er sich die Finger leckte. Er grinste, als er mich sah. »Sie sehen, ich kann Ihren Kuchen nicht widerstehen.«

»Es ist uns immer eine Freude, Sie mit Kuchen zu versorgen, Bürgermeister«, sagte ich, als ich die Schachteln abstellte.

»Haben Sie heute in der Burg viel zu tun?«

»Immer. Heute Nachmittag werden mehrere Reisebusse mit Touristen eintreffen. Deshalb muss ich auch gleich zurückfahren. Es muss noch viel gebacken werden, bevor der Tag rum ist.«

»Natürlich! Lassen Sie sich nicht von mir aufhalten.« Er schnappte sich einen der Cupcakes aus der Schachtel und überreicht ihn mir zusammen mit etwas Geld. »Das ist für Sie. Für die ganze harte Arbeit.«

»Danke! Aber das müssen Sie nicht tun.« Es war nicht ungewöhnlich, Trinkgeld zu bekommen, wenn ich etwas auslieferte, aber nur wenige waren zu großzügig wie der Bürgermeister. Die Trinkgelder gingen direkt in meine Rezeptekasse, damit ich mir neue Kochbücher kaufen und vielleicht einige Kurse besuchen konnte, wenn ich die Zeit dazu fand.

»Natürlich muss ich das. Nur das Beste für die ausgezeichnetste Bäckerin in Audley St. Mary.«

Ich nickte dankbar, während ich das Trinkgeld einsteckte. Manche Leute sagten, Bürgermeister Baxter wäre spießig, aber er war ein netter älterer Herr. Er ließ sich seine Position als Bürgermeister nicht zu Kopf steigen und unterhielt sich immer gerne.

»Danke noch mal. Ich sollte besser aufbrechen. Viel Spaß bei Ihrer Teegesellschaft.«

»Den werden wir zweifelsohne haben.« Er verabschiedete sich, als ich durch die Vordertür und zurück zu meinem Fahrrad lief, wo Meatball geduldig in seinem Weidenkorb wartete.

Ich schob das Rad den kurzen Weg über die schmale Straße bis zu einer Parkbank. Dort nahm ich uns unsere Helme ab und hob Meatball aus dem Korb, wofür er mir zum Dank über die Wange leckte.

Ich setzte ihn auf den Boden. »Lass uns zehn Minuten Pause machen, bevor wir wieder zur Arbeit fahren.«

Jetzt, da ich die Kuchen nicht mehr hinter mir her ziehen musste, würde die Rückfahrt zum Audley Castle leichter sein, und ich müsste mir nicht bei jedem Schlagloch Sorgen um meine Fracht machen.

Insgeheim genoss ich die Ausflüge mit dem Fahrrad. Es war ein hübsches Dorf, und die Leute waren so freundlich. Ich war froh, hier zu wohnen. Auch wenn sich mein Geschäft nicht so entwickelt hatte wie erhofft, war ich wieder auf meinen Füßen gelandet, indem ich den Job im Audley Castle bekommen hatte.

Ich biss in den köstlichen Karamell-Cupcake, den Bürgermeister Baxter mir gegeben hatte, und lehnte mich zurück.

Meatball schnüffelte um meine Füße herum und ich lockerte seine Leine, damit er ein wenig weiter laufen und noch etwas mehr schnüffeln konnte.

Ich hatte Meatball aus dem Tierheim geholt, als er noch ein zotteliger Welpe mit traurigen Augen gewesen war. Schon sehr lange gab es nur ihn und mich. Wir hatten unsere eigene Sprache entwickelt. Na ja, ich nannte es Sprache. Ich war mir sicher, dass es Nein bedeutete, wenn er einmal bellte, und Ja, wenn er zweimal bellte, und wenn er öfter bellte, bedeutete es, dass Ärger im

Anmarsch war, oder dass ich aufpassen musste, weil etwas geschah, das er nicht einschätzen konnte.

Manche Leute hielten mich für verrückt, weil ich glaubte, mit meinem Hund reden zu können, aber für uns funktionierte es.

Ich aß das letzte Stück meines Küchleins und leckte mir das Frosting vom Finger, bevor ich aufstand. »Zeit, nach Hause zu fahren.« Ich hob Meatball in meine Arme und drückte ihn kurz an mich, bevor ich ihn wieder in den Korb setzte und ihm seinen Helm umschnallte.

Ich lächelte, als ich das Fahrrad umdrehte. Das Leben war schön. Bei der Arbeit gab es viel zu tun, ich hatte Meatball an meiner Seite und ich hatte Freunde in der Burg gefunden, einschließlich Prinzessin Alice.

Wer hätte gedacht, dass meine beste Freundin eine Prinzessin sein würde? Sie war in etwa an fünfunddreißigster Stelle in der Thronfolge, also hing ich wirklich mit dem Adel rum.

Ich sang, als ich zur Burg zurückfuhr. Konnte ich gut singen? Nein! Aber ich genoss es trotzdem und würde nicht damit aufzuhören, wenn mir danach war.

Meatball drehte sich um, seine Augen verengten sich, bevor er anfing zu heulen.

Ich war mir nie sicher, ob es ein fröhliches Heulen war oder ob er unglücklich über meinen schiefen Gesang war.

Ich lachte, als wir den Gipfel des Hügels erreichten, und hob meine Füße von den Pedalen, als wir nach unten rasten. Der Wind fuhr durch meine Haare und ließ sie nach hinten fliegen.

Wir schossen um eine Kurve, das kleine Wäldchen links von mir war ein verschwommener Fleck aus leuchtendem Grün. In diesem Tempo wären wir in weniger als zwanzig Minuten zurück bei der Burg.

Meine Augen weiteten sich und ich zog die Bremsen an, als jemand direkt vor mir auf die Straße trat. Das Fahrrad rutschte weiter und mir stockte der Atem, als ich erkannte, mit wem ich gleich zusammenstoßen würde.

»Lord Rupert! Aus dem Weg!« Als ich den Lenker herumriss, hob das Hinterrad vom Boden ab. Ich flog durch die Luft und landete auf ihm.

Das Fahrrad krachte klappernd hinter mir zu Boden und mein Herz raste, als mein Kopf versuchte zu verarbeiten, was passiert war.

Ich stemmte mich hoch, runter von Lord Rupert, der freundlicherweise meinen Sturz abgefedert hatte. Doch als ich auf sein Gesicht hinunterblickte, setzte mein Herz einen Schlag aus. Seine Augen waren geschlossen.

Ich hatte in k. o. geschlagen. Oder vielleicht noch Schlimmeres.

»Oh, meine Güte! Das tut mir so leid.« Ich tätschelte seine Wange. »Lord Rupert, geht es dir gut?«

Das war eine lächerliche Frage. Lord Rupert Audley, Vierunddreißigster in der Thronfolge, war gerade von einer dreiundsechzig Kilo (und das ein oder andere Pfund) schweren Frau gerammt worden, die ihr Fahrrad nicht hatte kontrollieren können.

»Holly! Was hast du getan?« Jenny Delaney eilte aus ihrem Cottage gegenüber dem Wäldchen, ein Geschirrtuch lag in ihrer Hand.

Ich drückte mich hoch und mir drehte sich der Magen um, als Rupert sich noch immer nicht regte. Wie hart war er auf den Boden aufgeschlagen?

»Meine Güte!« Jenny nahm die Szene mit großen Augen in sich auf. »Das ist Lord Rupert.«

»Ähm, ja. Er ist einfach auf die Straße gelaufen. Ich konnte nicht mehr rechtzeitig anhalten.« Ich beugte mich über ihn und hoffte, dass es ihm gut ging.

Er rührte sich nicht.

»Ich sollte besser einen Krankenwagen rufen. Und die Polizei«, sagte Jenny, als sie zu ihrem Häuschen zurücklief. »Ich glaube, du hast ihn umgebracht!«

Kapitel 2

Ich rappelte mich auf und starrte schockiert auf den bewusstlosen Lord Rupert. Meine Hand griff nach seinem Handgelenk.

Erleichtert atmete ich aus. Sein Puls war stark, wenn auch ein bisschen schnell.

»Er ist nicht tot«, sagte ich, als Jenny aus ihrem Haus zurückkam.

»Bist du sicher?« Sie starrte Lord Rupert an. »Atmet er?«

»Ja! Da bin ich mir sicher.«

Sie drehte den Kopf und runzelte die Stirn. »Dein Fahrrad ist hin.«

»Meatball!« Ich wirbelte herum und eilte zu dem Fahrrad. Es lag auf der Seite. Meatball war noch immer über sein Geschirr mit dem Korb verbunden, der sich aus seiner Halterung gelöst hatte.

Ich schnappte ihn mir und löste seine Leine, unendlich dankbar dafür, dass ich in seinen Hundehelm investiert und ihm beigebracht hatte, ihn zu tragen. »Geht es dir gut?«

»Vergiss den Hund! Was ist mit Lord Rupert?«, rief Jenny.

Meatball schüttelte sich und blinzelte mich ein paar Mal an. »Wuff, wuff.«

Ich fuhr mit den Händen über sein Fell, um ihn auf Verletzungen zu untersuchen. Es ging ihm gut, er war lediglich ein bisschen staubig und durchgeschüttelt.

Jenny lief weiter nervös um Lord Rupert herum. »Ich bin mir nicht sicher, ob er atmet, weißt du?«

Ich eilte mit Meatball unterm Arm an Lord Ruperts Seite zurück. Ich kniete mich neben ihn und prüfte seinen Puls, diesmal an seinem Hals. Ich stieß ein Seufzen aus. Er war sehr wohl am Leben, aber musste sich bei dem Sturz den Kopf angeschlagen haben.

Ich tippte an seine Wange. »Lord Rupert. Ich bin's, Holly Holmes. Kannst du mich hören?«

Er reagierte noch immer nicht. Neben ihm lag ein aufgeschlagenes Buch mit Gedichten.

Ich seufzte und schüttelte den Kopf. Er hatte seine Nase immer in einem Buch und war dafür bekannt, lesend durch das Dorf zu schlendern. Kein Wunder, dass er mich nicht gesehen hatte.

Es war unmöglich für mich gewesen, das hier zu verhindern, aber schuldig fühlte ich mich trotzdem. Ich war so schnell um die Kurve gebogen, ohne die volle Kontrolle über mein Fahrrad zu haben.

Ein SUV rauschte um die Ecke und hielt hinter uns an. Es war ein riesiges, schnittiges schwarzes Fahrzeug mit getönten Scheiben, sodass man nicht sehen konnte, wer darin fuhr.

Dennoch erkannte ich den Wagen und mein Magen verkrampfte sich. Er gehörte zu dem privaten Sicherheitsteam der Burg.

Natürlich hätte ich damit rechnen sollen, dass sie sich in der Nähe befanden. Immer wenn ein Mitglied des Haushalts die Burg verließ, wurden sie von einem diskreten Sicherheitsteam begleitet, um ihr Wohlergehen zu gewährleisten. Es war eine Schande, dass sie nicht nah genug gewesen waren, um diesen unglücklichen Unfall zu verhindern.

Die Fahrertür öffnete sich. Campbell Milligan sprang von seinem Sitz. Normalerweise war es seine Aufgabe, Prinzessin Alice zu beschützen, aber wie es aussah, stand heute auch Lord Rupert unter seiner Obhut.

Campbell war fünfundvierzig, glatt rasiert und hatte dunkle Haare, und seine Ausstrahlung erinnerte mich an James Bond. Er war groß, breit und furchteinflößend.

Er kam mit schnellen Schritten zu uns, seine Augen versteckte er hinter einer schwarzen Sonnenbrille. »Was ist passiert?«

Ich stand auf und trat zurück, wobei ich Meatball an mich drückte. »Lord Rupert ist mir vors Fahrrad gelaufen.«

Er kniete sich hin und prüfte seinen Puls. »Sie haben ihn getroffen?«

»Irgendwie haben wir uns gegenseitig getroffen.« Ich zeigte auf mein verbeultes Fahrrad. »Ich bin um die Ecke gekommen, und er ist aus den Bäumen getreten. Er war plötzlich direkt vor mir.«

»Saracen, rufen Sie einen Krankenwagen«, sagte Campbell zu einem Mitglied seines Teams, das ebenfalls aus dem Auto ausgestiegen war.

»Das ist nicht nötig«, sagte ich.

»Das ist sehr wohl nötig«, erwiderte Campbell.

»Nein, ich meine, Jenny hat schon einen Krankenwagen gerufen.«

Campbell warf Jenny einen Blick zu, bevor seine Hände über Ruperts Arme und Beine tasteten. »Nichts gebrochen.«

»Ich ... ähm, bin recht hart auf ihm gelandet«, sagte ich.

Seine Augenbrauen wanderten über den Rand seiner Brille hinaus. »Das wird ja immer besser.«

Sein Tonfall verärgerte mich. »Es war keine Absicht. Lord Rupert hat ein Buch gelesen, als er durch die Bäume gelaufen kam. Ich konnte nicht mehr rechtzeitig bremsen und er hat mich nicht mal gesehen. Ehe ich mich versah, bin ich über den Lenker meines Rades geflogen und in ihn gekracht. Er muss sich bei dem Sturz den Kopf gestoßen haben.«

»Er hätte sich den Kopf nicht gestoßen, wenn Sie Kontrolle über Ihr Fahrrad gehabt hätten.«

Ich schaute Campbell finster an. »Sie wissen, wie Rupert ist.«

»Für Sie immer noch Lord Rupert.«

Ich knirschte mit den Zähnen und bemühte mich, ruhig zu bleiben. In der Burg gab es ein Verlies, und ich wollte Campbell keinen Grund liefern, mich dort einzuschließen. »Ich sage nur, dass es ein Unfall war.«

»Das behaupten Sie.« Er stand auf. »Ich werde einen gründlicheren Hintergrundcheck bei Ihnen durchführen müssen, wenn Sie anfangen, Mitglieder des Hausstandes anzugreifen.«

Ich stemmte meine freie Hand in die Hüfte. Ich hatte eine Sicherheitsüberprüfung über mich ergehen lassen, als ich mich dem königlichen Hausstand angeschlossen hatte, dennoch sah Campbell mich an, als hätte ich gerade meine Pläne kundgetan, die Burg in die Luft zu sprengen.

Jenny rückte näher. »Wie geht es ihm?«

»Er lebt«, sagte Campbell.

»Ich war in der Küche und habe aus dem Fenster geschaut. Ich habe gesehen, wie du ihn umgefahren hast«, sagte Jenny.

»Aus Versehen! Ich habe Lord Rupert aus Versehen getroffen. Und besser ich als das Fahrrad.« Es fühlte sich an, als hätten sie sich gegen mich verschworen.

»Hattest du nicht die Füße von den Pedalen gehoben?«, fragte Jenny. »Es sah nicht so aus, als hättest du Kontrolle über das Fahrrad gehabt.«

Ich achtete darauf, nicht Campbells Blick zu begegnen. »Ich erinnere mich nicht daran.«

»Sie haben nicht nur ein Mitglied des Hausstandes verletzt, Sie haben mit Ihrem rücksichtslosen Verhalten auch ihr Eigentum beschädigt«, sagte Campbell.

Ich seufzte und presste meine Lippen zusammen. Es hatte keinen Zweck, mit Campbell zu diskutieren. Wenn er in seinem offiziellen Sicherheitsmodus war, fühlte es sich an, als würde man gegen eine massive Steinmauer anreden. Und auch wenn er es nicht war, sprach er kaum mit mir. Der Mann war eine Insel. Eine große, furchteinflößende, gefährliche Insel, die ich versuchte zu meiden.

Lord Rupert stöhnte und seine blauen Augen öffnete sich flatternd. »Oh, Himmel! Ich liege auf dem Boden.«

»Nicht bewegen, Sir«, sagte Campbell. »Sie haben sich den Kopf gestoßen.«

Rupert ignorierte ihn und versuchte sich aufzusetzen. »Holly. Du warst das! Ich habe dich erst in der allerletzten Sekunde gesehen.«

Ich ignorierte den Todesblick, den Campbell mir zuwarf, und kniete mich neben Rupert. »Es tut mir so leid, dich umgefahren zu haben.«

»Das war rundum meine Schuld.« Rupert strich sich über seine staubige, dunkle Hose. »Ich war völlig eingenommen von der Welt von Wordsworth. Hast du jemals eins seiner Gedichte gelesen?«

Ich unterdrückte ein Lächeln. »Ein oder zwei.«

Er fuhr sich mit einer Hand durch sein unordentliches blondes Haar. »Natürlich. Du bist immer höflich genug, mir ein paar Minuten deiner Zeit zu schenken und mir zuzuhören.«

Ich hatte Rupert an meinem ersten Tag in Audley Castle kennengelernt. Ich hatte einen großen, blonden Mann durch die Gärten wandern sehen, der mit seinen Armen in der Luft herumfuchtelte. Meine Neugierde war geweckt gewesen und ich hatte mich genähert, um dem auf den Grund zu gehen. Wie sich herausgestellt hatte, trug er sich selbst Gedichte vor.

Rupert hatte die wundervollste tiefe Stimme, und seine Aussprache von jedem Wort war perfekt. Dieser Stimme könnte ich stundenlang zuhören; sie war bezaubernd, genau wie seine hellblauen Augen.

Er hatte mich dabei erwischt, wie ich ihm zuhörte, und sich mir vorgestellt. Seitdem las er mir jedes Mal, wenn wir uns begegneten und er sein Buch dabeihatte, ein paar Zeilen vor.

»Lass mich dir aufhelfen.« Ich hielt ihm meine Hand entgegen.

»Ich mache das«, sagte Campbell. »Und Sie sollten sich nicht bewegen, Sir. Sie könnten sich am Kopf verletzt haben.«

Rupert winkte ab. »Unsinn. Ich fühle mich gut.« Doch als er die Rückseite seines Kopfes berührte, zuckte er zusammen. »Beim Rugby mit meinen Freunden habe ich mir schon größere Beulen zugezogen. Das ist nichts.«

Vorsichtig half Campbell ihm auf die Beine. »Fühlen Sie sich benommen oder ist Ihnen schlecht?«

»Es geht mir ausgezeichnet. Kein Grund zur Sorge.« Rupert sah mich an. »Und noch einmal, das ist alles meine Schuld. Du wurdest nicht verletzt, oder? Du bist ziemlich hart auf mir gelandet.«

Meine Wangen wurden heiß. »Nein! Du warst das perfekte Kissen, um meinen Sturz abzufedern.«

Campbell schnaubte und schaute weg.

»Freut mich, dass ich helfen konnte.« Rupert rieb sich den Nacken und grinste. »Du kannst jederzeit wieder auf mir landen, wenn du willst.«

Ich biss mir auf die Lippen und wandte den Blick ab. Rupert war kein klassischer Aufreißer, aber manchmal fragte ich mich, ob er mit mir flirtete.

»Sir, wir müssen Sie medizinisch untersuchen lassen«, sagte Campbell. »Der Krankenwagen braucht zu lange. Ich werde Sie zum Familienarzt bringen.«

»Das ist nicht nötig«, sagte er. »Ich fühle mich gut. Und ich bin froh, buchstäblich deinen Weg gekreuzt zu haben, Holly.«

»Wirklich?«, fragte ich.

»Ich erwarte ein kleines privates Zusammenkommen für das lange Wochenende. Einige der Jungs von der Eton kommen vorbei, um in Erinnerung an die gute alte Schulzeit zu schwelgen. Ich weiß, dass es schrecklich spontan ist, aber könntest du uns verpflegen?«

Ich atmete tief ein. Wir hatten in der Küche bereits viel zu tun, aber ich wollte ihm nur ungern absagen. »Vielleicht solltest du mit Chef Heston sprechen. Ich bin mir sicher, dass er alles organisieren kann, was ihr braucht.«

»Ich habe keine Zweifel daran, dass er sich bei den herzhaften Speisen wieder selbst übertreffen wird, aber deine Desserts haben immer etwas Magisches an sich. Ich bestehe darauf, dass du uns mit süßen Leckereien versorgst. Natürlich nur, wenn du Zeit hast. Ich wollte schon seit Tagen mit dir sprechen, aber ich war zu abgelenkt.«

Zweifellos von der kürzlichen Lieferung einer riesigen Box mit neuen Gedichtbänden, die vor einer Woche in der Burg angekommen war. »Natürlich, ich bin mir sicher, dass sich etwas einrichten lässt.«

»Das wäre fabelhaft«, sagte er. »Ich habe meinen Freunden von deinen unglaublichen Backkünsten erzählt. Es wäre nicht fair, wenn sie sie jetzt nicht selbst probieren könnten. Es ist nur eine kleine Gruppe. Anthony, Simon, Christian, Kendal und ich selbst. Fünf insgesamt, und sie lieben es, neue Dinge zu probieren. Deine Desserts werden ihnen ganz bestimmt schmecken.«

»Ich würde gerne helfen«, sagte ich.

Campbell räusperte sich. »Sir, wir müssen Sie wirklich zu einem Arzt bringen.«

Rupert seufzte. »Ist das unbedingt notwendig?«

»Das ist es, Sir.«

Rupert sah mich an und zuckte mit den Schultern. »Nun gut. Aber wir sollten Holly mitnehmen. Sie ist mit dem Fahrrad gestürzt.«

Ich schüttelte den Kopf. »Nicht nötig. Abgesehen von dem Kratzer am Knie bin ich glimpflich davongekommen.«

»Oh! Okay, wenn du dir sicher bist. Versprich mir, dass du dich nicht verletzt hast.«

»Versprochen.«

Rupert betrachtete mich von oben bis unten, bevor er nickte und sich auf den Rücksitz des schwarzen SUVs führen ließ.

»Wir sehen uns später mit dem Essen«, sagte ich.

Rupert hob eine Hand, bevor er in dem Fahrzeug verschwand. Saracen schloss die Tür hinter ihm.

Ich setzte Meatball auf dem Boden ab und hievte mein Fahrrad hoch. »Ich schätze, ich könnte nicht zufällig mitfahren?«, fragte ich Campbell.

Er schaute auf das verbogene Rad und schmunzelte leicht. »Sie dürfen nicht bei einem Familienmitglied mitfahren. Sie müssen selbst einen Weg zurück zur Burg finden.« Er kletterte zusammen mit Saracen in den SUV, drehte den Wagen und fuhr davon.

Ich durchbohrte das Fahrzeug mit meinem finsteren Blick.

Jenny, die die ganze Zeit neben uns gestanden und die Show genossen hatte, hob eine Hand. »Ich bin froh, dass niemand umgekommen ist. Aber vielleicht solltest du in Zukunft etwas besser aufpassen.«

Ich seufzte. Zweifellos würde schon bald ganz Audley St. Mary von diesem kleinen Drama wissen. In kleinen Orten gab es beträchtlich gute Vernetzungen für Tratsch. »Vielen Dank für den Ratschlag. Komm, Meatball. Wir müssen zurück zur Arbeit. Wir haben noch viel zu tun.«

Kapitel 3

»Sind Sie sicher, dass Lord Rupert sagte, dass er will, dass Sie all diese Desserts machen?« Chef Heston flatterte um mich herum, rümpfte seine lange Nase und presste die Lippen zusammen, während er in meine Rührschüssel starrte.

»Das sagte er.« Ich vermengte den Teig für die Schokoladenbiskuits und verteilte ihn in den einzelnen Papierförmchen.

»Warum Sie?« Er sah fast grün vor Neid aus und schob sein Kinn vor, während seine dunklen Augen sich verengten.

Ich eilte zum Ofen und schob die Küchlein hinein, bevor ich die Tür wieder schloss und einen Wecker stellte. »Lord Rupert mag meine Desserts. Aber für alles andere sind Sie verantwortlich. Das ist der Großteil der Mahlzeit, die wir heute Abend servieren. Ich mache nur den Nachtisch.«

Seine Lippen kräuselten sich. »Sie scheinen sich selbst zu vergessen. Ich trage die Verantwortung für die gesamte Küche, einschließlich der Einstellung und Entlassung der Mitarbeiter, die nicht ihren Verpflichtungen nachkommen.«

Ich schnappte nach Luft und räumte hastig meinen Arbeitsplatz auf. »Ich befolge nur die Anweisungen von Lord Rupert.«

Chef Heston bedachte mich mehrere Sekunden lang mit einem bösen Blick. »Nun gut. Ich kann ihm sein Lieblingsessen zubereiten. Vermasseln Sie den Kuchen nicht.«

Ich öffnete meinen Mund, um zu protestieren. Ich vermasselte niemals einen Kuchen. Doch dann fiel mir ein, dass ich ihn besser nicht herausfordern sollte. Chef Heston war außer sich vor Wut gewesen, als ich mit dem ramponierten Fahrrad zurückgekommen war, und hatte es mich in den nächsten Fahrradladen zur Reparatur bringen lassen. Ich wollte ihm nicht noch einen Grund geben, wütend auf mich zu sein.

Also hielt ich mich zurück, machte sauber und schaute mir den Arbeitsplan für den kommenden Tag an.

Audley Castle war das ganze Jahr über beliebt bei Besuchern, die aus der ganzen Welt anreisten, um das umwerfende Gelände und die schöne Architektur zu bewundern.

An den meisten Tagen kamen mehrere Busse mit Touristen an, die die Gärten besuchten und sich in den Räumen umsahen, die für die Öffentlichkeit zugänglich waren.

Der Herzog und die Herzogin wohnten noch immer in der Burg, zusammen mit ihrem Neffen, Lord Rupert, ihrer Nichte, Prinzessin Alice, und Lady Philippa Carnegie, der Mutter der Herzogin. Einige Räume wurden geöffnet, damit die Besucher sich an der Architektur und der unbezahlbaren Einrichtung erfreuen konnten. In den meisten Zimmern gab es Samtseile, die bestimmte Bereiche abgrenzten, damit die teuren Antiquitäten nicht beschädigt werden konnten. Sicherheitsmitarbeiter liefen herum und achteten darauf, dass niemand über die Seile kletterte, um närrischerweise ein Selfie mit der Chaiselongue von Ludwig XIV. machen zu wollen.

All diese Besucher mussten durchgefüttert werden. Wir hatten ein großes, beliebtes Café, und ich verbrachte fast jeden Tag damit, zu backen und Leckereien vorzubereiten.

Die Hintertür der Küche öffnete sich. Ein halbes Dutzend mit Matsch beschmierter Gärtner schlenderte hinein, sie klopften ihre Schuhe auf der Fußmatte ab und rieben ihre Hände aneinander.

»Raus hier!«, brüllte Chef Heston, sein Gesicht wurde tiefrot, als er sie finster anstarrte.

Ich erkannte Meredith Jones in der Gruppe wieder. Sie war Gärtnergehilfin und hatte sich dem großen Team der Burg zur gleichen Zeit angeschlossen wie ich.

Sie blinzelte Chef Heston an. »Wir sollten herkommen.«

»Das ist meine Küche. Ich sage, wer reinkommen kann.« Chef Heston stapfte zu der Gruppe herüber und zeigte mit dem Finger auf die Tür. »Raus! Ihr seid alle dreckig.«

»Prinzessin Alice hat uns zum Tee hergeschickt«, sagte Meredith. »Sie sagte, es wäre in Ordnung.«

»Das stimmt«, sagte Jacob, einer der anderen Gärtner. »Sie hat uns gesagt, dass wir eine Belohnung verdienen, weil wir so hart gearbeitet haben.«

»Nicht in meiner Küche«, presste Chef Heston hervor. »Ich will keinen Schlamm in meiner makellosen Küche haben. Und jetzt raus, ihr alle, sofort.«

Ich biss mir auf die Unterlippe, um nicht lachen zu müssen. Das war so typisch für Prinzessin Alice. Sie war so eine liebe Person und achtete immer darauf, dass es den Mitarbeitern, die dabei halfen, Audley Castle so reibungslos zu führen, gut ging. Wahrscheinlich hatte sie nicht weiter darüber nachgedacht, als sie den Gärtnern vorgeschlagen hatte, herzukommen und sich an heißen Getränken und dem Essen zu bedienen.

Die Gärtnertruppe bedachte Chef Heston mit bösen Blicken, bevor sie umdrehten und wieder durch die Tür trotteten.

»Unglaublich!«, sagte er, als sich die Tür hinter dem Letzten von ihnen geschlossen hatte. »Das muss sauber gemacht werden.« Er eilte aus der Küche und rief Louise Atkins, unserer fabelhaften neuen Junior-Sous-Chefin, zu, dass sie sich einen Besen schnappen sollte.

Sie rollte mit den Augen und machte sich auf den Weg zum Putzschrank. »Er ist so ein Idiot.«

Ich nickte. »Er will seine fünf Sterne nicht aufgrund der Hygiene verlieren.«

»Dann sollte er den Dreck aufwischen.« Louise machte sich an die Arbeit und ließ es aussehen, als wären die Gärtner nie da gewesen.

Ich wartete, bis Chef Heston sich auf den Weg ins Lager gemacht hatte, ehe ich hastig kleine Fairy Cakes und Mini-Battenbergkuchen auf ein Tablett stapelte und es den Gärtnern hinterher trug.

Sie waren nicht weit entfernt und packten ihr Werkzeug zurück in ihre Autos und Lieferwagen. Mehrere aus dem Team waren Freiwillige, die ihre eigene Ausrüstung mitbrachten.

Sie vollführten in den Gärten einen fantastischen Job und versorgten mich sogar mit den Kräutern, die ich zum Kochen benutzte. Ich wollte meine gute Stellung bei ihnen nicht verlieren.

»Wartet mal!« Ich eilte mit dem Kuchen zu ihnen.

Sie versammelten sich und beäugten die Küchlein sehnsüchtig.

»Bedient euch«, sagte ich. »Kümmert euch nicht um Chef Heston. Er hat schon den ganzen Tag schlechte Laune.«

Meredith nickte dankbar, als sie eines der Desserts nahm. »Ist das bei ihm nicht Standard? Immer, wenn ich ihn sehe, schreit er jemanden an.«

»So will er für Ordnung sorgen. Obwohl ich anfange, zu glauben, dass er nur sehr laut bellt, aber nicht beißt. Trotzdem gehe ich ihm, wenn möglich, aus dem Weg.«

»Gute Idee«, sagte sie. »Die sind köstlich. Hast du diese Fairy Cakes gemacht?«

Ich lächelte. »Ja, das ist mein eigenes Rezept. Holunderblüte und Orange mit einer Orangenschalen-Buttercreme.«

»Du bist ein Genie in der Küche. Vielen Dank.«

Die anderen Gärtner bedankten sich ebenfalls, während sie das Tablett hastig um den Kuchen erleichterten. Lange Arbeitstage auf dem Gelände regten scheinbar den Appetit an.

Ich hob den Kopf, als zwei Autos über den Schotterweg fuhren, der zu der Tür führte, die ausschließlich von Mitgliedern des Hausstandes genutzt wurde. Ein Porsche und ein Ferrari kamen schlitternd zum Stehen.

Das mussten Ruperts Freunde sein, die für ihr privates Klassentreffen anreisten. »Ich sollte wieder gehen. Heute Abend bekoche ich noch eine Gesellschaft.« Ich winkte den Gärtnern zum Abschied zu und eilte zurück in die Küche, um meine Desserts vorzubereiten.

Ich hatte drei verschiedene Nachspeisen für den Abend geplant, von denen ich wusste, dass Rupert sie besonders mochte. Mini-Pavlova mit Sahne und Beeren, winzige italienische Zitronenküchlein mit

Zuckerguss und Triple-Chocolate-Brownie-Häppchen mit einer warmen Ganache—Füllung.

Als alle Leckereien vor mir ausgebreitet waren, nahm ich den Spritzbeutel mit der Glasur und arbeitete an der Dekoration für die Brownies. Ich liebte es, winzige Details und Schnörkel hinzuzufügen, die zeigten, dass es sich um meine Arbeit handelte. Nichts Übertriebenes, kein Glitter oder essbare Dekoration, die mit Kleber befestigt werden musste, nur filigrane Blumen oder kleine Wirbel aus Zitronenschale als Feinschliff. Es waren diese Kleinigkeiten, durch die meine Kuchen auffielen.

Ich verzierte gerade die letzte Reihe Brownies, als die Tür zur Küche geöffnet wurde. Rupert eilte herein und fummelte an der grauen Seidenkrawatte herum, die er trug.

»Der Nachtisch ist sofort fertig«, sagte ich.

Er nickte, sein Blick zuckte durch die Küche. »Ich freue mich schon drauf.«

»Ist alles in Ordnung?« Ich senkte den Spritzbeutel. Ich konnte die Nervosität spüren, die von Rupert ausging, als er durch die Küche schlenderte.

»Oh, es ist nichts. Es ist nur so, na ja, ich will einen guten Eindruck machen.«

»Ich bin mir sicher, dass du das tun wirst. Sie sind deine Freunde. Du musst sie nicht beeindrucken. Sie mögen dich bereits.«

Er lächelte reumütig. »Na ja, es sind die alten Klassenkameraden. Ich würde sie nicht gerade als meine besten Freunde bezeichnen, aber wir sind zusammen aufgewachsen. Bei diesen Veranstaltungen geht es immer ein wenig darum, die anderen zu übertrumpfen. Wir tragen sie abwechselnd aus. Letztes Jahr hat Kendal eine gewaltige Jacht gemietet und ist mit uns rausgefahren. Ich wurde schrecklich seekrank und alle haben mich ausgelacht.«

Ich legte meine Stirn in Falten, diese Vorstellung gefiel mir kein bisschen. »Sie sind keine guten Freunde, wenn sie sich nicht um dich kümmern, wenn es dir schlecht geht.«

Er zuckte mit den Schultern und fummelte weiter an seiner Krawatte herum.

»Wie geht es deinem Kopf nach unserem kleinen ... Zusammentreffen?«, fragte ich.

»Campbell hat sich wegen nichts Sorgen gemacht. Es geht mir gut. Nur eine kleine Beule, das ist alles. Und du bist sicher, dass bei dir alles okay ist? Es hat mir gar nicht gefallen, dich so dort stehenzulassen, aber Campbell kann äußerst stur sein.«

»Es geht mir super«, sagte ich. »Es braucht schon mehr, um mich vom Backen abzuhalten.«

Ein Lächeln erhellte sein Gesicht und seine blauen Augen funkelten. Rupert war äußert attraktiv, mit seinem breiten Mund und den perfekten Zähnen. »Das sind gute Neuigkeiten. Und die sehen köstlich aus.«

»Du kannst einen haben, wenn du willst. Um sicherzustellen, dass sie gut genug für deine Freunde sind.«

»Ich vertraue dir, Holly.« Er schaute zur Tür, seine Hände ineinander verschlungen. Er lief herum, inspizierte die Messer auf dem Schneidebrett und ging dann wieder zur Tür.

Ich musste ihn ablenken. Seine Unruhe brachte sogar mich ins Schwitzen. »Würdest du gerne einen Brownie glasieren?«

Rupert drehte sich und starrte mich an. »Oh! Ich bin nicht gut in solchen Dingen. Nicht sehr geschickt.« Er wackelte mit seinen Fingern.

»Ich habe dich Klavier spielen hören. Um das so gut zu können, musst du geschickt sein.«

»Du hast mich spielen gehört?«

Hitze stieg in meine Wangen. »Also, nicht bewusst, aber als ich am Musikzimmer vorbeikam, habe ich jemanden wundervoll spielen hören. Als ich hineinlinste, saßt du am Klavier. Du bist talentiert.«

»Es braucht viel Übung und einen tyrannischen Lehrer, um so talentiert zu werden.« Jetzt glühten auch seine Wangen. »Aber vielen Dank für das Kompliment.«

»Du solltest es mit dem Icing mal probieren. Das macht Spaß. Ich kann es dir zeigen.«

Nach einer Sekunde des Zögerns kam er herüber und schaute auf die Brownies. »Ich will deine schönen Kreationen nicht ruinieren.«

»Wenn es nicht funktioniert, gibt es eine einfache Möglichkeit, die Beweise verschwinden zu lassen.« Ich tätschelte meinen Bauch.

»Aha! Ja, hervorragend. Ausgezeichneter Plan. Also gut, probieren wir es. Was muss ich tun?«

Ich überreichte ihm den Spritzbeutel mit dem Icing. »Oben muss es eingedreht bleiben, damit das Icing dort nicht herausquillt. Ziel mit der Tülle auf die Mitte des Brownies und drück vorsichtig.«

Ruperts Füße schlurften über den Boden, als er sich in Position brachte und den Spritzbeutel ergriff. »In etwa so?«

»Leg deine Hand etwas tiefer an den Spritzbeutel.« Ich korrigierte seine Hand sanft. »Und jetzt musst du nur noch drücken.«

Ein paar Sekunden lang passierte nicht. Dann schoss ein großer Klecks Schokoladenglasur heraus und landete klatschend auf der Arbeitsplatte.

»Oh! Das ist kniffliger, als es aussieht.« Er hielt den Spritzbeutel weit von sich weg.

»Versuch es noch mal. Ich werde dich führen.« Ich legte meine Hand über seine und brachte die Tülle in Position. »Sehr vorsichtig drücken. Wenn du zu fest zudrückst, kann der Spritzbeutel platzen.«

Rupert gluckste und räusperte sich. »Du bist so gut darin, Holly. Ein echter Profi.«

Ich schaute auf und bemerkte, wie rot seine Wangen noch immer waren. Sofort trat ich einen Schritt zurück. Lord Rupert war ein gut aussehender Kerl und hatte eine Stimme, mit der er Engel verzaubern könnte, aber er gehörte zum Adel. Und ich war, na ja, super auf meine eigene Weise, aber definitiv nicht für Diademe und Balkleider geeignet.

»Vielleicht hast du recht.« Ich nahm ihm den Spritzbeutel aus den Händen. »Ich werde mich an das Icing halten.«

»Und ich halte mich an ...« Er runzelte die Stirn. »Also, ich bin mir gar nicht sicher, worin ich gut bin.«

»Du bist in vielen Dingen gut. Musik, zum Beispiel. Und du liebst Gartenarbeit.« Rupert war ständig draußen bei den Gärtnern.

Sein Mund verzog sich zu einer Seite. »Ich mag Gartenarbeit lieben, aber die Gärten lieben mich nicht. Seit sechs Monaten gebe ich mein Bestes, um den Kräutergarten zu kultivieren. Alles stirbt. Ich glaube, ich habe keinen grünen Daumen, sondern einen schwarzen.«

»Du genießt es. Das ist die Hauptsache.«

Er zeigte mit dem Finger auf mich. »Da hast du recht. Nur mit Übung wird man besser. Das habe ich von meinem angsteinflößenden Klavierlehrer gelernt.«

»Ganz genau! Du hättest die ersten Kuchen sehen sollen, die ich gebacken habe. Am Boden verbrannt und in der Mitte noch labberig. Die waren ungenießbar.«

Er lachte. »Das kann ich mir nicht vorstellen. Alles, was du machst, schmeckt magisch.«

»Du hast noch nicht von meinem neuesten Versuch gekostet, ein römisches Honigbrot zu backen«, sagte ich. »Ich bekomme es einfach nicht hin.«

»Ich bin mir sicher, dass es köstlich sein wird. Wenn du bereit bist, es vorzuzeigen, will ich mehrere Scheiben probieren.«

»Lass mich das Rezept noch perfektionieren, bevor ich dich darauf loslasse. Ich will nicht, dass Campbell mir vorwirft, dich vergiften zu wollen, genau wie ich versucht habe, dich mit meinem Fahrrad zu überfahren.«

»Ignorier ihn. Er will uns alle nur beschützen.«

»Was gut ist. Immerhin ist das sein Job.«

Er kicherte. »Wieder richtig, Holly. Nicht nur eine fantastische Köchin und hübsch, sondern auch clever. Du bietest wirklich das Gesamtpaket.«

Ich schnappte mir ein Handtuch und fuchtelte damit herum. »Das ist lieb von dir.«

Rupert räusperte sich, als sich ein unbehagliches Schweigen zwischen uns ausbreitete. »Bevor ich es vergesse, Granny hat darum gebeten, dass du sie aufsuchst.«

Mein Herz setzte einen Schlag aus. »Das hat sie?«

»Ja! Sie wünscht sich ein paar der Desserts. Als ich ihr von dem heutigen Abend und dem Essen erzählte, bestand sie darauf, die Leckereien zu probieren, die du gezaubert hast.«

»Vielleicht könntest du sie ihr bringen.« Ich deutete auf die Kuchen. »Ich habe immer noch einiges zu tun.«

»Das würde ich, aber sie hat darauf bestanden, dass du sie persönlich vorbeibringst. Okay, ich gehe jetzt besser. Meine Gäste sind schon eingetroffen und fragen sich wahrscheinlich, wo ich geblieben bin.« Rupert nickte, strich sich mit einer Hand über sein zerzaustes Haar, das immer so aussah, als hätte es schon länger keine Bürste mehr gesehen, und huschte aus der Küche.

Als die Tür sich hinter ihm schloss, atmete ich tief durch. Oje. Lady Philippa Carnegie wollte mich sehen. Ich mochte die alte Dame, aber sie war auch sehr exzentrisch.

Und als wäre das noch nicht beunruhigend genug, gab es das Gerücht, dass es in dem östlichen Turm, in dem sie lebte, spukte.

Kapitel 4

Eine halbe Stunde später begutachtete ich die fertigen Desserts. Sie waren bereit.

Ich stellte die Tabletts in den Kühlraum, bis es an der Zeit war, sie Lord Rupert und seinen Gästen zu servieren.

Dann holte ich einen Porzellanteller aus dem Schrank in der Küche und drapierte drei kleine Gebäckstücke darauf, eines von jeder Sorte, damit Lady Philippa alles probieren konnte.

Ich hatte sie schon ein Dutzend Mal in ihren privaten Räumlichkeiten im Ostturm der Burg besucht. Jedes Mal, wenn ich sie aufsuchte, lief mir ein Schauder über den Rücken.

Es gab Gerüchte und Legenden über den Ostturm. Darunter waren auch mehrere Geister, die den Leuten erschienen und sie erschreckten.

Mir waren sie noch nicht begegnet, und ich hoffte, dass es dabei bleiben würde, aber auch mir waren mehrere besonders kalte Stellen aufgefallen. Scheinbar bedeuteten diese, dass ein Geist auf der Lauer lag.

Allerdings unternahm ich diesen Ausflug nicht allein. Chef Heston erlaubte es nicht, dass Meatball alleine in der Küche war, während ich arbeitete, was verständlich war. Niemand mochte gratis Fell auf seinem Essen.

Stattdessen durfte er seine Tage in einem luxuriösen Zwinger vor der Küchentür verbringen.

Ich hatte dafür bezahlt, ihn installieren zu lassen, nachdem ich dafür die Erlaubnis von Herzogin Audley bekommen hatte. Sie war Hundeliebhaberin durch und durch und war selbst Besitzerin von vier quirligen, verwöhnten Corgis, weshalb sie gerne eine Ausnahme für Meatball gemacht hatte.

Ich steckte meinen Kopf durch die Hintertür und pfiff leise.

Meatballs Kopf hob sich, bevor er aufsprang und mit freudig wedelndem Schwanz auf mich zulief.

»Würdest du gerne mitkommen und Lady Philippa besuchen? Sie liebt dich.«

»Wuff, wuff.« Sein Schwanz wedelte schneller. Immer, wenn wir sie besuchten, hielt sie bereits die Leckerlis für ihn bereit.

»Und du kannst Horatio sehen«, sagte ich.

Seine Rute hörte auf zu wedeln. »Wuff.«

»Sei lieb zu Horatio. Er ist ein alter Hund. Das bedeutet, dass er grummelig werden kann.«

»Wuff, wuff.«

»Und er ist ein adeliger Hund, also müssen wir in seiner Gegenwart unser bestes Benehmen an den Tag legen.« Horatio war ein sehr alter, etwas aufgedunsener und übergewichtiger Corgi, der nichts lieber tat, als laut schnarchend in dem hinreißenden Himmelbett von Lady Philippa zu liegen. Wenn er wach war, verbrachte er seine Zeit damit, Meatball böse anzustarren und zu knurren, wenn er ihm zu nahe kam. Armer Meatball. Er wollte nur mit allen befreundet sein, aber darauf hatte Horatio keine Lust.

Ich vergewisserte mich, dass die Luft rein und Chef Heston nicht in der Nähe war, bevor ich mit Meatball durch die Küche eilte. Ich schnappte mir den Kuchen und lief in den Flur. Er führte uns in einen großen, weitläufigen Korridor, in dem dunkle, polierte Holzmöbel standen. Gerahmte Porträts von Mitgliedern der Audley-Familie säumten die Wände, als wir zu der Treppe eilten, die in den Ostflügel führte.

Dann führte eine steinerne Wendeltreppe nach oben in die privaten Räumlichkeiten von Lady Philippa.

Über einhundertzweiundfünfzig Stufen gelang man bis ganz nach oben. Ich hatte sie gezählt, als ich sie das erste Mal hinaufgestiegen war.

Ich wurde langsamer, als wir Stufe Nummer dreißig erreichten. Jedes Mal, wenn ich hier vorbeiging, spürte ich einen deutlichen kalten Luftzug. Ich schluckte. Das war kein Geist. Kein Gespenst würde angeflogen kommen und mich erschrecken.

Meatball neigte seinen Kopf und legte die Ohren an. Er bellte dreimal.

»Das ist nur ein kalter Luftzug. Wahrscheinlich ist irgendwo in den Steinen eine Lücke.« Dennoch hastete ich an der kalten Stelle vorbei, um auf Nummer sicher zu gehen. Es war unnötig, das Schicksal herauszufordern.

Wir hatten die Hälfte der Treppe geschafft, als hinter mir ein lauter Rums ertönte. Ich erhöhte mein Tempo, mein Herz raste.

»Es gibt keine Geister. Es gibt keine Geister«, flüsterte ich immer wieder. »Das ist nur ein alter, gruseliger Turm. Hier gibt es nichts Außergewöhnliches.«

Meatball war genauso schreckhaft wie ich und hüpfte die Stufen so schnell hinauf, wie ihn seine kurzen Beine trugen. In seiner Eile, der Kälte und den seltsamen Geräuschen zu entkommen, stieß er mit seiner Nase immer wieder gegen meinen Knöchel.

Ich wurde langsamer und linste aus einem schmalen Fenster. Ursprünglich dienten sie den Bogenschützen, die die Burg vor potenziellen Eindringlingen bewachten, doch das war Jahrhunderte her.

Meatball schob sich an mir vorbei und hüpfte ungeduldig, als er die oberste Stufe erreicht hatte, das Fell in seinem Nacken hatte sich aufgestellt. Doch er wusste, dass es die gefährliche Reise wert war. Horatio bekam von Lady Philippa nur das beste Futter, und sie teilte seine Leckerlis immer mit Meatball, wenn er zu Besuch kam.

Meine Oberschenkelmuskeln schmerzten, als ich endlich die letzte Stufe erklomm und meinen Atem ausstieß. Wir hatten es in einem Stück geschafft.

Wir näherten uns der Holztür, die zu Lady Philippas privaten Räumlichkeiten führte. Nun, ich nannte es ihre privaten Räumlichkeiten. Sie nannte es ihr privates Gefängnis.

Ich wollte gerade die Tür aufschieben, als die Scharniere quietschten und sie sich wie von selbst langsam öffnete.

Meatball trat einen Schritt zurück und wimmerte.

Ich legte eine Hand über mein Herz und linste vorsichtig um die Tür, erwartete halb, doch noch einen Geist dahinter zu sehen. Natürlich war dort nichts.

»Das war nur der Durchzug«, sagte ich leise. Ich huschte durch die Tür, Meatball klebte regelrecht an meinen Hacken.

Der gesamte Flur bestand aus Stein und wurde nur von den großen Bleiglasfenstern unterbrochen, die sich über eine der Wände zogen. Die Fenster boten eine wunderschöne Aussicht auf die Gärten von Audley Castle, besonders auf den prächtigen Rosengarten, den Lady Philippa so gerne betrachtete.

»Wer ist da?«, rief eine quietschige Stimme.

»Hier ist Holly Holmes, Lady Philippa.« Ich ging zum Ende des Korridors zu einer anderen Tür, die bereits geöffnet war, und schob sie ganz auf.

»Holly! Natürlich, ich habe Rupert gebeten, dich herzuschicken. Ich hoffe, du hast mir viele Leckereien mitgebracht.«

Ich lächelte sie an, als ich eintrat. Lady Philippa war eine fit gebliebene, achtundsiebzigjährige Dame mit wunderschönen hohen Wangenknochen und einer porzellanartigen Haut, die nur leichte Falten aufzeigte. Sie trug ihre Haare, die momentan in einem auffallenden Magenta getönt waren, in einem schlichten, aber sauberen Bob. Von Kopf bis Fuß war sie in blassrosafarbener Seide gekleidet, und um ihrem Hals hingen drei Reihen aus Perlen.

Sie gestikulierte mir mit ihrer funkelnden, Ring-besetzten Hand zu. »Steh dort nicht so förmlich rum, Mädchen. Du weißt, dass du hier immer willkommen bist.«

Ein lautes Schnarchen kam aus Lady Philippas Schlafzimmer. Das musste Horatio sein, zweifellos ruhte sein verwöhnter, flauschiger Kopf auf einem seidigen Kissen.

»Wo soll ich den Kuchen abstellen?«, fragte ich Lady Philippa.

»Auf den Tisch neben mir, bitte.« Sie tätschelte den Platz neben ihr. »Und du musst mir Gesellschaft leisten. Ich habe den ganzen Tag noch niemanden gesehen. Niemand will mit der verrückten alten Frau im Turm sprechen.«

»Das ist sehr freundlich, aber ich muss heute Abend eine Gesellschaft für Lord Rupert bewirten.«

Lady Philippa seufzte und senkte ihren Blick. »Ich bin so einsam in diesem Turm. Es ist grausam von meiner Tochter, mich hier derart einzusperren.«

Ich biss mir auf die Unterlippe. Jedes Mal, wenn ich Lady Philippa begegnete, erwähnte sie, dass sie in den Turm verbannt wurde. Aber die Tür war offen, und sie konnte jederzeit nach unten gehen, wenn sie wollte.

Doch ich konnte ihr zehn Minuten widmen, also nahm ich Platz. »Sie sollten eines Tages einen Ausflug machen.«

Sie drehte sich und lächelte mich an. »Oh, nein. Das würde nicht genehmigt werden. Isabella sagt immer, dass ich, wohin ich auch gehe, Probleme verursache. Deshalb hält sie mich hier fest. Ich bin eine Gefangene in meinem eigenen Heim.«

»Schon ein Spaziergang durch die Gärten könnte schön sein.«

Lady Philippa wählte das Zitronenküchlein aus und winkte ab. »Genug der düsteren Themen. Wie steht es bei dir mit der Liebe?«

Ich schnappte nach Luft. Diese Frau kam gleich auf den Punkt. »Nun, ich meine, ich arbeite viel. Ich suche nicht aktiv nach jemandem.«

»Du solltest immer auf der Suche sein, meine Liebe. Meine Ehe mit William hat mich so glücklich gemacht. Er hat mich mit seinen großen Gesten ganz aus den Socken gehauen. Habe ich dir erzählt, dass er mir jeden Tag einen Blumenstrauß geschenkt hat, bis ich zugestimmt habe, ihn zu heiraten? Zweihundertsiebzehn Sträuße. Das nenne ich Hingabe.«

Ich lächelte und nickte. Lady Philippa liebte es, von ihrem verstorbenen Ehemann, William Carnegie, zu erzählen.

»Und er hat mir Gedichte geschrieben. Ich habe mich nie getraut, ihm zu sagen, dass sie nicht besonders gut waren, aber es war so eine süße Geste. Rupert mag Poesie ebenfalls. Er muss seine Liebe zu Gedichten von William haben. Als Rupert nach ein Kind war, hat er ihm oft vorgelesen.«

»Ich habe Lord Rupert Gedichte aufsagen hören«, sagte ich. »Er mag sie wirklich.«

Ihre blauen Augen verengten sich kurz. »Er ist ein guter Junge. Und er ist single, falls dir das noch nicht bewusst war.«

»Ähm, nun, er wartet sicherlich auf die richtige Person.« Lady Philippa konnte nicht ernsthaft in Betracht ziehen, uns miteinander zu verkuppeln.

»Und er kommt mich regelmäßig besuchen. Isabella sehe ich heutzutage kaum noch. Ich kann mich nicht daran erinnern, wann sie das letzte Mal hier war.«

»War sie nicht vor zwei Tagen hier? Ich erinnere mich, dass sie nachmittags Tee für Sie bestellt hat.«

»Oh, nein. Du musst dich irren.« Sie knabberte an der Ecke ihres Küchleins.

Ich bekam den Eindruck, dass Lady Philippa das Drama, das ihr Leben in diesem Turm mit sich brachte, genoss. Es erinnerte an eine große romantische Tragödie, in der die Heldin eingesperrt wurde und ihre Freiheit nicht genießen konnte. Die Wahrheit war, dass sie über fünfzig glückliche Jahre mit William verbracht hatte, bevor er friedlich im Schlaf gestorben war. Das war mehr Glück, als die meisten Leute bekamen, und ihre Familie kam oft her, um sie zu besuchen.

»Du musst dir einen netten jungen Mann suchen«, sagte sie.

»Ich gewöhne mich immer noch an die Arbeit in der Burg. Ich bin erst ein paar Monate hier. Es gibt so viel für mich zu lernen. Ich habe keine Zeit für eine Romanze.«

»Wenn es ums Backen geht, gibt es nichts, was du noch lernen müsstest. Deine Kuchen sind göttlich.« Sie lächelte liebevoll. »Ich bin so froh, dass wir dich gefunden haben. Obwohl es schade ist, dass du dein Café schließen musstest.«

»Sie wissen von meinem Café?« Obwohl Lady Philippa nie selbst dort gewesen war, hatte ich die Vermutung, dass sie Stammkundin war, indem sie ihr Security-Team losgeschickt hatte, um ihr Gebäck abzuholen.

»Natürlich. Ich behalte alles im Auge, was im Dorf vor sich geht. Wir sind die Wärter dieses wundervollen Ortes. Ein- oder zweimal habe ich meinen Chauffeur eine Bestellung in meinem Namen aufgeben lassen. Ich wurde nicht enttäuscht. Und als ich hörte, dass du dich unserem Team anschließt, war ich sehr erfreut, immer Zugang zu deinem Gebäck zu haben.«

»Ich vermisse mein Café«, sagte ich. »Aber die Arbeit hier gefällt mir auch sehr.«

»Ich habe mich gefragt, ob du mir diese —« Lady Philippa verspannte sich auf ihrem Platz. Der Kuchen, den sie festhielt, fiel auf ihren Schoß, als sie nach dem Notizblock auf dem Tisch griff und anfing, hastig darauf herumzukritzeln.

»Stimmt etwas nicht?« Ich lehnte mich vor, als sie weiter eilig die Seite voll schrieb.

Ihre Wangen waren blass, ihre Atmung klang zittrig. »Der Tod kommt nach Audley.«

Ich zuckte auf meinem Platz zusammen. »Was meinen Sie?« Ich hatte schon viele Dinge über Lady Philippa gehört. Manche Leute behaupteten, sie könnte in die Zukunft blicken. Andere sagten, sie würde die Leute verfluchen, die ihr Unrecht taten. Ich glaubte nichts davon, aber ihr Verhalten war seltsam.

Dann schlug sie ihre Hand vor den Mund. »Meine Güte! Es hat etwas mit Rupert zu tun.«

»Lord Rupert wird sterben? Was sollen wir tun? Sollte ich es ihm sagen? Wir könnten sein Sicherheitspersonal erhöhen. Ich könnte die Polizei rufen. Sollten wir –«

»Nein! Er ist nicht derjenige, der sterben wird, aber der Tod folgt ihm wie ein zweiter Schatten.« Ihre Hand zitterte, als sie sie in ihren Schoß legte. »Holly, du musst ihn für mich beschützen.«

Ich neigte meinen Kopf, während sich Falten auf meiner Stirn bildeten. »Ich ... Ähm, na ja, er hat ein großes Security-Team um sich. Ich bin mir sicher, dass sie jegliche Gefahr aufdecken werden.«

»Du verstehst ihn. Er vertraut dir. Wenn du ihm sagst, dass er in Gefahr ist, wird er auf dich hören. Ich weiß, wie dieser Junge ist. Er ist immer mit dem Kopf in den Wolken. Er sieht Probleme erst, wenn es schon zu spät ist.«

Ich dachte an unseren kürzlichen Unfall mit dem Fahrrad. Rupert hatte mich nicht gesehen. Vielleicht brauchte er jemanden, der auf ihn aufpasste, wenn ihm Gefahr auflauerte.

Lady Philippa nahm meine Hand. »Du musst ihn beschützen. Beschütze ihn mit deinem Leben. Er ist so ein wertvoller Junge. Ich kann mir eine Welt ohne Rupert nicht vorstellen.«

Ich tätschelte ihre Hand. »Ich werde ihn im Auge behalten. Aber ich bin mir sicher, dass es nichts gibt, worum wir uns Sorgen machen müssten. Er verbringt ein langes Wochenende mit seinen besten Freunden. Ihm wird nichts zustoßen.«

»Ich sehe die Wahrheit. Rupert ist in Schwierigkeiten, und ich kann nicht bei ihm sein, um ihn zu beschützen, weil ich hier gefangen bin.«

Ich schaute zu der offenen Tür. »Lady Philippa, ist Ihnen bewusst, dass Sie jederzeit gehen können?«

Sie hob einen Finger an ihre Lippen, ihr Blick zuckte durch den Raum. »Lass dich nicht täuschen. Die Tür mag offenstehen, aber das bedeutet nicht, dass ich hindurchgehen kann.«

Wieder betrachtete ich die Tür, nicht sicher, was das bedeutete. »Wenn Sie sich damit besser fühlen, passe ich natürlich auf Rupert auf.«

Sie stieß ein erleichtertes Seufzen aus. »Vielen, vielen Dank.«

»Darf ich?« Ich deutete auf den Kuchen, der einen Fleck auf ihrer teuren Kleidung hinterließ.

»Oh! Ich habe das Essen ganz vergessen.« Sie nickte mir zu.

Ich verfrachtete den Kuchen auf eine Serviette.

Meatball winselte und stupste die volle Serviette mit seiner Nase an, um endlich sein Leckerli zu bekommen.

»Wo sind denn nur meine Manieren?« Lady Philippa schien ihre schockierende Enthüllung über einen Mord vergessen zu haben und zog drei Hundeleckerchen aus ihrer Tasche.

Meatball stellte sich auf seine Hinterbeine und wedelte mit seinen Vorderpfoten in der Luft.

Sie lachte, als sie ihm die Leckerlis zuwarf. »Er ist so ein toller Hund.«

»Dem stimme ich zu.« Meatball war einzigartig, und ich würde ihn kein bisschen verändern wollen.

»Ich bin so froh, dass du hier bist.« Lady Philippa hob ihre Hände und löste die Perlen von ihrem Hals.

»Nimm die als Bezahlung dafür, dass du dich um Rupert kümmerst.«

Ich schüttelte den Kopf. Diese Perlen waren ein Vermögen wert. »Nein! Sie müssen mich nicht bezahlen. Und ich könnte niemals Ihre Perlen annehmen.«

Sie strich mit ihren Fingern über die Kette. »Die haben meiner Ur-Ur-Großmutter gehört. Sie war eine schreckliche Frau. Hat immer nach den Fehlern in den Leuten gesucht. Es wäre amüsant, sie dir zu geben. Wenn du sie in der Küche bei der Arbeit trägst, würde sie sich im Grabe umdrehen. Ha! Schon allein deswegen sollte ich darauf bestehen, dass du sie nimmst.«

»Ich bin mir sicher, Chef Heston hätte etwas dagegen einzuwenden, dass ich Perlen während der Arbeit trage. Wenn eine davon in das Essen fällt, könnte jemand daran ersticken. Bitte, Lady Philippa, behalten Sie Ihre Perlen. Ich passe gerne auf Lord Rupert auf. Ich will nicht, dass er in Schwierigkeiten gerät. Obwohl ich mir nicht vorstellen kann, dass er tatsächlich in Gefahr ist.«

Sie rümpfte die Nase. »Eine Vorahnung wie diese ignoriere ich nie. Schlimme Dinge passieren, wenn man nicht aufpasst.« Ihr Blick wanderte zum Fenster.

Ich nutzte die Gelegenheit, um einen schnellen Blick auf ihr Gekritzel in dem offenen Notizbuch zu werfen. Mein Magen verkrampfte sich. Selbst auf dem Kopf konnte ich einige der Zeilen lesen. Das Buch war voll von dunklen Vorhersagen über grauenvolle Dinge, die den Familienmitgliedern zustoßen würden.

Aber wie genau konnten sie sein? Und wo hatte ich mich hier reinziehen lassen, indem ich zugestimmt hatte, für Lord Ruperts Sicherheit zu sorgen?

Kapitel 5

Nachdem ich noch ein paar weitere Minuten bei Lady Philippa verbracht hatte, musste ich zurück in die Küche.

Sie war mit den Gedanken definitiv woanders und nahm kaum wahr, wie ich den Turm zusammen mit Meatball verließ und über die Steinstufen nach unten eilte, wobei ich mich bemühte, an den kalten Stellen einfach vorbeizuhuschen, ohne sie mir genauer anzusehen.

Ich sollte mich nicht zu sehr von Lady Philippas beunruhigender Vorhersage über einen Tod einnehmen lassen. Vielleicht beobachtete sie aus ihrem Turm Dinge, die andere Leute übersahen. Sie hatten ein hochwertiges Fernglas auf dem Fenstersims stehen, mit dem sie das Treiben auf dem Gelände im Blick behalten konnte. Vielleicht hatte sie sich selbst erschreckt, indem sie zu viele Schatten angestarrt hatte? Vielleicht setzten ihr auch die Gerüchte über die Burggeister zu.

Lady Philippa beschwor keine Flüche herauf, die dafür sorgten, dass den Leuten schlimme Dinge passierten. So etwas war unmöglich, nicht wahr?

Nachdem ich Meatball mit dem Versprechen von einem köstlichen Abendbrot, sobald ich Feierabend hatte, in seinem Zwinger abgesetzt hatte, richtete ich kleinlich genau die Desserts an, die ich vorbereitet hatte.

Während ich arbeitete, war niemand sonst in der Küche, was ungewöhnlich war. Normalerweise war immer etwas los. Entweder musste etwas für den nächsten Tag vorbereitet werden, oder die Bediensteten eilten umher, um der Familie das Abendessen zu servieren. Dann erinnerte ich mich daran, dass heute der Spieleabend war. Die gesamte Belegschaft bekam einen Abend in der Woche frei, und das hatten sie der Herzogin zu verdanken. Es war eine weit zurückreichende Tradition in der Burg, die es schon seit hunderten von Jahren gab. In einer der Stuben wurden Tische mit verschiedenen Spielen aufgestellt. Es gab Karten- und Brettspiele. Es machte Spaß, wenn sich die Belegschaft nach einem oft hektischen Tag entspannen konnte.

Und einmal im Jahr bedienten die Anwohner der Burg sogar die Belegschaft. Es fand ein kompletter Rollentausch statt, bei dem die Herzogin und ihre Familie für das Essen und die Getränke sorgten, aber bis es wieder so weit war, würden noch mehrere Monate vergehen.

Mir war nicht danach, mich dem Spieleabend anzuschließen. Ich wollte einen ruhigen Abend, bei dem es nur mich und Meatball gab, besonders nach der schockierenden Verkündung von Lady Philippa, dass der Tod in der Burg einkehren würde.

In Anbetracht der fehlenden Bediensteten hatte ich keine andere Wahl, als die Desserts auf einen Servierwagen zu stellen, Teller, Servietten und Besteck herauszusuchen und alles in die Hauptburg zu bringen, wo ich nach Rupert und seinen Freunden suchen musste.

Es dauerte nicht lange, bis ich lautes Gelächter in einem der Salons hörte. Ich klopfte an die Tür und wartete.

Wenige Sekunden später wurde sie geöffnet. Rupert lächelte breit, seine Wangen waren gerötet und in seiner Hand hielt er ein Glas Whisky.

»Holly! Natürlich, es ist Zeit für den Nachtisch. Komm rein.« Er trat zurück und ich schob den Wagen ins Zimmer.

Neben Rupert waren vier Männer anwesend, alle etwa in seinem Alter. Sie strahlten die Art von Selbstbewusstsein aus, die eine teure Ausbildung und ein geldreicher Hintergrund mit sich brachten.

»Stell die Desserts einfach auf den Tisch«, sagte Rupert. »Leute, ich habe euch schon alles über Hollys traumhafte Desserts erzählt. Es sieht so aus, als hätte sie sich heute Abend selbst übertroffen. Sie ist ein absolutes Genie in der Küche.«

Sein Lob ließ mich erröten, während ich den Servierwagen weiterschob und alles anrichtete.

»Das sieht köstlich aus.« Ein großer, schlanker Mann mit dunklem plattem Haar schlenderte herüber und zwinkerte mir zu. »Rupert hat vergessen, zu erwähnen, wie süß du bist.«

Rupert stieß ein nervöses Lachen aus. »Ganz ruhig. Holly ist hier, um zu arbeiten.«

»Und ich wette, sie befolgt all deine Befehle.« Der Mann kam noch näher.

»Das reicht, Kendal. Lass die Frau in Ruhe.« Ein kleinerer Mann mit breiten Schultern, dunklen Haaren und Bartstoppeln schüttelte seinen Kopf, als er zu uns kam und sich die Desserts ansah. »Ignorier ihn. Wenn er etwas sieht, das er haben will, vergisst er seine Manieren.«

Ich zwang mich zu einem Lächeln, als Kendal alles daranzusetzen schien, mir auf die Pelle zu rücken. Ich unterdrückte den Drang, ihm hart auf den Fuß zu treten und ihm zu sagen, dass er sich gefälligst verziehen soll, als ich ihm einen Teller reichte.

Rupert räusperte sich. »Holly, das sind Kendal Jakes und Christian Knightsbridge. Wir sind zusammen zur Schule gegangen und haben sogar denselben Schlafsaal miteinander geteilt. Das war sehr spaßig.«

»Es war nicht alles spaßig.« Ein anderer Junge gesellte sich zu ihnen und suchte sich einen Brownie aus. Er hatte sandbraunes Haar und leuchtend grüne Augen. »Wir mussten das ganze Jahr über Tonys Geschnarche ertragen.«

Der einzige Mann, der sich noch nicht zu uns gesellt hatte und noch immer in einem ledernen hohen Sessel saß, gluckste laut. »Ich schnarche nicht.«

»Doch, das tust du auf jeden Fall«, sagte der Junge mit dem sandfarbenen Haar.

Rupert nickte. »Ich befürchte, du schnarchst, Tony.« Er lächelte mich an. »Und das ist Simon Napleton. Er war Leiter unseres Schulhauses. Und der Kerl, der da drüben sitzt, ist Anthony Bambridge.«

Simon nickte, während er einen meiner Kuchen aß. »Das ist auf jeden Fall besser als das Essen, das uns an der Eton serviert wurde.«

»Es freut mich, dass es euch schmeckt.« Ich trat einen Schritt zurück und konnte es kaum erwarten, zurück in die sicheren Wände der Küche und außer Reichweite von Kendals anzüglichen Blicken zu kommen.

»Geh noch nicht.« Kendal legte seine Hand um meinen Arm. »Wir haben deine Köstlichkeiten noch nicht probiert.«

»Hast du nicht schon genug auf dem Teller?« Christian warf einen muskulösen Arm um Kendals Schulter.

Kendal funkelte ihn böse an und ließ mich los. »Ich weiß nicht, wovon du sprichst.«

»Mein letzter Stand war, dass du dich mit einer verheirateten Frau amüsierst und dich weiter mit Izzie Northcott triffst. Du willst dich doch nicht auch noch auf die Küchenhilfe einlassen.«

»Holly ist keine Küchenhilfe«, sagte Rupert hastig. »Sie ist eine herausragende Bäckerin. Wir haben Glück, sie bei uns zu haben.«

»Ja?« Kendal sah ihn an und schmunzelte. »Und wie viel Glück hattest du schon bei ihr?«

Ich presste die Lippen zusammen und trat einen Schritt zurück. »Wenn ihr mich bitte entschuldigt. Ich habe noch etwas Arbeit vor mir.«

»Geh nicht.« Kendal legte eine Hand über sein Herz. »Ich vermisse dich jetzt schon.«

Rupert sah mich entschuldigend an, als er mit mir zusammen zur Tür eilte. »Das tut mir so leid. Sie haben alle ein bisschen zu viel getrunken. Du kannst mir glauben, normalerweise haben sie nicht so schlechte Manieren.«

Ich schüttelte den Kopf. Es war nicht das erste Mal, dass ich privilegierten Männern begegnet war, die dachten, ihnen stünde alles zu, was ihnen gefiel. »Ich versorge euch gerne mit Desserts, aber das ist alles.«

Seine Wangen nahmen ein dunkles Rosa an, als er anfing, zu stottern. »Oh! Natürlich. Der Gedanke ist mir gar nicht gekommen. Ich habe dich nicht herbestellt, um ... das zu tun. Ich meine, nicht, dass du nicht attraktiv wärst. Ich habe schon immer deine dunklen Augen bewundert. Du bist wirklich wunderschön. Jeder Mann könnte froh sein, dich zu haben. Ich mein ... Oje, ich glaube, vielleicht habe ich auch schon zu viel getrunken. Tut mir leid. Ich sollte mich an die leichteren Sachen halten.«

Ich akzeptierte seine holprige Entschuldigung mit einem Nicken. »Wirklich, das ist kein Problem. Hab noch einen schönen Abend.« Ich schlüpfte durch die Tür und schloss sie hinter mir, bevor ich ein leises Seufzen ausstieß. Rupert fand mich wunderschön. Das sollte mich nicht so grinsen lassen, aber ich konnte nichts dagegen tun.

Kurz darauf entdeckte ich Herzog Henry Audley und Herzogin Isabella Audley, als sie mir entgegenkamen.

Der Herzog und die Herzogin waren Onkel und Tante von Rupert und Alice. Ihr Vater, George Audley, hatte sie in ihrer Obhut gelassen, während er mit seiner Frau auf Reisen war. Eine Reise, die schon fast zwanzig Jahre ging und laut dem Klatsch und Tratsch im Dorf immer noch andauerte.

Ich war nicht überrascht, sie heute Abend zu sehen. Wenn die Touristen tagsüber durch die Burg wanderten, blieben sie in ihren Gemächern, aber es war nicht unüblich, dass sie am Abend einen Spaziergang durch die Gemäuer machten.

Seine Gnaden Herzog Audley war ein groß gewachsener, imposanter Mann mit dunklen Haaren, die von leichtem Grau durchzogen wurden. Er hatte eine lange, königliche Nase und intelligente blaue Augen. Leider war ihm diese Intelligenz vor einiger Zeit abhandengekommen. Häufig benahm er sich, als lebten wir in Viktorianischen Zeiten, als Angestellte noch glorifizierte Sklaven waren, die ihrem Herren jederzeit zu Diensten sein mussten.

Glücklicherweise hatte Herzogin Isabella Audley einen klaren Kopf bewahrt und das Kommando über den Haushalt übernommen. Sie war die wahrscheinlich schönste Frau, die ich je gesehen hatte. Sie war groß und elegant und schien eher zu schweben als zu gehen. Sie hatte porzellanartige Haut und große blaue Augen, die immer Interesse und Wärme ausstrahlten, wenn sie sprach.

»Guten Abend, Holly.« Herzogin Isabella lächelte mich an. »Du arbeitest heute aber noch spät.«

Obwohl ich gesellschaftlich weit unter ihnen stand, bestand die Herzogin darauf, dass ich informelle Anreden benutze, wenn ich mit ihnen sprach. Ich wusste ihren Versuch, mich im Hausstand willkommen zu heißen, zu schätzen.

Bevor ich jedoch antworten konnte, wurde die Luft von hektischem Kläffen erfüllt. Vier mollige Corgis hüpften auf den Herzog und die Herzogin zu.

Herzogin Isabella liebte ihre Hunde, also hatte ich sofort gewusst, dass wir uns verstehen würden. Leider waren die Burgcorgis verwöhnte Bälger, die Meatball ärgerten, wann immer sie ihn sahen. Versteht mich nicht falsch, er kann sich wehren, aber vier gegen einen war nie ein fairer Kampf.

Die Corgis blieben neben den Füßen der Herzogin stehen und bewachten sie, als stelle es eine Gefahr dar, mit einer Angestellten zu sprechen. Ihre funkelnden Augen fixierten mich, als warteten sie nur darauf, dass ich eine falsche Bewegung machte.

»Ich habe nur Desserts für Lord Ruperts Abendgesellschaft mit seinen Freunden gebracht«, sagte ich.

»Ah! Natürlich. Ich hatte ganz vergessen, dass er sie für ein paar Tage eingeladen hat. Wie läuft es denn?«, fragte sie.

»Natürlich läuft es gut«, sagte Herzog Audley in seiner typischen dünnen Stimme, die klang, als wäre er in

Gedanken woanders. »Unser Neffe weiß, wie man die Leute unterhält.«

Die Herzogin tätschelte seinen Arm. »Ich erinnere mich, dass Rupert eine harte Zeit mit den Jungs hatte, als sie an der Eton waren.«

»Völliger Unsinn«, sagte der Herzog. »Rupert kann sich mit jedem anfreunden. Und in Anbetracht seiner Position will sich auch jeder mit ihm anfreunden.«

»Was nicht immer gut sein muss.« Die Herzogin lächelte nachsichtig, ehe ihr Ehemann sich abwandte und einem der Ölgemälde an der Wand widmete. »Wahrscheinlich sollte ich das nicht sagen, aber als Rupert noch jünger war, hatte er es nicht immer leicht. Er ist so sensibel. Er fühlt sehr innig, und das kann für einen Teenager schwer sein, vor allem in der Gesellschaft von anderen Jungs. Ich habe mir oft Sorgen darum gemacht, ob er womöglich in der Schule gemobbt wurde.«

Mein Mund verzog sich zur Seite. Leider konnte ich mir das gut vorstellen. Er legte eine sanfte Art an den Tag. Und Rupert schien sich ernsthaft um das Wohlergehen anderer zu sorgen.

»War das mein Urgroßvater?«, fragte der Herzog.

»Nein, mein Liebster. Das war Lord Chancellor. Er war dein Cousin zweiten Grades.« Sie schüttelte diskret den Kopf. »Es gibt so viele Porträts von Freunden und Verwandten in dieser Burg, dass es schwer ist, sich daran zu erinnern, wer wer ist.« Sie tätschelte meinen Arm. »Wie läuft es in der Küche? Arbeitest du an weiteren leckeren Dingen, mit denen du uns verwöhnen kannst?«

»Wir haben viel zu tun«, sagte ich. »Ich arbeite daran, ein altes Rezept zu perfektionieren, das ich gefunden habe. Ich dachte, es könnte nett sein, in dem Café traditionelle Speisen anzubieten.«

»Traditionelle Speisen?« Sie rümpfte die Nase. »Ich befürchte, traditionelles britisches Essen hat nicht viel zu bieten. Dabei muss ich an klumpige Haferflocken und zerkochtes Gemüse denken.«

Ich kicherte. »Nun, technisch gesehen ist es ein Import. Es ist ein Rezept für römisches Honigbrot. Das Problem ist, dass ich schon mehrere Varianten des Rezepts ausprobiert habe, aber nichts davon hat funktioniert. Ich habe das Gefühl, dass ich etwas Essenzielles übersehe.«

»Wenn du unsere private Bibliothek nutzen möchtest, um Nachforschungen anzustellen, dann nur zu«, sagte die Herzogin. »Wir haben eine breite Auswahl von Kochbüchern. Sie stehen nur da und setzen Staub an. Es wäre schön, wenn jemand sie benutzen würde.«

»Das würde ich sehr gerne tun. Aber nur wenn es keine Umstände bereitet.« Die Burgbibliothek enthielt mehr als dreitausend Bücher, von denen viele selten und äußerst wertvoll waren.

»Natürlich nicht.« Sie lächelte erneut. »Und wenn ich dafür eine Kostprobe des fertigen Produkts bekomme, wäre ich mehr als glücklich. Sieh es als Bezahlung dafür an, unsere Bibliothek nutzen zu dürfen.«

»Abgemacht. Wenn ich so weit bin, backe ich so viel Honigbrot für euch, wie ihr wollt.«

»Und dieser Bursche ist der …« Der Herzog starrte auf eines der anderen Bilder.

»Ich sollte gehen«, sagte die Herzogin, »bevor mein lieber Ehemann noch seinen eigenen Namen vergisst.« Sie eilte davon und ihre kläffenden Corgis begleiteten sie.

Ihre Worte über Rupert beschäftigten mich, als ich zur Küche zurückging. Er war ein höflicher Mann. Er verdiente etwas Besseres. Ich hoffte, dass seine Freunde heute Abend nicht zu gemein zu ihm waren.

Ich schüttelte den Kopf. Auf diese Weise sollte ich nicht an Rupert denken. Backen war meine wahre Liebe. Und Meatball natürlich. Wie ich bereits zu Lady Philippa gesagt hatte, ich hatte keine Zeit für eine Beziehung. Dennoch fühlte ich mich gelegentlich einsam.

Als ich an Meatball dachte, bemerkte ich, dass es längst überfällig war, ihm sein versprochenes Abendessen zu geben.

Doch als mir eine Bewegung im Haupthof ins Auge fiel, verlangsamte ich meine Schritte. Etwas Blasses blitzte auf und war in der Sekunde verschwunden, in der ich näher herantrat, um es mir anzusehen.

Ich rieb mir die Arme, als mir ein Schauder über den Rücken lief. Das war nichts. Ich hatte nichts mit Lady Philippas Vorhersage über Ruperts Schwierigkeiten zu tun. Da draußen lauerten keine mysteriösen Gestalten. Und selbst wenn es so wäre, gab es genug Sicherheitsleute, um sie sich zu schnappen. Dafür würde Campbell schon sorgen.

Es gab nichts, worüber ich mir Sorgen machen müsste. Das hier war das echte Leben, nicht irgendein gruseliger Krimi.

Kapitel 6

Ich wischte mir mit der Hand über die Stirn und stieß ein erschöpftes Seufzen aus. Es war das Ende eines weiteren langen Tages, an dem Kuchen gebacken und ausgeliefert wurden, und nachdem gestern so viel zu tun gewesen war, war ich mehr als bereit für ein heißes Bad und eine frühe Nachtruhe.

Meatball hatte andere Pläne. Während ich am Tisch saß und an einer wohltuenden Tasse Tee nippte, sprang er vor der Hintertür der Küche auf und ab.

In Anbetracht seiner kleinen Größe sollte man meinen, dass er keine langen Spaziergänge brauchte, aber ich hatte das Gefühl, dass in seinem Mix etwas Terrier-artiges mit drin war. Er verfügte über endlose Energie und liebte nichts mehr, als stundenlang herumzutoben.

»Bist du sicher, dass du nicht deine Pfoten hochlegen und für heute Feierabend machen willst?«, fragte ich.

»Wuff.« Das war eindeutig ein Hunde-Nein. Er sprang weiter auf und ab, streckte sich in der Hoffnung, groß genug zu sein, um die Tür selbst zu öffnen, doch er erreichte die Klinke nicht.

Ich musste vor Chef Heston auf der Hut sein. Die meisten Mitarbeiter hatten schon Feierabend gemacht, aber er schlich noch irgendwo herum. Wenn er sah, dass ich Meatball in meiner kurzen Pause in die Küche gelassen hatte, würde er ausflippen.

Doch Meatball kannte seinen Platz und blieb artig auf der Fußmatte vor der Tür. Er hatte schon zu oft gehört, wie Chef Heston jemanden anschrie, und wollte ihm nicht in die Quere kommen.

»Wuff, wuff.« Meatball kratzte an der Tür.

Mein Blick fiel durchs Fenster. Die Sonne senkte sich gerade hinter die Bäume. Eine sanfte Pfirsichblüte hinter einer Schicht aus dünnen, weißen Wolken.

»Okay, wir können einen Spaziergang machen.« Ich trank meinen Tee aus, stellte die Tasse in den Geschirrspüler und ging nach draußen.

Ich nahm Meatballs Leine mit, obwohl ich sie nur selten brauchte, wenn wir auf der Anlage unterwegs waren. Ich benutzte sie nur, wenn er in dem Fahrradkorb saß, damit er vollständig gesichert war. Und er war gut erzogen und kam immer sofort zurück, wenn ich ihn rief. Na ja, er kam bei neun von zehn Malen zurück. Das war für mich ein Erfolg.

Wir schlenderten um die Seite der Burg herum, vorbei an dem kunstvoll angelegten Rosengarten mit duftenden Blüten und den Dutzenden Hecken, die zu Diamanten, Kreisen und Bögen geschnitten worden waren.

Ich hielt an und neigte meinen Kopf. Ganz in der Nähe ertönte ein hohes Kläffen. Ich zog eine Grimasse. »Meatball! Hier lang.« Wir liefen in die entgegengesetzte Richtung. Heute Abend wollte ich nicht den Burg-Corgis begegnen. Obwohl sich Meatball gerne mit diesen verwöhnten Hunden anlegte, ging er nicht immer als Sieger hervor, wenn sich das ganze bösartige Rudel auf ihn stürzte.

Meatball rannte mit aufgestellten Ohren voraus, seine kleinen Beinchen flogen über den Boden. Er verschwand um eine Ecke, und ich schlenderte ihm hinterher, ohne mich zu beeilen. Meine Beinmuskeln schmerzten von den vielen Auslieferungen mit dem Fahrrad, die ich heute hatte ausführen müssen, also schaffte ich nicht mehr als einen gemütlichen Spaziergang.

»Wuff, wuff.« Der hohe Ton in Meatballs Bellen ließ vermuten, dass er etwas oder jemanden gefunden hatte, mit dem er glücklich war.

Er bellte noch zweimal, dann ertönte ein schrilles Kichern.

Ich lächelte, als ich das Lachen erkannte. Ich bog um die Ecke und schüttelte den Kopf, als ich sah, wie Prinzessin Alice Meatball in ihre Arme hob und ihn an sich drückte.

»Seine Pfoten könnten dreckig sein.« Ich schlenderte ihnen entgegen.

Prinzessin Alice trug ein wunderschönes, langes, weißes Kleid, das durch Meatballs begeistertes Zappeln bei dem Versuch, über ihr herzförmiges Gesicht zu lecken, nicht mehr makellos aussah.

»Mach dir um das alte Ding keine Sorgen.« Sie küsste Meatball mehrere Male, bevor sie ihn wieder auf den Boden setzte, wo er um ihre Knöchel hüpfte. »Ich muss diesen flauschigen Burschen einfach immer knuddeln, wenn wir uns sehen.«

Alice hatte die blonden Haare der Familie geerbt, die bis zu ihrer Taille hinunterfielen, und ihre Augen funkelten blau. Sie war kurviger als Herzogin Isabella, weil sie sich gerne in die Küche schlich und die Leckereien probierte, die wir für die Besucher der Burg vorbereiteten.

»Was machst du hier draußen?«, fragte ich.

Sie deutete auf die Staffelei hinter sich. »Ich übe mich ein wenig im Zeichnen. Mutter sagt, ich müsse meine künstlerische Begabung ausbauen. Zeichnen, Malen, Gobelinstickerei, Musik und Gesang. Von dem Tanzkurs will ich erst gar nicht anfangen. Wir haben einen ganzen Sommer mit Bällen vor uns, und ich kann den Foxtrott immer noch nicht. Mein Lehrer sagt, ich habe zwei linke Füße.«

Ich blickte über ihre Schulter auf die Staffelei. Auf dem Papier waren mehrere schief aussehende blaue Blumen und etwas, das ein großer, schwarzer Stock sein könnte.

Alice stöhnte. »Ich weiß, ist es nicht schrecklich? Manche Leute haben einfach kein künstlerisches Auge. Das sage ich Mutter immer wieder, aber sie hört nicht zu. Zeichnen ist gähnend langweilig. Wozu soll das überhaupt gut sein?«

Ich lächelte, während Alice alle Gründe aufzählte, warum sie nicht lernen sollte, wie man malte.

Wir hatten uns während meiner ersten Arbeitswoche in der Burg kennengelernt. Ich war buchstäblich in sie hineingerannt und hatte nur knapp verhindern können, sie unter einer riesigen Schokotorte zu begraben. Zuerst hatte ich sie nicht erkannt. Sie hatte eine Latzhose und ein Baseball Cap getragen, als sie sich durch die Küche schlich, um nicht erkannt zu werden.

Nachdem mir bewusst geworden war, wen ich vor mir hatte, hatte sie mich Geheimhaltung schwören lassen und zugegeben, dass sie sich in einer leeren Mitarbeiterunterkunft versteckt hatte, weil sie nicht an einem Knigge-Wochenendkurs hatte teilnehmen wollen. Alice hatte vorgegeben, dorthin gefahren zu sein, und wollte nicht, dass irgendjemand die Wahrheit erfuhr.

Ich sah kein Problem darin, ihr Geheimnis für mich zu behalten. Und seitdem sah sie mich als Freundin an.

»Kannst du zeichnen?«, fragte sie. »Vielleicht kannst du die Blumen für mich malen. In der Schule hatte ich eine Freundin, die immer meine Kunstaufgaben übernommen hat. Sie war ein absolutes Ass. Konnte einfach alles zeichnen. Ich bin eher für Strichmännchen als Salvador Dali.«

»Ich war auch nie gut in Kunst«, sagte ich.

»Deine Kuchen sind Kunstwerke. Das ist eine sinnvolle Kunst. Wenigstens kann man essen, was du erschaffst.«

»Das stimmt.«

»Ich wollte mich mit dir treffen. Ich habe ein neues Mitglied unserer Familie gefunden.« Alice war besessen davon, die Geschichte ihrer Familie aufzudecken.

»Wer ist es diesmal? Pirat, berüchtigter Soldat oder wohlhabender Baron?«

»Ein Wollhändler.« Sie schlug sich eine Hand über den Mund und kicherte. »Kannst du das glauben? Wir stammen von einem Händler ab. Scheinbar hat er Wohlstand erlangt, indem er Wolle in andere Länder exportiert hat. Er war derjenige, der das Land gekauft hat, auf dem jetzt die Burg steht. Ursprünglich stand hier ein altes Kloster, doch das ließ er abreißen und stattdessen die Grundmauern von Audley Castle errichten. Obwohl es damals nur ein Herrenhaus war. Nichts von diesem Ausmaß. Trotzdem sind wir nicht besser als du. Oh! So etwas sollte ich nicht sagen. Ich meine, du bist wunderbar. Ich wäre gerne so geschickt wie du in der Küche. Aber na ja, du verstehst schon. Bitte hass mich nicht.«

Ich unterdrückte ein Grinsen. »Ich könnte dich niemals hassen. Jeder muss irgendwo anfangen.«

»Ganz genau! Allerdings muss ich noch über viele andere Verwandte recherchieren, bevor ich fertig bin. Und ich habe einen furchtbaren Kerl entdeckt, dem der

Kopf abgeschlagen wurde. Er hat Gelder des Königs veruntreut. Schließlich wurde er erwischt, zusammen mit seiner Frau in den Tower geworfen, und sie haben ihre Köpfe verloren. Kannst du dir das vorstellen?«

»Das klingt beängstigend. Ich bin froh, dass ihr das heutzutage nicht mehr machen könnt.«

»Das können wir sehr wohl. Na ja, unser Monarch kann es. Jemand begeht Hochverrat und ab ist der Kopf.«

Alice war süß naiv und tat so dumm wie nur möglich. Aber über die letzten paar Monate hatte ich sie besser kennengelernt und realisiert, dass in ihrem hübschen Kopf ein cleverer Verstand lag. Sie versteckte ihn nur gerne.

»Und ich habe mir überlegt«, fuhr sie fort, »dass wir auch einen Stammbaum für dich machen könnten.«

»Meine Familie ist klein«, sagte ich. »Mein Dad lebt nicht mehr und ich weiß nichts über seine Familie, abgesehen davon, dass sie aus Irland kamen.«

»Du hast noch nie von deiner Mutter gesprochen«, sagte sie. »Woher kommt sie?«

Ich seufzte. Das war ein sensibles Thema, dem ich mich nur selten widmete. »Meine Stiefmutter ist reizend. Sie ist lebhaft und höflich und wirklich hübsch. Sie war immer da, wenn ich Hilfe brauchte.«

»Dein Vater hat wieder geheiratet, nachdem deine leibliche Mutter euch verlassen hat?«

»Das ist richtig. Eines Tages ist sie einfach verschwunden. Schließlich hat Dad eine Scheidung erwirkt und sich mit Valerie niedergelassen. Auch wenn Dad von uns gegangen ist, habe ich immer noch Kontakt zu ihr.«

»Sonst gibt es niemanden? Du musst doch eine größere Familie haben. Großeltern? Geschwister? Es kann nicht nur dich geben.«

Ich zuckte mit den Schultern. »Ich habe eine Stiefschwester. Bianca kann ein bisschen ... reizbar sein. Ich glaube nicht, dass sie sich je an den Gedanken gewöhnt hat, dass ihre Mutter meinen Dad geheiratet hat. Ich habe seit Jahren nichts mehr von ihr gehört. Und ich habe eine Großmutter, die noch lebt. Granny Molly.«

»Wie ist sie so?« Alice ließ sich auf dem Stuhl vor ihrer Staffelei nieder.

Ich rieb mir den Nacken. Wir hatten nie über Granny Molly geredet. »Sie ist ... einzigartig.« Und sitzt fünf Jahre wegen Betrugs im Gefängnis ab.

»Das ist schon mal ein Anfang. Du kennst die Namen deiner Eltern und den deiner Großmutter. Damit können wir anfangen und uns zurück arbeiten. Vielleicht hast du irgendwo eine riesige Familie, die es kaum erwarten kann, dich kennenzulernen. Würdest du nicht gerne wissen, wo du herkommst?«

Ich biss mir auf die Lippen. In Anbetracht der kriminellen Tendenzen einiger der wenigen Familienmitglieder und dem mysteriösen Verschwinden meiner Mutter, war ich mir nicht sicher, ob ich das wollte. Aber meine Neugierde war geweckt. Ich liebte Geschichte und hatte sie sogar an der Universität studiert. Obwohl es nicht zu einer Karriere geführt hatte, beschäftigte ich mich immer noch als Hobby damit. Besonders gefiel mir die britische Tudorzeit mit all den Intrigen und Skandalen der verschiedenen Mitglieder der herrschenden Elite.

»Es könnte Spaß machen, mehr über sie zu erfahren«, sagte ich.

»Gib mir die Details deiner Familie, und ich mache mich an die Arbeit«, sagte Alice.

»Solltest du dich nicht auf deine Zeichnung konzentrieren?«

Sie warf einen finsteren Blick auf die Staffelei und streckte ihre Zunge aus. »Das ist langweilig. Ich weiß, dass ich in allen Bereichen herausragend sein sollte, aber wozu die Mühe? Nur weil ich zeichnen kann, werde ich mir keinen tollen Mann angeln.«

Wenn es um Beziehungen ging, hatte Alice eine traurige Vergangenheit. Mit zwei gescheiterten Verlobungen war sie so etwas wie das schwarze Schaf der Familie. Was die Suche nach einem geeigneten Partner anging, hatten ihre Eltern sie abgeschrieben. Heute erlaubten sie ihr zu tun, was sie wollte, solange sie sich aus dem Rampenlicht fernhielt und keinen Skandal verursachte, vor allem nicht nach der Aufhebung der Verlobung mit Lord Davenport.

Alice sagte, seine Blähungen hätten bei ihr Übelkeit erregt, und sie konnte sich nicht vorstellen, mit einem Mann zusammen zu sein, bei dem sie sich so unwohl fühlte. Leider hatte es dieses Geständnis bis zu einem Lokalreporter geschafft, der es freudig auf die Titelseite gedruckt und der Familie eine Menge Aufmerksamkeit beschert hatte.

»Wuff, wuff.« Meatball sprang um ihre Füße.

»Ganz genau, du Hübscher. Wir müssen einen Spaziergang zusammen machen.« Alice stand auf und hakte sich bei mir unter. »Ich hoffe, mein Bruder und seine schrecklichen Freunde haben dir keine Schwierigkeiten bereitet.«

»Nicht wirklich.« Ich entschied, Kendal nicht zu erwähnen.

»Sie sind grauenhaft. So von sich überzeugt. Sie halten sich für Gottes Geschenk an die Frauen. Besonders Kendal. Er ist so ein widerlicher Lurch. Ihn musst du im Auge behalten.«

Dem konnte ich nicht widersprechen, vor allem nicht, nachdem er sich mir gegenüber derart unangemessen verhalten hatte. »Vielleicht ist es nur der Übermut.«

»Wohl eher schlechte Manieren. Und sie haben stundenlang draußen auf Tontauben geschossen. Das war so laut! Ich habe versucht, ein Nickerchen zu machen, aber musste die ganze Zeit mit anhören, wie sie diese nutzlosen Tonklumpen vom Himmel schießen.«

Ich wurde langsamer und schaute mich um. »Jetzt sind sie damit fertig, oder?« Lady Philippas Vorhersage über einen Tod nagte an mir.

Sie kicherte. »Natürlich sind sie das. Keine Sorge, niemand wird auf uns schießen. Zweifellos schlagen sie sich gerade die Mägen voll. Sie sind so gierig. Außerdem haben sie nicht hier herumgeschossen, sondern auf dem Feld nebenan. Wir sind hier vollkommen sicher.«

Wir gingen auf das Wäldchen der Anlage zu. Meatball liebte es, die Gebüsche zu erkunden. Dort gab es viele interessante Gerüche und Eichhörnchen, die man jagen konnte.

Er rannte vor, doch kam wenige Augenblicke später wieder zurück und bellte aufgeregt.

»Was hast du gefunden?« Alice ließ meinen Ellenbogen los.

»Wahrscheinlich den Kadaver eines Eichhörnchens.«

Sie rümpfte die Nase. »Sei nicht so ekelig. Warte dort, du frecher Kerl.«

»Du solltest ihn nicht jagen.« Ich schüttelte den Kopf, als sie ihr Kleid anhob und laut lachend aus meinem Blickfeld verschwand.

Ich schlenderte ihnen nach. Das Gelände der Anlage war sicher, aber die Dämmerung hatte bereits eingesetzt, und Alice hatte die Angewohnheit zu verschwinden, wenn sie es nicht sollte.

Ich hatte sie schon mehrere Minuten aus den Augen verloren, als mich der Klang eines Winselns erreichte und ich langsamer wurde. Das war Meatball!

Ich erhöhte mein Tempo und sprang über einen umgestürzten Stamm. »Meatball! Wo bist du?«

Das Winseln wurde laute und er bellte mehrere Male. Was auch immer er entdeckt hatte, es gefiel ihm nicht.

Mein Herz pochte, als ich anfing zu joggen und mich hektisch nach ihm und Alice umschaute.

Er bellte noch einmal. Dann mehrere Male ein einzelnes Bellen nach dem anderen. Das war nie ein gutes Zeichen. So viel Gebell bedeutete, dass Ärger ganz in der Nähe war.

»Meatball!« Ich sprintete nach vorn, in meiner Hast stolperte ich über mehrere Wurzeln und kratzte mir das Knie an einem Baumstamm auf.

»Oh! Da bist du.« Ich lief auf eine kleine Lichtung.

Meatball stand mit seinen Vorderpfoten auf Alice' Rücken. Sie lag flach auf dem Boden und bewegte sich nicht.

Ich eilte zu ihnen. »Was ist passiert?«

Meatball winselte und wich zurück.

Ich drehte Alice um. Sie war kalt, aber ich konnte keinen Hinweis darauf finden, dass sie sich den Kopf gestoßen hatte. War sie ohnmächtig geworden?

»Prinzessin Alice.« Ich überprüfte ihren Puls, er war in Ordnung. Was war hier los?

Meatball stupste mich mit der Nase an und bellte mehrfach.

»Es geht ihr gut. Wir werden sie zurück in die Burg bringen, sobald sie aufwacht. Keine Sorge.« Trotzdem hämmerte mein Herz zu heftig.

Wieder stupste er mich an und kratzte mit seinen Pfoten über den Boden.

»Was hast du da gefunden?« Ich lehnte mich über Alice bis über die Stelle, an der Meatball buddelte.

Es dauerte ein paar Sekunden, bis mein erstarrtes Gehirn wieder arbeitete, doch meine Augen weigerten sich noch immer zu akzeptieren, was ich sah.

Es gab keinen Zweifel daran, was es war, egal, wie oft ich auch blinzelte. Da lugte eine Hand aus der Erde, und Meatball war dabei, sie auszugraben.

Kapitel 7

Ich sprang auf und stolperte von dem schnell tiefer werdenden Loch zurück, das Meatball um die Hand herum buddelte.

Kein Wunder, dass Alice in Ohnmacht gefallen war. Mir wurde ebenfalls schwindlig, als ich die grauen, fleckigen Finger ansah.

Mein Magen verkrampfte. Was, wenn es jemand war, den ich kannte?

Ich versuchte, mich an das letzte Mal zu erinnern, als ich Rupert gesehen hatte. Heute Morgen hatte er keinen Stopp in der Küche eingelegt, was ungewöhnlich war. Häufig kam er für einen Tee und eine kurze Unterhaltung vorbei.

Ich schluckte. Was, wenn er da unter der Erde lag?

Ich drängte meine Angst auf ein erträgliches Maß an Chaos zurück und rückte näher an die Hand.

Dann stieß ich meinen Atem aus. An dem kleinen Finger steckte ein silberner Ring, und die Nägel waren zu ordentlich, um zu Rupert zu gehören. Er kaute schrecklich viel an seinen Nägeln und wurde immer wieder von seiner Schwester gerügt, wenn er wieder einmal an seinen Fingern knabberte.

Trotzdem lag hier ein Toter vor mir unter der Erde, und dem mangelnden Geruch nach zu urteilen, konnte er noch nicht lange dort sein.

Vorsichtig zog ich Meatball zurück. »Du hast genug erkundet. Das hier könnte ein Tatort sein. Wenn es Beweise gibt, dürfen wir sie nicht zerstören.«

Widerwillig ließ er von seiner Beute ab und blieb an meiner Seite, als ich noch einmal nach Alice sah.

Ich schüttelte ihre Schultern. Alleine wollte ich mich nicht um eine Leiche kümmern müssen.

Sie stöhnte und ihre Augen flatterten auf. »Was ist passiert?«

»Ich glaube, du bist in Ohnmacht gefallen«, sagte ich.

Sie schnappte nach Luft. »Oh! Die Hand! Ich dachte, ich hätte eine Hand aus dem Boden herausragen sehen.«

»Das hast du. Sie ist gleich dort drüben.« Ich zeigte auf die Stelle zu unserer Rechten, keine zwei Meter von uns entfernt.

Sie kämpfte sich auf ihre Knie und griff nach meinem Arm, während sie sich umschaute. »Ist die ... echt?«

»Ich habe sie nicht angefasst, aber für mich sieht sie echt aus. Und Meatball ist sehr interessiert. Er hat einen guten Geruchssinn. Genau so was würde ihn ansprechen. Einmal hat er eine schon halb verweste Kröte aus einem Moor ausgegraben. Er war so stolz, sie gefunden zu haben.«

»Wuff, wuff.« Meatball wedelte mit dem Schwanz, als wüsste er genau, wovon ich sprach.

Prinzessin Alice starrte die Hand mehrere Sekunden lang an, bevor sie erneut ohnmächtig wurde und umkippte.

»Nein! Ich brauche deine Hilfe.« Ich schaute zu der Hand und erzitterte. Ich wusste nicht, was ich tun sollte.

Ich ließ Alice auf dem Boden zurück und eilte ein paar Schritte davon, bevor ich wieder zurücklief. Ich musste jemanden herholen. Die Polizei rufen! Ich musste sie wissen lassen, was wir entdeckt hatten.

Ich hatte gerade mein Handy aus meiner Gesäßtasche gezogen, als ich erstarrte. Gerade war irgendwo ein Ast zerbrochen, das trockene Knacken war ganz nah.

Mein Puls raste, das Blut schoss mir in den Kopf, als ich von Adrenalin durchflutet wurde. Was, wenn der Mörder immer noch hier war? Wir könnten ihn dabei gestört haben, die Leiche zu verstecken. Wenn der Killer wusste, dass sein Opfer entdeckt worden war, könnte er in dem Glauben zurückgekommen sein, dass wir ihn gesehen hatten. Und nicht riskieren wollen, dass wir jemanden identifizierten. Wir könnten die nächsten Opfer sein.

Ich stopfte mein Telefon zurück in meine Tasche, griff unter Alice' Arme und zog sie in den Busch hinter uns, und damit hoffentlich in Sicherheit.

Meatball folgte uns dicht auf den Fersen und winselte leise, als würde er spüren, dass irgendetwas schrecklich falsch lief.

Ich drückte einen Finger auf meine Lippen, um ihn zum Schweigen zu bringen. Wenn wir ganz leise und ruhig waren, würde der Mörder uns vielleicht nicht bemerken.

Ich hörte noch mehr knirschende Schritte auf dem trockenen Laub. Sie kamen näher. Es war ein zu großes Risiko, uns hier zu verstecken. Wir waren zu verwundbar.

Ich schaute mich um und hob einen großen, abgebrochenen Ast auf.

Ich vergewisserte mich, dass Alice gut versteckt war, holte tief Luft, stand auf und drückte mich mit dem

Rücken gegen einen Baumstamm. Vorsichtig linste ich um ihn herum. Dort war niemand.

Dann prüfte ich die andere Seite. Ich war mir sicher, jemanden gehört zu haben. Aber möglicherweise hatte ich mir das in meiner Panik nur eingebildet. Immerhin fand man nicht jeden Tag eine Leiche im Wald. Mein Verstand spielte mir im Angesicht einer potenziellen Gefahr einen Streich.

Meatball stupste mich mit der Nase an und schaute zu mir auf.

Ich schüttelte den Kopf. Ich wollte nicht, dass er sich einmischte. Er mochte ein unerschrockener Hund sein, aber er war auch klein; dennoch zögerte er nie, mich zu verteidigen, wenn er dachte, ich wäre in Gefahr. Auf keinen Fall wollte ich, dass er verletzt wurde.

Ich stellte sicher, dass niemand in der Nähe war, bevor ich mich duckte und zum nächsten Baum huschte. Der Stamm war viel breiter, also war es leichter, mich hinter ihm zu verstecken, ohne gesehen zu werden.

Meatball folgte mir, wobei er seinen Bauch auf den Boden drückte, als wüsste er, dass er diskret sein musste.

Mein Mund war trocken und meine Hände klamm, als wieder die Geräusche an meine Ohren drangen. Da draußen befand sich mindestens eine Person. Vielleicht wurde ich beobachtet und es wurde abgewartet, was ich als Nächstes tun würde. Was auch immer sie planten, ich würde mich nicht ohne einen Kampf geschlagen geben.

Die Schritte kamen näher. Jeden Moment könnten sie um den Baum herumkommen und mich sehen. Das könnte meine einzige Chance sein, sie zu überraschen.

Ich festigte meinen Griff um den Ast, hob meine Arme, als würde ich mit einem Baseballschläger zum Schlag ausholen, trat vor und schwang ihn.

Ein überraschtes Grunzen begrüßte mich, bevor mir ein muskulöser Arm auf die Brust schlug und mich flach mit dem Rücken auf den Boden rammte. Der Ast flog mir aus den Händen, als die Luft aus meinen Lungen gedrückt wurde. Mein Kopf schlug auf den Boden auf, was glücklicherweise von einem Teppich aus trockenem Laub abgefedert wurde.

Trotzdem tanzten Sterne vor meinen Augen, während ich versuchte, wieder auf die Beine zu kommen und mich meinem Angreifer zu stellen. Ich fuchtelte wild mit den Armen, um es ihm so schwer wie möglich zu machen, mich zu schnappen.

Zwei starke Hände drückten meine Schultern nach unten. Campbell Milligans ernstes Gesicht schob sich in mein Blickfeld. »Holly Holmes! Was machen Sie hier draußen?«

Ich gaffte ihn an. »Sie sind das! Sie schleichen sich hier durch die Bäume.«

»*Sie* sind diejenige, die hier herumschleicht.« Er schaute auf, und als ich seinem Blick folgte, entdeckte ich einen weiteren Sicherheitsmann, der in der Nähe stand und uns stumm beobachtete. Sein Gesicht war vollkommen ausdruckslos. Es war Saracen, Campbells rechte Hand.

Campbell starrte mich noch eine Sekunde an, bevor er seinen Griff lockerte und mir seine Hand entgegenhielt.

Als ich sie annahm, riss er mich mit so einem Schwung nach oben, dass ich beinahe direkt wieder gefallen wäre.

Ich leckte mir über die Lippen und schaute von Campbell zu Saracen. »Ich bin froh, dass Sie hier sind. Aber *warum* sind Sie hier?«

»Prinzessin Alice wurde dabei beobachtet, den Wald betreten zu haben«, sagte Campbell. »Der Herzogin gefällt es nicht, wenn sie alleine umherwandert. Wir wurden losgeschickt, um sie zu finden. Wo ist sie?«

»Oh, also, das ist eine lange Geschichte.« Ich räusperte mich und versuchte, meine wirren Gedanken zu ordnen. »Es geht ihr gut, aber sie ist ohnmächtig.«

Campbell nahm die Sonnenbrille ab, die er so oft trug, und steckte sie in seine Brusttasche. Seine eisblauen Augen durchbohrten mich. »Was haben Sie gemacht, um sie ohnmächtig werden zu lassen?«

»Gar nichts! Das hatte nichts mit mir zu tun.«

Er hob eine Augenbraue und wartete darauf, dass ich mich erklärte.

Es wäre unmöglich, das irgendwie schönzureden. »Prinzessin Alice ist ohnmächtig geworden, weil sie eine ... eine Hand gefunden hat, die aus der Erde ragt.«

Ein Muskel in seinem Kiefer zuckte. »Zeigen Sie es mir.«

Ich eilte zurück auf die Lichtung, wo die Hand immer noch deutlich sichtbar war. Übelkeit stieg in mir hoch, und ich stützte mich an einem der Bäume ab.

Campbell schien meine Not nicht zu bemerken. »Wo ist die Prinzessin?«

Ich zeigte auf den Busch. »Da hinten.«

»Saracen, sichern Sie die Prinzessin. Ich werde den Bereich überprüfen und schauen, ob der Tatort nicht schon zu sehr verunstaltet wurde.« Er ersparte mir nicht mal den bösen Blick, ehe er über die Lichtung schlich.

Saracen lief zu Prinzessin Alice, kniete sich neben sie und legte seine Finger an ihren Hals, um ihren Puls zu überprüfen.

»Sie ist nicht verletzt«, sagte ich, nachdem ich mich zu ihm gesellt hatte. »Sie muss nur zu schockiert von dem gewesen sein, was sie entdeckt hat. Alice ist mir vorausgelaufen, um Meatball zu jagen, und –«

Saracen schaute mich an. »Meatball?«

»Meinen Hund.« Ich deutete auf ihn hinab. Er stand an meiner Seite, war noch immer in Alarmbereitschaft. »Auf jeden Fall ist Meatball vorgelaufen. Er muss die Leiche gewittert haben. Prinzessin Alice ist ihm gefolgt und ich habe sie ein paar Minuten lang aus den Augen verloren. Als ich sie gefunden habe, war sie ohnmächtig und Meatball hat die Hand ausgebuddelt.«

Saracen grunzte.

»Wie geht es ihr?«, fragte ich.

»Immer noch bewusstlos.«

»Sie ist zwischendurch aufgewacht, aber sofort wieder in Ohnmacht gefallen, als sie sich daran erinnerte, was sie gesehen hat.«

Saracen grunzte lediglich wieder, bevor er sich erhob und vor der Prinzessin in Wachposition ging.

Campbell trat durch die Bäume. »Keine Anzeichen dafür, dass noch jemand in der Nähe ist. Wir müssen sicherstellen, dass niemand sonst den Tatort betritt, und nach Beweisen suchen. Wie geht es der Prinzessin?«

»Keine Verletzungen«, sagte Saracen.

»Sie steht nur unter Schock«, ergänzte ich.

Campbell funkelte mich an, bevor er näherkam. »Versuchen Sie, sie aufzuwecken.«

Saracen nickte und kniete sich neben Alice.

»Vielleicht kann ich helfen«, sagte ich. »Sie könnte von eurer plötzlichen Anwesenheit erschreckt werden.«

»Soll das heißen, dass wir furchterregend sind?« Campbell verschränkte seine Arme vor seiner breiten Brust.

»Natürlich sind Sie das. Das ist Teil Ihres Jobs.« Ich hielt seinem Blick stand.

Campbell schüttelte den Kopf. »Erzählen Sie mir genau, was passiert ist.«

»Das habe ich schon Saracen erzählt.«

»Ich will es selbst hören. Wann haben Sie die Leiche gefunden?«

»Wir waren höchstens seit zehn Minuten hier. Ich habe die Prinzessin beim Zeichnen in den Gärten getroffen, als ich mit Meatball unterwegs war. Sie hat einen Spaziergang vorgeschlagen, also sind wir in den Wald gegangen.«

»Warum in den Wald? Warum ausgerechnet hierher?«

»Dafür gab es keinen Grund. Meatball hat unseren Weg angeführt. Er ist vorgelaufen und Prinzessin Alice ist ihm gefolgt. Ich bin losgelaufen, um sie wieder einzuholen, doch dann habe ich sie ohnmächtig hier liegen sehen.«

»Das Gelände ist groß. Warum haben Sie Prinzessin Alice hierher geführt?«

Ich hob mein Kinn und erwiderte seinen Blick. »Das habe ich nicht! Es war ein Zufall, dass wir über diese Leiche gestolpert sind.«

Campbells Augen verengten sich. »Nicht viele Leute besuchen diesen Teil der Anlage. Er ist nicht gut gepflegt.«

»Genau deshalb nutze ich ihn. Meatball liebt es, herumzutollen und Eichhörnchen zu jagen. Das ist für ihn der perfekte Ort.«

Seine Nasenflügel blähten sich auf. »Es ist kein geeigneter Ort für die Prinzessin.«

Ich hob eine Hand. »Sie ist der Boss. Außerdem sind wir Freundinnen. Es gab keinen Grund zur Annahme, hier mit irgendetwas Unerwartetem rechnen zu müssen.«

»Oh! Wo ist Holly?« Alice schnappte nach Luft, als sie versuchte, sich aufzusetzen.

Saracen hielt eine Hand vor sie, bereit sie aufzufangen, sollte sie wieder ohnmächtig werden.

»Ich bin hier.« Ich warf einen kurzen Blick auf Campbell, bevor ich an ihre Seite eilte. »Es ist alles in Ordnung. Dein Sicherheitsteam ist hier.«

Ihre Unterlippe zitterte und Tränen liefen über ihre Wangen. »Bitte sag mir, dass das da unten nicht Rupert ist. Als ich die Hand gesehen habe, habe ich Panik bekommen. Es ist nicht mein Bruder, oder?«

Ich nahm ihre Hand in meine und drückte sie. »Nein, ich versichere dir, er ist es nicht. Rupert ist in Sicherheit.«

Campbell baute sich vor mir auf. »Nur der Mörder kann wissen, wer dort unter der Erde liegt.«

»Stimmt nicht. Der Ring an dem kleinen Finger gehört nicht Lord Rupert. Er trägt nie silberne Ringe. Und sehen Sie sich die Nägel an. Die sind zu ordentlich, um zu Rupert zu gehören. Er kaut immer an seinen Fingernägeln.«

Alice seufzte. »Du hast recht! Mein Bruder ist ein schrecklicher Nagelkauer. Das hat er schon gemacht, als wir noch Kinder waren. Bist du sicher, dass er es nicht ist?«

»So sicher ich mir sein kann, ohne sein Gesicht gesehen zu haben. Solange er in den letzten vierundzwanzig Stunden keine Maniküre hatte, ist das nicht Lord Rupert.«

Sie umarmte mich. »Ich bin so erleichtert. Aber welcher arme Kerl wurde dann dort begraben?«

Campbell berührte den kleinen Stecker in seinem Ohr. »Alpha One an Beta Three, ich benötige den Aufenthaltsort von Lord Rupert.«

Ich unterdrückte den Drang, die Augen zu verdrehen. »Ich sage, er ist es nicht.«

»Ich glaube dir«, flüsterte Alice.

Campbell stand regungslos da, während er auf eine Antwort von Beta Three wartete.

»Vielleicht sollten wir nach der Person sehen«, sagte Alice. »Hat irgendjemand überprüft, ob sie tatsächlich tot ist?«

»Ich kann bestätigen, dass diese Person nicht mehr am Leben ist«, sagte Campbell. »Kein Puls.«

»Oh! Wie schrecklich.« Neue Tränen füllte Alice' Augen. »Ich kann es nicht glauben. In meinem eigenen Zuhause. Was, glaubst du, ist passiert, Holly?«

Ich schaute zu der Hand, ehe ich mich wieder abwandte. »Ich habe keine Ahnung. Aber wenn jemand eine Leiche verstecken wollte, ist hier kein schlechter Ort dafür.«

»Woher wissen Sie das?«, fragte Campbell.

»Das haben Sie schon selbst beantwortet. Hier kommt kaum jemand her. Das ist eines der naturbelasseneren Gebiete auf dem Gelände. Es wurde der Natur überlassen, nicht den Menschen. Es ist der Öffentlichkeit nicht zugänglich. Ich kenne es nur, weil ich hier arbeite.«

Campbell grunzte leise. »Was bedeutet, dass derjenige, der die Leiche hergebracht hat, höchstwahrscheinlich mit der Burg in Verbindung steht.«

Alice' schlug eine Hand über ihren Mund. »Jemand, den ich kenne, hat das getan?«

Ich schüttelte meinen Kopf. »Das wissen wir nicht mit Sicherheit. Wer auch immer diese Person getötet hat, könnte auch nur zufällig über dieses Wäldchen gestolpert sein. Campbell stellt nur Annahmen auf.«

»Richtige Annahmen«, sagte er scharf. »Beta Three, irgendein Zeichen von Lord Rupert?«

Mein Magen rutschte mir in die Hose, als Beta Three eine negative Antwort durchgab.

Über meiner Lippe brach Schweiß aus. Wo war Rupert? Ich war mir sicher, dass er nicht dort unter der Erde lag, aber wenn er nicht gefunden werden konnte, dann könnte ihm ebenfalls etwas Schreckliches widerfahren sein. Könnte der Mörder noch immer frei auf dem Burggelände herumlaufen und Rupert war ihm in die Quere gekommen? Könnte es noch ein weiteres Opfer geben, das noch nicht gefunden worden war?

Finstere Gedanken gingen mir durch den Kopf, als wir auf die Bestätigung von Ruperts Aufenthaltsort warteten.

Alice wischte sich die Tränen von ihren Wangen. Meatball hüpfte auf ihre Knie und half ihr dabei, ihr Gesicht sauberzulecken.

Sie schloss ihn in eine feste Umarmung, seine stummeligen Beinchen hingen über ihre Schulter, als er sein Bestes gab, um sie zu trösten.

»Und er ist in Sicherheit?«, sagte Campbell plötzlich, was uns beide zusammenzucken ließ. »Gut. Alpha One Ende.«

Campbell senkte seinen Arm. »Sie hatten recht, Miss Holmes. Zu Ihrem Glück ist es nicht Lord Rupert.«

Ich knirschte mit den Zähnen. »Ich weiß es sehr zu schätzen, dass Sie mir glauben. Was hat Ihr Beta-Kollege Ihnen gesagt?«

Campbell berührte wieder sein Ohr. »Fahren Sie fort. Möchten Sie mithören?«

Ich nickte und war überrascht, dass er bereit war, diese Informationen mit mir zu teilen.

»Alpha One, ich wurde von Lord Rupert darüber informiert, dass eine Person seiner Gesellschaft vermisst wird.«

Campbell schaute mich an. »Wer?«

»Kendal Jakes.«

»Seit wann wird er vermisst?«

Einen Augenblick blieb es still. »Seit gestern Abend hat ihn niemand mehr gesehen.«

»Verstanden.« Campbell starrte die Hand an, die aus dem Boden ragte.

Ich tat es ihm gleich. Kendal Jakes wurde nicht mehr vermisst. Ich erinnerte mich daran, dass er silberne Ringe getragen hatte, als ich ihm in dem Salon begegnet war. Er musste es sein.

Als ich meinen Blick wieder zu Campbell hob, durchbohrten seine funkelnden Augen mich. Ich schluckte und konzentrierte mich auf Alice.

Sein Blick gefiel mir gar nicht. Campbell dachte, dass ich etwas mit diesem Mord zu tun hatte. Ich hätte den Mund halten sollen. Meine Stiefmutter hatte immer gesagt, dass ich zu aufmerksam war. Jetzt hatte es mich in Schwierigkeiten gebracht.

Dennoch weigerte ich mich, mich von Campbell einschüchtern und ihn glauben zu lassen, dass ich in die Sache involviert war. Auch wenn ich diesen Mord eigenhändig aufklären müsste, ich würde meine Unschuld beweisen.

Kapitel 8

»Saracen, begleiten Sie Prinzessin Alice zurück zur Burg«, sagte Campbell.

Saracen nickte und hielt Alice seine Hand entgegen.

Sie klammerte sich weiter fest an meine Hand, als sie sich langsam von Saracens nicht unbeträchtlichen Muskeln nach oben ziehen ließ. Sie schwankte von einer Seite zur anderen, also hielten wir sie beide fest.

»Versprich mir, dass du bei mir bleibst«, sagte sie. »Ich kann es jetzt nicht ertragen, alleine zu sein. Ich fühle mich nicht sicher.«

»Sie sind absolut sicher, Prinzessin«, sagte Campbell. »Ich habe sowohl das Alpha- als auch das Beta-Sicherheitsteam verständigt. Wir verdoppeln die Patrouillen auf dem Burggelände.«

»Was ist mit diesem Wald?«, flüsterte sie. »Was ist, wenn der Mörder uns in diesem Augenblick beobachtet?«

»Es gibt keinen Grund, sich Sorgen zu machen«, sagte Campbell. »Ich habe unsere direkte Umgebung überprüft. Es ist niemand hier.«

»Was ist mit Spuren, die aus dem Wald herausführen?«, fragte ich. »Fußspuren oder irgendetwas anderes?«

Campbell starrte mich für einen langen, unbehaglichen Augenblick an. »Es gibt mehrere Spuren. Zwei davon gehören wohl zu Ihnen und Prinzessin Alice.«

»Und die anderen?«, fragte ich.

»Ein Team ist auf dem Weg. Wir werden eine gründliche Suche durchführen.«

»Oh, natürlich. Campbell, Sie machen einen so guten Job«, sagte Alice. »Trotzdem ist das alles schrecklich besorgniserregend.«

»Weshalb Sie zurück in die Sicherheit der Burgmauern gehen sollten«, sagte Campbell. »Saracen wird Ihnen nicht von der Seite weichen.«

»Ja, vielen Dank. Das weiß ich zu schätzen«, sagte Alice. »Und natürlich muss Holly ebenfalls bei mir bleiben.«

Campbell öffnete seinen Mund, als wollte er protestieren, doch schloss ihn wieder und nickte. »Wie Sie wünschen, Prinzessin.«

Der scharfe Blick, den Campbell mir zuwarf, entging mir nicht. Er dachte immer noch, dass ich etwas damit zu tun hatte. Ich mochte die Leiche entdeckt und ihn fast mit einem großen Ast geschlagen haben – nicht, dass er meinen Angriff überhaupt als solchen wahrgenommen hatte –, aber es ergab keinen Sinn, Alice direkt zu einem Toten zu führen, den ich im Wald vergraben haben sollte.

Mein Magen verkrampfte. Es sei denn, er dachte, ich hätte sie hergelockt, um sie ebenfalls umzubringen.

Ich schüttelte den Kopf, als ich langsam neben Alice herlief und Saracen dabei unterstützte, sie auf den Beinen zu halten.

Nachdem Alice das fünfte Mal beinahe gestürzt wäre, schaute ich über ihren Kopf hinweg zu Saracen. »Vielleicht sollten Sie die Prinzessin zur Burg zurücktragen.«

»Oh, ich will keine Last sein«, sagte sie. »Aber mir ist wirklich schwindlig. Ich weiß nicht, ob ich weiterlaufen kann.«

Saracens Augen wurden groß, doch dann nickte er. »Ich kann Sie tragen, Prinzessin. Wenn ich die Erlaubnis dafür habe.«

»Sie haben meine Erlaubnis«, sagte sie.

Ohne ein weiteres Wort schlang Saracen seinen Arm unter Alice' Knie und hob sie hoch, als würde sie nicht mehr wiegen als ein Sack Zucker.

»Oh! Sie haben starke Arme.« Alice ließ ihre Beine baumeln. »Holly, du musst dich von Campbell tragen lassen.«

Ich warf einen Blick über meine Schulter, Campbell folgte uns mit ein paar Schritten Abstand. »Oh, das ist nicht nötig. Es geht mir gut.« Selbst wenn mir schwindelig gewesen wäre, hätte ich mich unter keinen Umständen in Campbells Arme fallen lassen. Wahrscheinlich würde er mich nicht mal auffangen.

»Bist du dir sicher?«, fragte Alice. »Es macht Spaß, von einem so großen, starken Mann getragen zu werden.«

Wieder schaute ich zu Campbell zurück. Für den Bruchteil einer Sekunde huschte ein Lächeln über sein Gesicht, aber dann fand seine übliche, leere Maske an ihren Platz zurück.

»Campbell hat Wichtigeres zu tun, als mich herumzutragen. Immerhin muss er herausfinden, wer Kendal getötet hat«, sagte ich.

»Ich kann ihm befehlen, dich zu tragen«, sagte Alice. »Dafür ist das Security-Team da. Um mich und meine Freunde um jeden Preis zu beschützen.«

Ich hob eine Hand. »Nee. Aber vielen Dank für das Angebot. Vielleicht beim nächsten Mal.«

Dieser Kommentar brachte mir ein Schnauben von Campbell ein, als er zu uns aufschloss. »Wir sollten uns beeilen. Mein Team ist schon auf dem Weg.«

Den Rest des Weges legten wir schweigend zurück. Währenddessen versuchte mein Kopf zu verarbeiten, was ich gesehen hatte. Kendal Jakes war ermordet worden. Und wer auch immer das getan hatte, hatte sich die Zeit genommen, ihn auf dem Burggelände zu begraben.

Als ich Kendal getroffen hatte, hatte er nicht gerade warme oder freundliche Gedanken in mir ausgelöst, aber irgendjemandem musste er etwas geradezu Schreckliches angetan haben, um ermordet und in ein so flaches Grab geworfen zu werden.

Den gesamten Weg über kundschaftete Campbell unsere Umgebung aus, während sich die Abenddämmerung über uns legte.

Die Anspannung, die er ausstrahlte, ließ mich noch mehr schwitzen. Ich war ein absolutes Nervenbündel und jeder Windhauch ließ mich zusammenzucken.

Ich wusste nicht viel über Campbells Hintergrund, aber er hatte im Militär gedient. Er musste daran gewöhnt sein, tote Menschen zu sehen und mit solchen Situationen umzugehen, aber ich war das keineswegs. Ich wollte das alles schnell wieder vergessen, aber mein Kopf ließ es nicht zu.

Und wenn Campbell wirklich dachte, ich könnte etwas damit zu tun haben, dann musste ich sicherstellen, dass der Mörder so schnell wie möglich gefasst wurde.

»Bringt mich in den Damensalon«, sagte Alice. »Ich muss mich hinsetzen und brauche einen starken Tee.«

Saracen nickte und führte unseren Weg an, als wir die Burg durch einen Nebeneingang betraten. Wir gingen durch mehrere Flure, bevor er die Tür zum pastellblau eingerichteten Salon öffnete. In dem Zimmer standen mehrere bequeme Sessel und Sofas verteilt. Es gab einen runden Tisch, mehrere Bücherregale und einen reich verzierten großen Kamin. Es war das Lieblingszimmer von Prinzessin Alice und sie verbrachte viel Zeit hier.

Saracen setzte sie vorsichtig ab und half ihr, Platz zu nehmen.

Sie ließ sich mit einem hörbaren Rums fallen, bevor sie die Kissen hinter sich zurechtrückte.

»Ich werde den Tee holen«, sagte ich.

»Nein! Bitte, lass mich nicht allein«, sagte Alice.

»Campbell und Saracen sind hier«, erwiderte ich. »Du bist absolut sicher. Bei den beiden bist du viel sicherer als bei mir und Meatball.«

»Trotzdem, ich will nicht alleine sein.« Sie hielt mir ihre Hand entgegen, ihre Augen füllten sich mit Tränen.

Natürlich würde ich meine Freundin nicht im Stich lassen, wenn sie mich brauchte. Ich ging zu ihr, nahm ihre Hand und ließ mich auf den Platz neben ihr fallen.

Meatball sprang auf das Sofa und kuschelte sich zwischen uns.

»Saracen, seien Sie ein Engel und gehen in die Küche. Organisieren Sie uns einen Tee«, sagte Alice. »Und auch einen für euch. Und ein paar süße Kuchen. Nach einem Schock wie diesem, braucht jeder Zucker. Also genug für uns alle. Ihr müsst mir Gesellschaft leisten.«

»Das ist sehr freundlich, Prinzessin«, sagte Campbell. »Aber wir wurden auf diese Art von Situationen vorbereitet. Und wir haben keine Zeit für Tee und Kuchen. Wir müssen einen Mörder ausfindig machen.«

Sie strich mit einer Hand ihr schmutziges Kleid glatt. »Oh, nun, wenn Sie meinen. Einen Brandy vielleicht?«

Er schüttelte den Kopf. »Danke. Aber wir brauchen einen klaren Kopf. Saracen, sorgen Sie dafür, dass Prinzessin Alice alles bekommt, was sie braucht.«

Saracen nickte knapp und verließ den Raum, doch kam wenige Augenblicke später wieder zurück.

Nur wenige Minuten vergingen, ehe Sally Elliot mit einem Tablett mit Porzellantassen und einem Teller mit feinen Törtchen in den Raum tänzelte. Ich bemerkte, dass die Kuchen nicht von mir waren. Sie mussten eine Kreation von Chef Heston sein.

Sally schenkte uns Tee ein und warf mir einen neugierigen Blick zu, während Prinzessin Alice den Kuchen verteilte und darauf bestand, dass sowohl Campbell als auch Saracen ein Stück probierten.

Ich atmete mehrfach tief durch, doch die sich in mir aufbauenden Sorgen konnte ich nicht unterdrücken. So sehr ich auch versuchte, mich zu beruhigen, ich war kurz davor, durchzudrehen. Ich war noch keine drei Monate hier. Die Leute lernten mich immer noch kennen, und obwohl es mir leicht gefallen war, Freunde zu finden, schienen einige immer noch misstrauisch mir gegenüber zu sein.

Kendal war ein bisschen aufdringlich gewesen, als wir uns getroffen hatten. Ich hatte mein Bestes gegeben, ihn möglichst freundlich abzuweisen, aber wenn Campbell davon erfuhr, würde ich noch stärker in sein Visier rücken. Er könnte annehmen, dass mich Kendals Verhalten beleidigt und ich etwas dagegen unternommen hatte.

Ich biss mir auf die Lippe, konzentrierte mich auf meinen Tee und versuchte, meine Hand ruhig zu halten, als ich einen Schluck nahm.

Die Tür wurde aufgeworfen, und ich zuckte zusammen. Rupert kam ins Zimmer gelaufen, sein hektischer

Blick zuckte umher. Dann hastete er zu seiner Schwester und schloss sie in eine feste Umarmung.

»Ich habe gerade gehört, was passiert ist. Hast du wirklich Kendal in dem Wald gefunden?«

Alice tätschelte seinen Rücken. »Das habe ich! Es war schrecklich. Meatball hat uns direkt zu ihm geführt. Er hat versucht, deinen Freund auszugraben. Ich glaube, er wollte ihn retten.«

Da war ich mir nicht so sicher. Meatball hatte eine Schwäche für strenge Gerüche, und es gab nicht viel, was noch strenger roch als eine langsam verwesende Leiche.

Rupert lehnte sich zurück und wandte sich mir zu. Er öffnete seine Arme, als wollte er mich ebenfalls umarmen, aber dann erstarrte er. Seine Wangen schimmerten rosa, als er seine Arme wieder senkte.

»Holly! Für dich muss das auch ein Schock gewesen sein.« Er tätschelte unbeholfen meinen Kopf. »Wie geht es dir?«

»Okay. Besser als deiner Schwester, aber trotzdem schockiert über das, was wir entdeckt haben.«

Er hörte auf, meinen Kopf zu tätscheln, und stand auf. »Natürlich. Was um alles in der Welt ist denn passiert? Was habt ihr in dem Wäldchen gesehen?«

Campbell räusperte sich. »Sir, ich werde alle Zeugen einzeln befragen. Höchstwahrscheinlich wurde ein Mord begangen.«

»Wann wird die Polizei hier sein?«, fragte ich. »Ich wollte sie rufen, nachdem wir die Leiche entdeckt haben, aber dann habe ich Sie beide gehört.«

»Und entschieden, uns mit einem Ast anzugreifen, anstatt Hilfe zu holen?«, fragte Campbell.

»Ich wusste nicht, dass Sie es waren. Ich dachte, der Mörder wäre vielleicht zurückgekommen. Ich wollte Prinzessin Alice beschützen.«

»Vielleicht sollte ich Sie für mein Team rekrutieren, wenn Sie so sehr darauf bedacht sind, den Hausstand zu beschützen«, sagte Campbell.

Ich hob mein Kinn und hielt seinen Blick, sein Sarkasmus war mir nicht entgangen. »Ich mag nicht dafür ausgebildet worden sein wie Sie, aber ich wollte trotzdem nicht zulassen, dass irgendein böser Tunichtgut einem von uns Schaden zufügt.«

»Das war so mutig von dir, Holly«, sagte Alice. »Und ich Tölpel falle in Ohnmacht. Wenn du nicht dagewesen wärst, wäre ich allem vollkommen schutzlos ausgeliefert gewesen.«

»Ja! Du bist eine Heldin, Holly«, sagte Rupert. »So, wie du meine Schwester beschützt hast, verdienst du eine Medaille.«

Ich schaute zu Campbell und konnte trotz der Umstände nicht verhindern, mich ein wenig selbstgefällig zu fühlen. »Eine Medaille wird nicht nötig sein. Es tut mir leid, was mit deinem Freund passiert ist.«

»Ja, mir auch«, sagte Rupert und schüttelte den Kopf. »Wir fanden es alle seltsam, dass er heute Morgen nicht mit zum Schießen gekommen ist. Aber er hat gestern Abend viel getrunken. Ich habe ein paar Mal an seine Tür geklopft, aber er hat nicht geantwortet. Ich dachte, er würde seinen Rausch ausschlafen.«

Erneut räusperte Campbell sich. »Wir werden ab hier übernehmen, Sir.«

Ich neigte meinen Kopf. »Was meinen Sie? Warum kommt die Polizei nicht, um uns zu verhören?«

»Weil wir das übernehmen«, sagte Campbell. »Wir haben hier die volle Zuständigkeit.«

Das klang nicht richtig für mich. »Das verstehe ich nicht. Es wurde ein Verbrechen begangen. Da muss doch die Polizei eingeschaltet werden.«

»Oh, keine Sorge, Holly«, sagte Alice. »Das werden sie. Campbell weiß, was er macht.«

»Dankeschön«, sagte er. »Und ja, ich habe die Polizei über den Vorfall informiert, aber die Ermittlung wird mein privates Team übernehmen.«

»Campbell ist unglaublich, wenn es um diese Dinge geht.« Alice lächelte ihn an und klimperte mit ihren Wimpern. »Er ist ein hochqualifizierter ehemaliger Agent. Campbell war schon auf der ganzen Welt für die Regierung auf geheimen Missionen unterwegs. Natürlich muss er das immer leugnen, aber ich habe mir seine Akte angesehen. Mutter stellt nur die besten Agenten ein, um uns zu beschützen. Ich bin mir sicher, dass er dich auf dutzende unterschiedliche Arten nur mit einem Plastiklöffel umbringen könnte. Stimmt das nicht, Campbell?«

Er stieß ein leises Seufzen aus. »Ich wurde in allen möglichen Arten der Selbstverteidigung und des Angriffs ausgebildet. Ich denke, auch mit einem Plastiklöffel würde mir etwas einfallen.«

Ich betrachtete ihn interessiert. »Und Sie übernehmen wirklich die Führung dieser Ermittlung?«

»Ich werde mit der Lokalpolizei zusammenarbeiten«, sagte er. »Wir haben eine Vereinbarung. Sie werden über alle sachdienlichen Informationen auf dem Laufenden gehalten und haben kein Problem mit diesem Arrangement.«

Sie vielleicht nicht, aber ich schon. Campbell klang wie die Art von Mann, die einen verschwinden lassen konnte, wenn man seiner Meinung nach auf der falschen

Seite stand. Und genau dort befand ich mich im Moment, und das gefiel mir gar nicht.

Ich schlang ein Zitronenküchlein herunter und nahm den spritzig perfekten Geschmack kaum wahr, während ich versuchte, mein rasendes Herz zu beruhigen. Vermutlich sah Campbell mich als Hauptverdächtige in dieser Ermittlung. Ich würde ihn von meiner Unschuld überzeugen müssen.

»Ich werde mit der Befragung von Holly anfangen«, sagte Campbell.

Ich verzog das Gesicht. Es fühlte sich an, als würde mein schlimmster Albtraum wahr werden.

»Du schaffst das.« Alice drückte meine Hand. »Sag ihm einfach nur, was du gesehen hast. Wir werden denjenigen fassen, der dafür verantwortlich ist.«

Als ich aufstand, wollte Meatball mir folgen. »Nein, bleib bei Alice.«

Meatball winselte und stupste mich mit der Nase an. »Wuff.«

»Sei ein braver Junge. Sie muss getröstet werden.«

»Wuff, wuff.« Widerwillig blieb er bei Alice.

Ich versuchte, möglichst ruhig zu wirken, als ich Campbell aus dem Damenzimmer in einen leeren Raum ein Stück den Flur hinunter folgte. Es war ein Arbeitszimmer der Familie und beherbergte einen großen Schreibtisch, Bücherregale und in einer der Ecken stand eine Chaiselongue.

Campbell deutete mir an, mich zu setzen, also nahm ich darauf Platz. Er selbst blieb stehen. Was mich nur noch nervöser machte.

Ich rutschte unbehaglich herum. »Sollten wir das nicht aufzeichnen oder so?«

»Tun wir.«

Ich schaute mich um, ohne ein Aufnahmegerät entdecken zu können. Wahrscheinlich hatte er die ganze Burg verwanzt. »Also, was wollen Sie wissen?«

»Erzählen Sie mir von sich.«

Damit hatte ich nicht gerechnet. Es fühlte sich an wie etwas, das man beim ersten Date sagte, und nicht wie der Anfang eines Verhörs. »Sie meinen, wo ich aufgewachsen bin, diese Dinge?«

»Ich will die echte Holly Holmes kennenlernen.«

Wen, glaubte er, bis heute getroffen zu haben? Eine Fake-Version von mir? Ich legte meine Hände in meinen Schoß. »Ich bin in der Küstenstadt Broadstairs in Kent aufgewachsen. Dort habe ich die Schule besucht, habe einen Abschluss in Geschichte aus Hampshire und dann habe ich eine Gastronomieausbildung gemacht. Danach bin ich hergezogen und habe ein Café eröffnet.«

»Warum hier?«

Ich runzelte die Stirn. »Audley St. Mary? Das ist einer der schönsten Orte im Land. Dank Audley Castle ist es ein Touristenmagnet. Die Gastronomie-Fachschule war in Cambridgeshire, also kannte ich mich hier gut aus.«

»Haben Sie die Burg schon einmal besucht, ehe Sie sich im Dorf niedergelassen haben?«

»Mehrere Male. Es ist sehr groß, also kann man bei jedem Besuch noch etwas Neues entdecken. Und die Gärten verändern sich mit den Jahreszeiten, also gibt es immer etwas Neues zu sehen.«

»War es schon immer Ihr Ziel, eine Anstellung in der Burg zu erhalten?«

»Nein! Ich meine, ich liebe meine Arbeit hier, aber ich habe auch mein Café geliebt. Und es ist gut gelaufen, bis diese blöde Café-Kette ins Dorf kam und mir die Kunden gestohlen hat. Mir blieb keine andere Wahl. Ich musste schließen und mir etwas anderes suchen.«

Campbell blinzelte langsam. »Haben Sie Freunde und Familie in der Nähe?«

»Keine Familie. Eigentlich gibt es allgemein nicht mehr viel Familie, mit der man sprechen könnte. Ich habe Freunde. Ich meine, die Leute, mit denen ich in der Küche arbeite, sind nett, und ich mag Prinzessin Alice sehr.«

»Erzählen Sie mir von ihrer Freundschaft zu der Prinzessin«, sagte er. »Sie scheint Ihnen zu vertrauen. Ist das etwas, an dem Sie gearbeitet haben, seit Sie hier angestellt sind?«

»Gearbeitet! Das klingt so, als hätte ich mich vorsätzlich mit ihr angefreundet. So war es nicht. Prinzessin Alice ist eine reizende Person. Man muss sie einfach mögen.«

»Mitarbeiter sollten keine zu große Vertrautheit zur Familie des Hausstandes aufbauen.«

Warum nahm er meinen Hintergrund und meine Freundschaften auseinander? Er konnte nicht ernsthaft in Betracht ziehen, ich hätte mich in der Burg eingeschlichen, um mich mit der Familie anzufreunden?

Ich atmete tief durch. »Ich mag Prinzessin Alice. Sie ist eine höfliche Person. Sie ist diejenige, die die Freundschaft zu mir gesucht hat. Und ich bin gerne mit ihr befreundet.«

»Und Lord Rupert?«

Meine Augen verengten sich. »Was ist mit ihm?«

»Sind Sie auch mit ihm befreundet?«

»Ich glaube schon. Noch einmal, er ist ein netter Mann.« Ich leckte mir über meine trockenen Lippen. »Sie wissen all das. Ich weiß, dass Sie sich zurückhalten, aber Sie sind immer vor Ort.«

»Liegt das daran, dass Sie die Bewegungen meines Sicherheitsteams beobachten?«

Ich neigte meinen Kopf zurück und seufzte. »Das ist ganz sicher nicht der Fall, aber ich sehe die Patrouillen. Sie sind immer in der Burg oder draußen, um dafür zu sorgen, dass alles sicher ist.«

»Das sollten Sie nicht sehen. Mein Team bemüht sich um Diskretion.«

»Und das sind sie auch«, sagte ich. »Bestimmt entgeht mir auch viel. Aber hin und wieder bemerke ich sie. Das ist kein Verbrechen.«

»Es könnte mit einem Verbrechen in Verbindung gebracht werden, wenn Sie unsere Muster studiert haben, um etwas Unerlaubtes zu tun.«

»Wie zum Beispiel?«

»Kendal Jakes umbringen.«

»Um Himmels willen! Ich habe es nicht getan.«

»Erzählen Sie mir von Ihrer Beziehung zu Kendal.«

Ich wischte meine verschwitzten Handflächen an meiner Hose ab. »Da gibt es nichts zu erzählen.«

»Wissen Sie, wer er ist?«

»Ein Freund von Lord Rupert«, sagte ich. »Ich habe ihn das erste Mal gesehen, nachdem er an der Burg angekommen ist und ich den Nachtisch serviert habe.«

»Und wie ist dieses Treffen abgelaufen?«

»Es war nur kurz.«

»Haben Sie mit Kendal gesprochen?«

Das war der knifflige Teil. Sollte ich alles darüber preisgeben, dass Kendal sich mir unangebracht genähert hatte? »Das habe ich.«

»Und worüber haben Sie sich unterhalten?«

»Über meine Desserts.«

»Kendal Jakes ist der Sohn von Graf Stephen Jakes. Er ist ein wichtiges Mitglied im House of Lords. Ein mächtiger Mann.«

»Das wusste ich nicht. Denken Sie, das ist für seinen Mord relevant?«

Campbell schwieg unangenehm lange. »Worüber haben Sie noch gesprochen?«

»Nichts! Obwohl ...« Wenn ich alles offenbarte, würde es Campbell nur in dem Glauben stärken, dass ich schuldig war. Wenn ich ihm die Wahrheit sagte, gab mir das ein Motiv für den Mord an Kendal. Kein starkes, aber es könnte ausreichen, damit Campbell mich weiter auf dem Kieker hatte.

»Nur zu.«

»Kendal hatte getrunken, als ich dort war. Er hat ein paar ... unangebrachte Dinge gesagt. Lord Rupert musste ihm sagen, dass er sich zurückhalten soll. Es war nichts Ernstes.«

»Er hat Ihnen gegenüber unangebrachte Dinge gesagt?« Campbells Brust blähte sich auf, als er tief einatmete. »Hat er Ihnen ein unsittliches Angebot gemacht?«

»Nicht wirklich. Wie gesagt, er hatte getrunken und wollte vor seinen Freunden angeben. Es war nichts, was ich nicht hätte regeln können.«

»Vielleicht haben Sie es geregelt, als Sie ihn das nächste Mal gesehen haben«, sagte Campbell. »Hat er Sie verfolgt und die Dinge sind aus dem Ruder gelaufen?«

»Nein! Ich habe Kendal nur dieses eine Mal gesehen. Ich nahm an, ihn nie wiederzusehen.«

»Wo waren Sie gestern Nacht?«, fragte er.

»In meiner Mitarbeiterunterkunft«, antwortete ich.

»Allein?«

»Nein, Meatball war bei mir.«

»Das ist kein akzeptables Alibi.«

»Ein anderes habe ich nicht. Das ist meine Abendroutine. Ich kann Ihnen versichern, ich habe Kendal nicht umgebracht.« Obwohl ich versuchte, meine Unschuld zu beweisen, fühlte ich mich schuldig. Vielleicht lag es daran, wie Campbell mich verhörte. Er versuchte, mein Leben auseinanderzunehmen und einen Grund zu finden, weshalb ich zur Mörderin hätte werden können. Aber er würde mich nicht kleinkriegen.

»Ich werde überprüfen, wo Sie waren«, sagte er. »Aber fürs Erste können Sie gehen.«

»Werden Sie wirklich diese Ermittlung leiten?«, fragte ich.

Er starrte mich an, ohne zu blinzeln. »Korrekt. Es ist nicht das erste Mal, dass ich in einem Kriminalfall ermittle. Wie Prinzessin Alice so höflich war zu verkünden, habe ich viel Erfahrung in diesem Gebiet.«

»Waren Sie beim Sicherheitsdienst?«

Er antwortete nicht.

»Vielleicht waren Sie wirklich beim MI5. Haben Sie daher Ihre Erfahrung mit Mordfällen?«

Er zeigte nicht die kleinste Reaktion. Es war, als wäre er zu Stein erstarrt.

Ich seufzte und stand auf. »Wollten Sie gar nichts darüber hören, wie wir die Leiche gefunden haben?«

»Das haben Sie mir bereits direkt vor Ort im Wald erzählt. Mein Team untersucht den Tatort in diesem Augenblick. Wenn ich weitere Fragen haben sollte, werde ich Sie bestimmt finden. Immerhin weiß ich, wo Sie wohnen.«

Das war wenig beruhigend.

Als ich die Tür erreichte, griff Campbell nach meinem Arm. »Unternehmen Sie nichts Törichtes, Miss Holmes. Das ist eine Mordermittlung. Halten Sie sich da raus.«

»Solange Sie mir nichts in die Schuhe schieben, tue ich das sehr gerne.« Ich eilte aus dem Zimmer, Campbell folgte mir dicht auf den Fersen, als ich zu Alice und Rupert zurückging, die noch immer von Saracen bewacht wurden.

»Wenn ich jetzt bitte mit Ihnen sprechen könnte, Lord Rupert?«, sagte Campbell.

»Oh! Natürlich.« Er stand auf und fuhr sich mit der Hand durch die Haare. »Wir müssen herausfinden, wer Kendal das angetan hat. Ich bin gleich wieder da.« Er klopfte seiner Schwester sanft auf die Schulter, bevor er zusammen mit Campbell verschwand.

Als ich mich wieder neben Alice setzte, zitterte mein Inneres wie Wackelpudding.

»Kümmere dich nicht um Campbell und seine Fragen.« Sie nahm meine Hand. »Geht es dir gut? Du bist so bleich wie ein Geist.«

»Natürlich.« Ich atmete durch und versuchte, mich zu entspannen. »Campbell ist nur gründlich. Immerhin haben wir die Leiche gefunden.«

»Ich vertraue Campbell, aber er sieht dich so komisch an. Es würde mir nicht gefallen, wenn er dich wirklich für eine Verdächtige hält.«

Ich zwang mich zu einem Lächeln. »Campbell macht mir keine Angst.«

»Du bist so mutig, Holly. Hier, nimm noch ein Zitronenküchlein.« Alice reichte mir den fast leeren Teller.

Ich nahm einen und nickte ihr dankbar zu. Ich war froh, dass sie meine unverhohlene Lüge zu glauben schien. Campbell machte mir fürchterliche Angst. Genauso wie ich Angst davor hatte, dass er vorhaben könnte, mich für eine sehr, sehr lange Zeit hinter Gitter zu bringen.

Kapitel 9

Ich lief zum gefühlt hundertsten Mal in dem Damensalon auf und ab. Campbell befragte Prinzessin Alice schon seit über fünfzehn Minuten. Bestimmt konnte sie nicht so viel über Kendal wissen.

Vielleicht wandte er dieselbe Taktik an wie bei mir und versuchte, sie etwas schwitzen zu lassen, bis ihr etwas herausrutschte.

Er konnte nicht ernsthaft glauben, dass Alice etwas mit dem, was Kendal zugestoßen war, zu tun hatte.

Vielleicht ging Campbell so vor. Er sah jeden als schuldig an, bis er das Gegenteil beweisen konnte.

Die Tür öffnete sich. Campbell trat zuerst ein, gefolgt von Alice.

Ihre Wangen glühten, aber abgesehen davon schien es ihr gut zu gehen. Sie huschte zu mir und nahm meine Hand. »Meine Güte! Er war wirklich gründlich. Ich fühlte mich fast, als hätte ich etwas angestellt.«

Ich schaute zu Campbell, der regungslos vor der Tür stand.

»Ich werde Sie einen Moment alleine lassen, Ladys.« Damit trat er wieder hinaus und zog die Tür hinter sich zu.

»Wie ist es gelaufen?« Ich führte Alice zu einem Sofa und wir setzten uns.

Sie hielt meine Hand ganz fest. »Er wollte hauptsächlich alles über Kendal wissen.«

»Kanntest du ihn gut?«

»Nicht wirklich. Als wir noch jünger waren, hing er immer mit meinem Bruder rum. Ich habe ihn offen gestanden nie besonders gemocht.«

»Warum nicht?«

»Er musste immer mit irgendwas angeben. Er musste die teuerste Uhr oder die neuesten Designerschuhe haben. Manche Mädchen hat das beeindruckt, aber mich nicht. Ich fand ihn immer etwas ... krass. Und ich weiß, jetzt klinge ich wie ein großer Snob, vielleicht bin ich das auch. Aber Kendal schien immer irgendwas beweisen zu müssen.«

»Wie war seine Freundschaft zu Rupert?«

»Rupert hat es immer mit einem Lachen abgetan, aber Kendal war gemein zu ihm, und das nicht auf eine scherzhafte Art. Er hat auf ihm herumgepickt. Als Teenager war mein Bruder ein Strich in der Landschaft. Er hatte schlaksige Arme und Beine und scheinbar keine Muskeln. Ha! Ich schätze, manche Dinge ändern sich nie. Kendal hat ihn immer gehänselt und Bohnenstange genannt. Rupert hat so getan, als würde es ihm nichts ausmachen, aber ich konnte sehen, dass es doch so war.«

Ich runzelte die Stirn. Das klang sehr danach, als wäre er gemobbt worden. »Wenn sie keine richtigen Freunde waren, warum hat Rupert sie dann zu diesem Wochenende eingeladen?«

Alice seufzte. »Holly, du hast so ein Glück. Du musstest nie den ganzen Unsinn ertragen, mit dem wir aufgewachsen sind.«

»Du meinst die luxuriösen Abendessen, eine erstklassige Ausbildung, ein Internat in Wien und

Fünf-Sterne-Urlaub an privaten Sandstränden? Wie hast du das nur ausgehalten?«

Sie zwickte mir in den Arm. »Du Gemeine! Ich meinte die altmodischen Regeln über Etikette, mit wem man befreundet sein darf und auf welche Schule man gehen muss. Das alte Jungennetzwerk ist immer noch aktiv. Rupert hat sich mit Kendal und den anderen angefreundet, als sie an der Eton waren. Unsere Familien waren alle miteinander verbunden, schon seit hunderten von Jahren. Er konnte Kendal nicht ignorieren, auch nicht, wenn er nicht wirklich sein Freund war. Das wäre schlechtes Benehmen gewesen.«

»Es klingt nach einer großen Bürde, so viel Privileg und eine hohe Position zu haben.« Ich konnte den leicht zynischen Ton nicht unterdrücken. Klar, es gab ein paar Konventionen, an die Alice und Rupert sich halten mussten, aber sie würden sich niemals Sorgen um Geld machen müssen. Die Leute überschlugen sich, ihnen Geschenke zu machen und mit ihnen gesehen zu werden. Ich hegte keinen Groll gegen sie und würde es hassen, derart im Rampenlicht stehen zu müssen wie sie, aber ihre Positionen gaben ihnen Möglichkeiten, von denen die meisten Leute nur träumen konnten.

Sie schlug leicht auf die Rückseite meiner Hand. »Ich weiß, dass du mich neckst, Holly Holmes. Und ich weiß auch, dass ich mich glücklich schätzen kann. Trotzdem kann dieses Glück auch sehr ermüdend sein. Mein Mädcheninternat war genauso schlimm wie die Eton. Jedes Jahr muss eine von uns ein Event für die anderen Ladys austragen, mit denen wir den Abschluss gemacht haben. Es ist so langweilig. Sie reden nur über ihre Ehemänner oder die Männer, die sie heiraten wollen. Es wird nicht mehr lange dauern, bis es zu Babynamen und Taufen übergeht. Ich halte mich an Hunde.« Sie streichelte Meatball, der tief und fest auf dem Sofa schlief.

»Du hast kein Interesse daran, einen Ehemann zu finden und viele hübsche Babys zu produzieren?«

»Eines Tages. Aber wenn ich heirate, dann will ich es aus Liebe tun. Ich bin wie die Heldin in diesem Jane Austen Buch. Wie war noch ihr Name?«

»Emma? Sie hat sich immer überall eingemischt und Leute verkuppelt.«

»Sei still! Ich bin nicht wie Emma. Miss Elizabeth Bennet. Ich werde aus Liebe heiraten, nicht des Geldes wegen.«

»In deiner Position kannst du heiraten, wen auch immer du willst«, sagte ich.

»Das wäre schön.« Sie zupfte am Ärmel ihres Kleides. »Meine Mutter schlägt mir immer noch Männer vor, die sie für geeignete Partner für mich hält, trotz der schlechten Erfolgsbilanz. Sie haben entweder ein schwaches Kinn, schiefe Augen oder noch weniger im Kopf als ich. Das macht den Gedanken an eine Hochzeit nicht gerade attraktiver. Vielleicht bleibe ich für immer eine Jungfer. Und wenn ich das tue, wirst du mich begleiten.«

»Du willst, dass wir zusammen alte Jungfern werden?«

Sie lachte herzlich. »Auf jeden Fall! Du kannst meine backende Jungfer sein, und ich werde dick und faltig, während ich all deine leckeren Desserts esse.«

Ich wiegte meinen Kopf von einer Seite zur anderen. Das war keine so schlechte Idee. Es würde Spaß machen, für Alice zu arbeiten. »Ich sag dir was, wenn wir beide fünfzig werden und keine von uns verheiratet ist, bin ich dabei.«

»Ich werde dich daran erinnern«, sagte sie. »Wir müssen einschlagen, um es offiziell zu machen.«

Grinsend hielt ich ihr meine Hand entgegen. »Das mache ich sehr gerne.«

Sie griff danach und drückte sie. »Und wenn du dein Wort brichst, muss ich den Befehl erteilen, dass dein Kopf abgehackt wird. Ich glaube, im Tower of London gibt es immer noch eine funktionierende Guillotine.«

Hastig zog ich meine Hand zurück. Manchmal wurde Alice' Humor ziemlich düster. Meistens ging es dabei darum, dass irgendwem der Kopf abgeschlagen wurde. Hatte sie wirklich die Macht, mich in den Tower of London verfrachten zu lassen? Ich schüttelte den Kopf, der noch fest an meinem Hals hing, und genau da gefiel er mir.

»So weit wird es nicht kommen«, sagte ich unbekümmert. »Ehe du dich versiehst, wird dich irgendein Glückspilz von den Socken hauen.«

»Genau wie dich. Mit deinen Fähigkeiten in der Küche bist du ein wirklich guter Fang.«

»Ich hoffe, irgendein Mann wird mich aus mehr Gründen heiraten, als nur meiner Fähigkeit zu kochen!«

»Und ich hoffe, irgendein Mann entscheidet sich, mich zu heiraten und über die Tatsache hinwegzusehen, dass ich weder nähen, malen noch Klavier spielen kann.«

Wir mussten beide lachen. Unsere Hintergründe waren so verschieden, aber irgendwie passte es einfach.

»Zurück zu dem, was Kendal zugestoßen ist«, sagte ich. »Die Herzogin hat erwähnt, dass Rupert an der Schule eine schwere Zeit hatte. War es nur Kendal, der ihn gemobbt hat?«

»Ich war nie dort, um es selbst zu sehen. Es ist eine reine Jungenschule und die lassen keine Mädchen rein, nie. Ich war bei einigen Präsentationen, die sie für die Familienmitglieder gehalten haben, aber das wars.«

»Ist es möglich, dass er nur der Anführer einer größeren Gruppe war?« Bei dem Gedanken, dass derart auf Rupert herumgehackt worden war, wurde mir schlecht.

»Möglich wäre es. Kendal war kein netter Mann.« Alice wuschelte durch Meatballs Fell. »Wahrscheinlich hat er das, was ihm angetan wurde, verdient.«

»Alice! Niemand verdient es, umgebracht und irgendwo im Wald verscharrt zu werden.«

»Wenn du Kendal Jakes etwas besser kennen würdest, wärst du vielleicht anderer Meinung.« Sie hob ihr Kinn. »Aber wahrscheinlich hast du recht. Dennoch hat er diesmal einen großen Fehler gemacht und ist der falschen Person auf die Füße getreten.«

»Ich bin mir sicher, dass er das schon bereut.«

Die Tür zum Damensalon wurde geöffnet und Campbell kehrte zurück. »Sie können beide gehen.«

Alice warf mir einen scharfen Blick zu. »Wie höflich von Ihnen, Campbell, mir zu sagen, wie ich mich in meinem eigenen Haus bewegen darf.«

Er neigte seinen Kopf. »Ihre Sicherheit und Ihr Wohlergehen haben immer oberste Priorität, Prinzessin.«

Sie schnaubte und stand auf, bevor sie sich ihr Kleid glattstrich. »Nun gut. Ich bin erschöpft. Wir sehen uns morgen früh, Holly.« Fluchtartig verließ sie das Zimmer.

Ich erwartete, dass Campbell auf dem Absatz kehrt machen und ihr folgen würde, aber er blieb neben der Tür stehen, sein Blick ruhte auf mir.

Ich streichelte Meatballs Kopf, als er aufwachte, und gab vor, Campbell nicht zu bemerken. Doch sein Blick löste Unbehagen in mir aus, bis ich es schließlich nicht mehr aushielt. Ich stand auf und nickte Campbell zu. »Ich werde mich auch hinlegen.«

Als ich die Tür erreichte, hielt er mich am Arm fest. »Sie müssen vorsichtig sein.«

Ich starrte zu ihm hoch. Er war viel zu riesig. Er musste mindestens 1,95 Meter groß sein. »Was meinen Sie?«

»Mischen Sie sich nicht in diese Sache ein. Mir ist bewusst, dass Sie eine Leiche gefunden haben und das ein Schock für Sie gewesen sein muss, aber halten Sie sich da raus. Sie sind immer noch eine Verdächtige.«

»Mit mir verschwenden Sie Ihre Zeit. Ich habe Kendal nicht getötet.«

»Das mag sein, und bis morgen habe ich Ihr Alibi überprüft und kann Sie von der Liste streichen, wenn Sie unschuldig sind.«

»Wie lang ist Ihre Liste?«, fragte ich. »Sie müssen Kendals Freunde befragen. Hat einer von denen einen Grund, ihn tot sehen zu wollen?«

»Das muss Sie nicht interessieren. Hören Sie auf, herumzuschnüffeln und Fragen zu stellen.«

»Ich habe keine Fragen gestellt.«

Er hob eine Augenbraue. »Wirklich? Sie haben nicht gerade mit der Prinzessin darüber gesprochen, wie gut sie Kendal kannte?«

Ich schaute mich im Zimmer um. Er musste hier wirklich Wanzen versteckt haben. »Sie können mich nicht dafür verurteilen, der Sache auf den Grund gehen zu wollen.«

»Ich verurteile Sie nicht. Ich sage nur, dass Sie sich raushalten sollten. Ich übernehme von hier an. Sie halten sich zurück und stecken nirgendwo Ihre Nase zu tief rein, sonst sehen Sie schuldig aus.«

Ich knirschte mit den Zähnen und unterdrückte den Drang, ihm einmal mehr zu sagen, dass ich nichts mit der Sache zu tun hatte. »Komm, Meatball, lass uns ins Bett gehen. Das heißt, wenn wir das dürfen.«

Campbell löste seinen festen Griff an meinem Arm und trat zurück. »Natürlich. Das ist zu Ihrer eigenen Sicherheit. Angenommen, Sie sind unschuldig, dann läuft hier ein Mörder frei herum, und es ist wahrscheinlich, dass er immer noch in der Nähe ist. Sie wollen nicht, dass die falsche Person mitbekommt, dass Sie Fragen über das stellen, was Kendal widerfahren ist. Wenn Sie das tun, könnten Sie das nächste Opfer sein.«

Ich schluckte und eilte mit Meatball davon. Natürlich wollte ich das nicht. Aber ich wollte auch nicht unter einer Wolke von Anschuldigungen warten, während Campbell seinen Job machte.

Gleich morgen früh würde ich die Sache ein für alle Mal klären.

Ich saß bereits am Tisch in der Küche und genoss den Blaubeermuffin, der frisch aus dem Ofen kam und mit kandiertem Zucker garniert war, als Betsy Malone durch die Tür schlenderte.

Betsy arbeitete schon seit über zwanzig Jahren in der Burg. Sie war die leitende Haushälterin und organisierte ein Team von vierzig Reinigungskräften. Sie stellten sicher, dass die Burg in einem Top-Zustand war, nicht nur für die Touristen, sondern auch für die Einwohner.

Ihr breites Gesicht hellte sich auf, als sie mich sah. »Hast du die Neuigkeiten schon gehört?«

»Darüber, was in dem Wald gefunden wurde?« Ich steckte mir ein Stück des Muffins in den Mund.

»Einer von Lord Ruperts Freunden, so erzählen alle.« Sie stellte ihren Metallträger mit den ordentlich aufgereihten Reinigungsmitteln auf den Boden, wusch sich die Hände und bediente sich an den Muffins.

»Tatsächlich habe ich die Leiche entdeckt.«

Ihre dunklen Augen wurden groß. »Oh! Du armes Ding. Was für ein Schock das gewesen sein muss. Wie war es? Was hast du gesehen? War die Leiche schlimm verstümmelt? Gab es eine Menge Blut?«

Es gelang mir nicht, mein Grinsen zu unterdrücken. Betsy liebte nichts mehr als Klatsch und Tratsch. Was bedeutete, dass sie immer die besten Informationen hatte. Ihr Team aus Reinigungskräften war darauf geschult, diskret und leise zu sein, wenn sie ihren Pflichten nachgingen. Betsy hatte ihnen alles beigebracht, was sie wussten. Wenn ich es nicht besser wüsste, würde ich behaupten, sie wäre eine Spionin. Sie hatte die Angewohnheit, plötzlich aufzutauchen, wenn man am wenigsten mit ihr rechnete.

»Ich war mit Prinzessin Alice und Meatball zusammen. Wir haben Kendal Jakes' Hand aus der Erde ragen sehen. Dann brach das Chaos aus. Campbell und Saracen tauchten auf, wir wurden zurück zur Burg eskortiert und dann gingen die Verhöre los.«

»Das glaube ich ja nicht! Was sollten sie dich denn fragen?« Sie stemmte die Hände in ihre breiten Hüften und starrte mich hart an. »Sie können dich nicht ernsthaft für eine Verdächtige halten.«

»Ich habe das Gefühl, dass Campbell jeden verdächtigt, etwas zu tun, was man nicht tun sollte.« Ich senkte meine Stimme und warf einen Blick über die Schulter. Auch Campbell hatte die unheimliche Gabe, immer dann aufzutauchen, wenn man ihn nicht bei sich haben wollte.

»Kanntest du Kandel?«, fragte Betsy.

»Ich habe ihn vor ein paar Tagen zum ersten Mal getroffen. Er muss irgendjemanden wirklich verärgert haben.«

»Das würde ich auch sagen.« Sie stieß einen ungläubigen Laut aus und schüttelte den Kopf. »Und Lord Rupert hat einen seiner Freunde verloren. So eine Schande. Es bricht einem das Herz. Er ist ein guter Mann.«

»Das ist er«, sagte ich. »Hast du heute schon Kendals Zimmer gereinigt?«

»Das habe ich versucht, aber ich wurde weggeschickt. Campbell lässt es bewachen. Mir wurde gesagt, dass es sich um einen potenziellen Tatort handelt.«

»Glaubt er, dass Kendal etwas in seinem Zimmer zugestoßen sein könnte?«

»Vielleicht. Ich konnte keinen guten Blick erhaschen. Nicht, dass es einen großen Unterschied macht. Ich musste sein Zimmer reinigen, nachdem er angekommen war. Er hat ein solches Chaos darin zurückgelassen. Es ist gut möglich, dass ich wichtige Beweise vernichtet habe. Aber dafür trage ich nicht die Schuld. Ich wusste nicht, dass er ermordet worden ist.«

»Wie war sein Zimmer so?«

»Es war ein Schweinestall. Für jemanden, der angeblich aus der Oberschicht stammt, hatte er absolut keine Manieren.«

»Was hast du gefunden?«

»Nasse Handtücher auf dem Fußboden, Unterwäsche lag herum, eine offene Flasche Whisky und ein halb aufgegessenes Sandwich. Oh, und auf dem Boden lag sein Hemd, mit Lippenstift am Kragen.«

»Kendal hatte eine Frau bei sich?«

»So muss es gewesen sein, es sei denn, er trägt gerne Make-up, wenn er alleine ist.« Sie klatschte mit einer Hand auf ihren Oberschenkel. »Stell dir das vor! Natürlich habe ich schon viel Schlimmeres gesehen. Dieser vornehme Haufen treibt hinter verschlossenen

Türen allerlei Unsinn. Einmal habe ich eine Party von Swingern ausgerichtet.«

»Swinger?«

»Ja! Das war, bevor ich anfing, hier zu arbeiten. Sie haben alle ihre Schlüssel in eine Glasschüssel gelegt und sich einen Partner für den Abend ausgesucht. Ich war so schockiert, dass ich gar nicht wusste, wohin ich schauen sollte. Aber die Bezahlung war gut und komplett in bar, also habe ich einfach in die andere Richtung geschaut. Es würde mich nicht schockieren, wenn Kendal Lippenstift getragen hat. Heutzutage nicht mehr. Nicht, wenn man schon so lange dabei ist wie ich.«

Ich konnte mich nicht daran erinnern, Lippenstift an Kendals Kragen bemerkt zu haben, als ich ihn getroffen hatte. »Welche Farbe hatte dieses Hemd?«

»Blassblau. Es war zerknittert und mehrere Knöpfe fehlten, als hätte er es hastig ausgezogen. Oh! Vielleicht war es ein romantisches Stelldichein. Er ist dieser Frau nähergekommen und die Dinge sind aus dem Ruder gelaufen.«

Ich tippte mit den Fingern auf den Küchentisch. Seine Freunde hatte erwähnt, dass er sich auf eine verheiratete Frau eingelassen hatte, und noch mit jemand anderem. Izzie hatten sie, glaube ich, gesagt, als sie Kendal mit seinem komplizierten Liebesleben geneckt hatten.

Betsy aß ihren Muffin und schmatzte herzlich. »Köstlich.«

In Gedanken blieb ich bei Kendal und dieser unbekannten Frau. Vielleicht steckte eine eifersüchtige Freundin hinter dem, was ihm zustoßen war. Möglicherweise hatte er diese Frau heimlich in die Burg mitgebracht, hatte etwas Spaß mit ihr, nur um sie dann wieder wegzuschicken.

Ich wollte mir gerade einen zweiten Muffin nehmen, als Campbell und Chef Heston zusammen herein schlenderten.

»Wieder am Tratschen, Miss Holmes?« Campbells Blick wanderte von Betsy zu mir.

»Ich tratsche niemals«, sagte Betsy. »Es ist nicht nett, hinter ihrem Rücken über die Leute zu reden.«

Chef Heston funkelte mich böse an. »Machen Sie sich an die Arbeit, oder ich muss Ihre Akte mit einer Verwarnung versehen. Und gestern sind Sie zu spät von den Auslieferungen zurückgekehrt. Wenn sich noch ein weiterer Kunde darüber beschwert, dass das Essen abgestanden schmeckt, werde ich Ihr Gehalt kürzen. Und heute müssen Sie länger bleiben. Es ist ein Eilauftrag reingekommen.«

Campbell räusperte sich. »Eigentlich hilft Holly mir mit Nachforschungen in einer ... Familienangelegenheit. Ihre Arbeitsstunden werden vorübergehend flexibel sein müssen, damit sie die Familie mit allem versorgen kann, was sie braucht.«

Mir fiel die Kinnlade herunter, während Chef Heston vor sich hin stotterte.

»Ich vertraue darauf, dass es keine Probleme geben wird.« Campbell richtete seine volle, angsteinflößende Aufmerksamkeit auf Chef Heston.

»Natürlich nicht, wenn es der Familie hilft.« Er zog die Schnur seiner Schürze fest um seine Taille und trat zurück. »Man hat mich einfach noch nicht darüber informiert.«

Ich öffnete meinen Mund, um zu protestieren, aber ein Blick von Campbell ließ mich innehalten. Hatte er sich gerade für mich eingesetzt? Warum sollte er das tun? Er hatte ziemlich deutlich gemacht, dass er nicht viel von mir hielt.

»Ihnen muss ich auch noch ein paar Fragen stellen.«
Campbell griff Chef Heston bei den Schultern und
führte ihn weg.

»Vor dem musst du dich in Acht nehmen«, sagte Betsy
leise, nachdem die Tür ins Schloss gefallen war.

»Chef Heston oder Campbell? Die machen mir beide
Angst.«

»Ich habe Sachen über Campbell gehört, bei denen dir
das Blut in den Adern gefriert. Dieser Mann ist gruselig.
Er war früher ein Geheimagent. Er war so tief in eine
Undercover-Mission verstrickt, dass er vergessen hat,
wer er wirklich war. Die Regierung hat seine Spur für
fast ein ganzes Jahr verloren, bis er plötzlich wieder
aufgetaucht ist. Und ich hörte, dass er sieben Sprachen
sprechen kann.«

»Nur sieben«, sagte ich.

Betsy lachte auf. »Pass in seiner Nähe bloß auf. Campbell ist wie ein Hund mit seinem Lieblingsknochen.
Wenn er sich etwas in den Kopf gesetzt hat und denkt,
dass er recht hat, dann lässt er nicht mehr los.«

Campbell kehrte in die Küche zurück, jedoch ohne
Chef Heston.

»Was haben Sie mit ihm gemacht? Seine Leiche in den
Tiefkühler gehängt?«, fragte ich.

»Das ist ein zu offensichtliches Versteck«, sagte
Campbell. »Er wird keine Probleme mehr machen. Ich
habe ihn darüber informiert, dass Sie jederzeit für Be-
fragungen zur Verfügung stehen müssen.«

Betsy spitzte die Lippen und starrte mich an, in ihrem
Blick lagen Sorge und eine Warnung.

»Also konnte mein Alibi nicht bestätigt werden?«,
fragte ich.

»Sie haben nicht wirklich ein Alibi.« Er schnappte sich
einen Muffin und verschwand.

Betsy schnaubte. »Merk dir meine Worte, der Umgang mit diesem Mann bringt nichts Gutes mit sich. Du solltest dich von Campbell fernhalten.« Dann hastete sie mit ihren Reinigungsutensilien davon.

Ich starrte den Teller mit den Muffins an und grinste. Vielleicht war er nicht so gruselig und unzugänglich, wie alle dachten. Wenn Campbell eine Vorliebe für Süßes hatte, dann hatte ich die perfekte Waffe, um seine Abwehr zu durchdringen.

Ich wusch ab, zog mein liebstes Backbuch aus dem Regal und legte die Zutaten für die perfekten Mini-Schichtbiskuits mit Salted Caramel Buttercreme bereit.

Es war an der Zeit, Campbell auf meine Seite zu ziehen und ihn von meiner Unschuld zu überzeugen.

Kapitel 10

Ich hatte Glück, an diesem Morgen keine Lieferungen fahren zu müssen, und verbrachte meine ganze Zeit damit, Brot, Brötchen und Kuchen zu backen, die den Touristen zur Mittagszeit verkauft werden würden.

In meinen Pausen arbeitete ich an den Nachspeisen für Campbell. Er mochte mehrere Sprachen sprechen und jemanden mit einem Plastiklöffel umbringen können, aber wenn es darum ging, ein mördermäßiges Dessert zu zaubern, würde er mich nie schlagen. Jeder hatte eine Schwäche, wenn es um Nachtisch ging, und ich besaß die Fähigkeit, mich gut daran zu erinnern, wonach eine Person schmachtete.

Nachdem das Backen und die Vorbereitungen für den Mittagsansturm so gut wie vollendet waren, hatte ich genug Zeit übrig.

Chef Heston war draußen, um sich um eine Lieferung zu kümmern, und schrie den armen Fahrer wahrscheinlich an, weil er zu spät war. Das gab mir die Möglichkeit, meine Schichtbiskuits mit dunkler geschmolzener Schokolade und einer Prise Meersalz zu vollenden, das den Karamellgeschmack hervorheben würde.

Ich trat zurück und inspizierte sie. Sie waren wie winzige, feine Kunstwerke. Jetzt musste ich nur noch

Campbell finden und ihm die Sache schmackhaft machen. Beweisen, dass ich keine schlechte Person war.

Ich legte die Küchlein in eine Schüssel und sicherte sie mit einem Deckel, bevor ich nach draußen ging. Am Morgen hatte Campbell mehrere Runden um die Burg gedreht, und ich hatte ihn mehr als einmal am Küchenfenster vorbeilaufen sehen. Vielleicht war er immer noch draußen.

Nachdem ich gute zehn Minuten herumgelaufen war, hatte ich immer noch keine Anzeichen von ihm oder seinem Team gefunden. Vielleicht waren sie im Wald.

Zögerlich blieb ich am Rand des Rasens stehen. Ich wollte nicht riskieren, zum Tatort zurückzugehen. Das könnte mich verdächtig aussehen lassen.

Gelächter drang an meine Ohren. Ich drehte mich um und entdeckte Lord Rupert, zusammen mit dem Gärtnerteam.

Als ich ihnen entgegenging, sah er mich und winkte. Gestern Abend hatte ich nicht die Möglichkeit gehabt, viel mit ihm zu reden, und ich wollte sicherstellen, dass es ihm gut ging.

»Hallo, Leute.« Ich blieb vor dem neu angelegten Garten stehen. »Das sieht fantastisch aus.« Ein riesiges, frisch bepflanztes Beet war voll mit Kräutern. Ich war kein Gartenexperte, aber meine Kräuter kannte ich. Es gab Thymian, Petersilie, Salbei und Lavendel.

Mehrere der Gärtner nickten und lächelten, während sie ihre Werkzeuge säuberten.

»Und das verdanken wir der Tatsache, dass ich nichts angefasst habe.« Rupert kam herüber, ein Lächeln lag auf seinem Gesicht. »Ich habe sie nur beraten. Als ich sie vor ein paar Wochen gepflanzt habe, sind ein Dutzend Lavendelpflanzen gestorben. Ich habe sie in die falsche Erde gelegt und sie hatten einen Schock. Dann habe ich sie überwässert und die Wurzeln sind verrottet. Also habe ich mich dieses Mal zurückgehalten und nur Vorschläge gemacht, wie es aussehen könnte. Und wir haben einen guten Job gemacht.«

»Sie sind ein guter Berater«, sagte einer der Gärtner. »Eines Tages könnte noch ein Profi aus Ihnen werden.«

»Das sieht alles wunderschön aus.« Mein Blick wanderte über die unzähligen Felder aus Violett und saftigem Grün.

»Es ist ein Gedenkgarten«, sagte Rupert. »Hier ist es ruhig, und die Leute können herkommen, wenn sie einen geliebten Menschen verloren haben. Gegen eine Spende kann sogar eine Gedenktafel mit dem Namen des Verstorbenen angebracht werden.«

»Was für eine schöne Idee. Denkst du darüber nach, so etwas für Kendal zu machen?«, fragte ich.

»Oh! Nun, daran hatte ich noch nicht gedacht. Ich meine, das ist etwas für seine Liebsten. Für Familienmitglieder. Und ich meine, Kendal war ein Freund, aber ...« Seine Stimme verstummte und er rieb sich den Nacken.

»Möchtest du ein Stück Kuchen?« Ich führte ihn von den Gärtnern weg, damit sie uns nicht hören konnten.

»Die sehen zum Anbeißen aus. Hast du die für mich gemacht?« Er linste in die Schüssel und seine Augen hellten auf.

»Sie sind ein Experiment«, sagte ich, weil ich nicht zugeben wollte, dass es sich um einen Köder für Campbell handelte.

»Bei dir bin ich immer wieder gerne das Versuchskaninchen.« Er suchte sich einen Kuchen aus und biss hinein. Seine Augen schlossen sich und er stöhnte. »Holly Holmes, du erstaunst mich immer wieder.«

»Nach dem, was mit deinem Freund passiert ist, brauchst du etwas, um dich aufzuheitern. Ich wette, du stehst immer noch unter Schock.«

Er verputzte den Kuchen und leckte sich die Finger. »Man denkt nie, dass jemand so Junges so plötzlich von uns geht.«

»Das kann ich mir gar nicht vorstellen«, sagte ich. »Standet ihr euch nahe?«

Sein Lächeln wirkte reumütig. »Als Teenager haben wir uns einen Schlafsaal geteilt. Man sieht viel, wenn man sich das Zimmer mit einem Teenager teilt.«

Darüber wollte ich keine Details hören. »Aber ihr wart alle Teil derselben Truppe. Habt ihr viel Zeit miteinander verbracht?«

Rupert fixierte mehrere Sekunden lang seine dreckigen Schuhspitzen, bevor er mich wieder ansah. »Wenn es nach mir gegangen wäre, hätte ich Kendal Jakes nie wiedergesehen. Nun, ich schätze, das werde ich jetzt auch nicht mehr, aber so wollte ich nicht, dass es endet. Den Tod habe ich ihm nicht gewünscht.«

Sorgen durchfuhren mich. »Ihr seid in der Schule nicht gut miteinander ausgekommen?«

»Ich war nicht immer so ...« Er gestikulierte mit einer Hand hoch und runter über seinen Torso. »Ich will sagen, Leute verändern sich. Jeder entwickelt sich in seinem Tempo und manchmal dauert es eine Weile, bis man seinen Platz in dieser Welt gefunden hat. Ich war nie ein geborener Athlet oder besonders akademisch. An meiner Schule herrschte ein starker Wettbewerb. Ich hatte immer das Gefühl, nicht gut genug zu sein. Das hat mich zur Zielscheibe für die Leute gemacht, die besser waren als ich. Die Stärksten werden überleben, könnte man sagen.«

»Du denkst, Kendal war besser als du, weil du nicht gut in Sport warst oder Einsen für deine Aufsätze bekommen hast?« Verärgerung stieg mir in die Wangen.

»Es war nicht nur das. Kendal hatte diesen natürlichen Charme auf die Leute. Er schaffte es immer, dass alle ihn mochten. Na ja, fast alle.«

»Du hast ihn durchschaut«, sagte ich. »Wenn überhaupt, dann macht es dich zu einem besseren Menschen. Du hast gesehen, wie Kendal wirklich war. Nach dem, was ich über ihn gehört habe, war er kein sehr guter Freund.«

»Oh, nun, man sagt immer wieder, dass Kinder grausam sein können. Und Kendal war ganz besonders grausam.« Sein Blick war von Schuld erfüllt. »Aber ich wollte trotzdem nicht, dass er stirbt, und bestimmt nicht, dass er umgebracht wird.«

»Ich kann mir nicht vorstellen, dass du irgendwem Leid zufügen wollen würdest.« Ich lächelte ihn an.

»Ein zu großer Spielverderber. Das hat mein Vater immer über mich gesagt. Zu weich für sein eigenes Wohl.«

»Nein! Du bist nichts dergleichen.« Ich berührte seinen Arm. »Freundlichkeit ist eine Stärke. Und die hast du im Überfluss. Hier, nimm noch einen Kuchen.« Ich hielt ihm die Schüssel hin.

»Du verwöhnst mich.« Rupert nahm sich ein weiteres Stück. »Das ist so lieb von dir.«

Ich tat es nicht, weil er mir leidtat. Rupert war ein wirklich netter Kerl. Er war attraktiv, clever und er kümmerte sich um andere. Schnell schob ich diese Gedanken zur Seite. Es hatte keinen Zweck, sich in ein Mitglied der Familie zu verknallen. »Hast du etwas davon gehört, wie die Ermittlungen laufen?«

»Nein, nichts Neues von Campbell. Er hält den Herzog und die Herzogin auf dem Laufenden.«

»Er hat mir nicht viel darüber erzählt, was eigentlich mit Kendal passiert ist. Was hat er dir erzählt, als ihr euch unterhalten habt?«, fragte ich.

»Oh! Mir gegenüber war er offener. Kendal wurde von einem schweren Gegenstand am Kopf getroffen. Wahrscheinlich war er betrunken, als er angegriffen wurde. Wir haben ihm gesagt, dass er sich zurückhalten sollte, aber Kendal meinte immer, dass er wüsste, wie viel er verträgt. Hoffentlich hat der Alkohol seine Sinne betäubt, und er hat nicht bemerkt, was vor sich ging. Zumindest versuche ich, mir das einzureden.«

»Um wie viel Uhr ist Kendal gestorben? Weiß Campbell das?«

»Zwischen Mitternacht und zwei Uhr morgens«, sagte Rupert. »Das letzte Mal wurde er von uns um halb zwölf gesehen.«

Das schloss mich als Verdächtige definitiv aus. Ich war den ganzen Abend ab neun Uhr zusammen mit Meatball zuhause gewesen. Ich war eher der frühe Vogel und morgens am produktivsten. Wenn ich jemals einen Mord begehen müsste, dann im Morgengrauen, solange ich noch klar denken konnte.

»Hat Campbell gefragt, wo du zum Zeitpunkt des Mordes warst?«

»Natürlich. Etwas anderes hätte ich nicht von ihm erwartet. Wenn er nicht fragen würde, wo alle waren, würde er seinen Job nicht richtig machen. Ich vermute, dich hat er ebenfalls gefragt.«

»Das hat er. Mein Alibi ist wasserdicht. Na ja, wasserdicht in dem Sinne, dass ich alleine zuhause war.«

Er gluckste. »Holly, ich kann mir niemanden vorstellen, bei dem es unwahrscheinlicher ist, ein Mörder zu sein. Ich war mit den anderen Jungs zusammen. Obwohl zwei von ihnen für eine halbe Stunde verschwunden waren. Das hat Campbell sehr interessiert.«

»Warum habt ihr euch getrennt?«

»Chris und Simon sind in die Küche gegangen, weil sie wieder Hunger hatten. Ich fand nicht, dass das seltsam war. Das finde ich noch immer nicht. Niemand der Gesellschaft würde Kendal umbringen wollen. Er konnte nervig sein, aber so war er nun mal. Über die Jahre haben wir uns daran gewöhnt.«

»An dem Abend, als ich Kendal und deine Freunde kennengelernt habe, habt ihr Scherze darüber gemacht, dass Kendal ein Aufreißer war.«

»Oje. Ich fand, dass er bei dir zu weit gegangen ist. Ich habe ihm vorgeschlagen, sich bei dir zu entschuldigen, aber davon wollte er nichts hören.«

Ich schüttelte den Kopf. »Das ist mir egal, aber hat sich Kendal mit jemand Bestimmtem getroffen? Vielleicht hat er jemanden mit in die Burg gebracht, weil er es nicht ertragen konnte, für eine Nacht von ihr getrennt zu sein.«

»Kendal mit einer festen Freundin?« Rupert tippte sich an den Kopf und lachte laut. »Das hätte es nicht gegeben. Kendal liebt die Frauen, aber länger als ein paar Monate bleibt er nie mit einer zusammen. Er sagte immer, warum soll man sich mit einer Frau zufriedengeben, wenn es so viele gibt, mit denen man Spaß haben kann.«

»Was für eine interessante Ansicht von Frauen.« Ich hob eine Augenbraue.

Rupert errötete. »Natürlich denke ich das nicht. Ich warte darauf, dass eine ganz besondere Dame in mein Leben tritt.«

Ich lächelte. »Da bin ich mir sicher. Dich hätte ich nicht für einen Schürzenjäger gehalten.«

»So etwas würde mir niemals einfallen«, stammelte er. »Irgendwo wartet das richtige Mädchen auf mich, das weiß ich. Ich bin mir nur nicht sicher, ob sie weiß, dass sie die Richtige für mich ist.«

Ich schaute weg, als ich spürte, wie meine Wangen heiß wurden. Rupert war so ein süßer Kerl, und hätte ich ihn unter anderen Umständen kennengelernt, wäre ich versucht gewesen, mich auf ihn einzulassen. Aber es gab eine Grenze, die man niemals überschreiten sollte.

»Wieder zu Kendal: Er hat also nicht erwähnt, jemanden zu eurem Treffen mitbringen zu wollen?«

»Zu mir hat er nichts gesagt. Aber er hat sich mit der Frau von jemandem getroffen. Und natürlich hatte er über eine lange Zeit diese On-off-Beziehung mit Izzie Northcott.«

»Wie war der aktuelle Stand ihrer Beziehung?«

»Soweit ich weiß, hat er sich vor einiger Zeit von ihr getrennt.«

»Wie fand Izzie das?«

»Ich könnte mir vorstellen, dass sie nicht glücklich war, aber Kendal war gut darin, sie zu manipulieren, wenn er es wollte.«

Wusste Campbell von Izzie und ihrer Beziehung zu Kendal? Wie könnte ich ihm sagen, dass es möglicherweise eine eifersüchtige Exfreundin gab, ohne zu offenbaren, dass ich herumschnüffelte und Fragen stellte?

»Wir machen jetzt Schluss, wenn das okay ist«, rief eine Gärtnerin.

Rupert hob eine Hand und nickte ihr zu. »Natürlich.« Ich lief neben ihm, als er zurück zu den Gärtnern ging.

»Ich weiß, dass es eine schreckliche Sache ist, aber Campbell wird das schon regeln«, sagte Rupert. »Versuch, dir nicht zu viele Sorgen zu machen. Das war eine einmalige Sache. Wir dürfen nicht zulassen, dass die Burg den Ruf bekommt, ein guter Ort für Morde zu sein.«

»Auf keinen Fall«, sagte ich. »Ich will nicht anfangen müssen, Kuchen für die Burggeister backen zu müssen, weil keine Besucher mehr kommen.« Ich hatte es als Scherz gemeint, aber das Entsetzen in Ruperts Gesicht zeigte, dass ich ins Fettnäpfchen getreten war.

»Du glaubst wirklich, dass es in der Burg spukt?«, fragte er.

Ich lachte, doch es erstarb schnell, als er nicht mit einstieg. »Das steht in den Broschüren, oder nicht?«

Rupert schaute zu dem riesigen Steingebäude auf. »Ich ... Na ja, ich schätze, es sind schon seltsamere Dinge passiert. Und ich verliere ständig irgendwas. Als ich noch jünger war, habe ich den Geistern die Schuld gegeben, wenn meine Spielsachen verschwunden sind.«

Ich nickte und lehnte mich näher zu ihm. »Es sind die kalten Stellen, die mich manchmal fertigmachen.«

»Oh! Du fühlst sie auch?«

Ein lautes Klappern ließ mich herumwirbeln. Als ich einen Haufen heruntergefallener Gartengeräte sah, ging ich hinüber. »Lass mich dir helfen.« Ich stellte die Kuchenschüssel auf den Boden.

Meredith und Jacob eilten herum und sammelten die Werkzeuge ein.

Meredith schob ihren Hut zurück und lächelte. »Danke. Ich dachte, ich könnte alles auf einmal tragen. Eile mit Weile hat meine Mutter immer gesagt.«

Ich schob mehrere Spaten und eine Hacke beiseite, die bereits im Kofferraum lagen, um Platz für den Rest zu schaffen. »Sieht aus, als hättet ihr heute viel geschafft.«

»Ich liebe es, an den Beeten zu arbeiten«, sagte Meredith. »Es gibt nichts Besseres als ein bisschen Bewegung in der freien Natur.«

»Warte noch ein paar Monate, dann wird die Bepflanzung wunderschön aussehen«, sagte Jacob, als er noch mehr Werkzeuge herantrug.

»Das tut es jetzt bereits. Hier, ihr könnt den Rest haben.« Ich überreichte ihnen die Schüssel mit dem Kuchen. »Ich schätze, auch die anderen Gärtner haben hart gearbeitet und ordentlich Appetit.«

»Die sehen großartig aus«, sagte Jacob.

»Oooh! Vielen Dank. Die werden sich freuen.« Meredith eilte los und verteilte die Desserts.

»Holly Holmes!« Chef Heston lehnte sich aus der Küchentür, sein Gesicht war knallrot. »Zurück an die Arbeit. Für heute Nachmittag stehen Lieferungen an.«

»Oje.« Rupert eilte zu mir. »Ich hoffe, ich habe dich mit unserer Unterhaltung nicht in Schwierigkeiten gebracht.«

»Keine Sorge, Chef Heston schreit mich einfach gerne an. Wir sehen uns später.« Ich rannte zurück in die Küche.

Ich warf einen Blick zurück zu Rupert, der den Gärtnern dabei zusah, wie sie ihre restlichen Gerätschaften verstauten. Einem Tyrannen ausgeliefert zu sein war ein starkes Motiv für einen Mord. Aber ich konnte nicht glauben, dass Rupert etwas mit dem zu tun hatte, was geschehen war, und seine Freunde hatten sein Alibi bestätigt, obwohl es so klang, als wären sie in dieser Nacht alle ein wenig betrunken gewesen.

Ich schüttelte den Kopf. Rupert war ein netter, höflicher Kerl, kein Mörder.

Wenn ich herausfinden wollte, was mit Kendal Jakes passiert war, musste ich einen anderen Weg verfolgen.

Und dieser Weg führte über kurz oder lang zu einer
verärgerten Exfreundin.

Kapitel 11

»Diese Haselnusstörtchen mit Schokoladentrüffel sehen köstlich aus«, sagte Mavis Bickerly, als ich die letzte Lieferung des Tages überreichte.

»Ich experimentiere auch mit einer neuen Geschmackssorte für Cupcakes«, sagte ich.

Mavis' dunkle Augen wurden groß, als sie in die Schachtel linste. »Was für eine Überraschung hast du mir mitgebracht?« Sie lebte allein und veranstaltete einen Büchertreff in ihrem Cottage in der Cedar Lane. Jeden Monat gab sie eine großzügige Bestellung für ihre Lesegruppe auf.

»Ich weiß, dass ihr Cupcakes mögt, also habe ich ein paar Gratisproben mitgebracht. Es ist eine Karamellcreme mit gerösteten Pekannüssen und Ahorn. Feedback ist willkommen. Lass mich wissen, was du und dein Buchclub von ihnen halten. Ich will sie wirklich perfekt werden lassen.«

»Alles, was du in der Küche anrührst, wird perfekt«, sagte Mavis mit einem warmen Lächeln. Ihr Blick fiel über meine Schulter. »Immer noch kein Transporter?«

»Chef Heston scheucht mich gerne auf dem Fahrrad herum. Und mir macht es nichts aus. Das hilft dabei, die ganzen Kalorien zu verbrennen, die ich zu mir nehme, wenn ich meine Kuchen probiere.«

Mavis lachte. »Du Glückliche. Ich muss diese Kuchenschachtel nur ansehen und habe schon das Gefühl, fünf Pfund mehr auf den Hüften zu haben.«

»Sie sind es wert.« Ich winkte ihr zum Abschied und ging zurück zu meinem frisch reparierten Fahrrad, das ich gegen die Hauswand gelehnt hatte.

Meatball saß geduldig in dem Korb. Als er mich sah, wedelte er mit dem Schwanz.

»Das war's. Die letzte Lieferung des Tages. Wie wäre es, wenn wir zur Burg zurückfahren und dir dein Abendessen besorgen?«

»Wuff, wuff.« Meatball hüpfte in dem Korb auf und ab, sein Schwanz wedelte schneller.

Eine Frau, die ich nicht kannte, spazierte auf mich zu, während sie sich ihr Telefon ans Ohr drückte. Ihre hohen Absätze klackerten über den Boden, als sie sich eine Strähne ihres perfekt frisierten blonden Haares aus dem herzförmigen Gesicht strich. »Und scheinbar wurde die Leiche im Wald gefunden.«

Ich erstarrte und schaute sie an. Sie musste Kendal meinen.

»Ich sage die Wahrheit! Meine Quellen sind sicher.« Sie schaute zu mir und ihre Augen verengten sich. »Warte eine Sekunde.« Bis sie mich passiert hatte, sagte sie nichts mehr.

Ich drehte mein Fahrrad herum und folgte ihr diskret und mit ausreichend Abstand, aber so, dass ich immer noch hören konnte, was sie sagte.

»Ich wusste immer, dass so etwas passieren würde«, sagte die Frau. »Er konnte seine Hose einfach nicht geschlossen halten. Irgendein wütender Ehemann musste ihm irgendwann ein Ende bereiten.«

Diese Frau kannte Kendal ganz offensichtlich. Aber sie lebte nicht im Dorf. Ich hatte sie noch nie zuvor gesehen. War das eine von Kendals mysteriösen Freundinnen? Vielleicht sogar die Frau, die er in die Burg geschmuggelt und die Lippenstift auf seinem Kragen hinterlassen hatte? Ich musste es herausfinden.

»Jetzt muss ich jemand anderen finden, der mich zum Sommerball begleitet.« Sie kicherte. »Ich bin nicht kaltherzig, ich denke nur praktisch. Wir hatten schon alles besprochen. Ich hatte sogar schon den Smoking ausgesucht, den er tragen sollte. Jetzt muss ich wieder ganz von vorne anfangen, und die ganzen guten Männer sind schon vergeben. Lieber würde ich vorgeben, dass es mir nicht gut geht, als mit einem dieser hässlichen Außenseiter hinzugehen.«

Wer auch immer diese Frau war, es schien ihr nicht viel auszumachen, dass Kendal tot war. Sie machte sich mehr Sorgen, welchen Einfluss sein Tod auf ihr Sozialleben haben könnte.

Abrupt drehte sich die Frau um und trat auf die Straße. Sie starrte mich direkt an, ihr Blick wurde finster. »Ich rufe dich zurück.« Sie senkte ihr Telefon. »Was glauben Sie, dass Sie hier tun?«

Ich hielt das Fahrrad an, meine Wangen brannten. »Gar nichts! Ich meine, ich fahre nur zurück zur Arbeit.«

»Nein, tun Sie nicht.« Sie zeigte mit dem Finger auf mich. »Und denken Sie erst gar nicht daran, mich um ein Selfie zu bitten.«

»Ähm, das hatte ich nicht vor. Ich weiß nicht, wer Sie sind.«

Sie schnaubte und lachte. »Klar wissen Sie das nicht. Hat Ihnen noch nie jemand erzählt, dass es unhöflich ist, privaten Unterhaltungen zuzuhören?«

»Na ja, es war nicht gerade privat. Sie haben sehr laut mitten auf einer öffentlichen Straße gesprochen.«

Die Frau funkelte mich böse an. »Selbst wenn dem so war, kümmern Sie sich um Ihre eigenen Angelegenheiten. Und halten Sie sich aus meinen raus.«

»Es war nicht meine Absicht, Sie zu belauschen, aber Sie haben eine Leiche in einem Wald erwähnt.«

Sie presste ihre pink bemalten Lippen zusammen. »Hoffen Sie, eine Story an die Presse verkaufen zu können, dass ich zur gleichen Zeit hier war wie Kendal? Das ist nichts Neues. Es wird Ihnen nichts einbringen, meinen Aufenthaltsort zu verraten. Alle wussten, dass wir uns kannten. Suchen Sie online nach Bildern. Wir sind überall.«

Ich hatte keine Ahnung, wovon sie sprach. »Ich wüsste gar nicht, wo ich anfangen sollte, wenn ich jemandem eine Story verkaufen wollen würde. Und wenn ich das tun würde, würde ich wahrscheinlich meinen Job verlieren.«

»Sie sind irgendwo angestellt?« Sie sah mich von oben herab an. »Ich dachte, Sie wären eine Obdachlose.«

»Was? Nein! Warum würden Sie das denken?« Ich trug meine schwarze Hose und die Jacke, die ich immer zum Fahrradfahren anhatte. Ich mochte ein bisschen windgepeitscht und rot im Gesicht aussehen, weil ich die letzten paar Stunden mit dem Fahrrad herumgefahren war, aber nicht obdachlos!

Sie zuckte mit den Schultern. »Die fettigen Haare und die Flohschleuder in Ihrem Korb haben Sie verraten.«

»Meatball ist keine Flohschleuder. Er ist äußerst sauber und wird einmal pro Woche gebadet. Und meine Haare sind nicht fettig, nur ein bisschen ... verschwitzt vom Fahrrad fahren.«

Sie winkte mit ihrer manikürten Hand ab, doch einer ihrer falschen Fingernägel fehlte. Scheinbar war sie doch nicht Miss Perfect. »Okay, von mir aus. Machen Sie mit Ihren Lieferungen weiter.«

Ich schüttelte den Kopf, wollte mich von ihrer Unhöflichkeit nicht abschrecken lassen. »Kannten Sie Kendal?«

Ihre Augenbrauen wanderten nach oben. »Sie offensichtlich nicht. Mit jemandem wie Ihnen würde er sich nicht abgeben.«

Ich hielt ihrem Blick stand. »Vielleicht doch. Was meinen Sie damit?«

Meatball knurrte und stieß ein einzelnes Bellen aus.

Ihr hochmütiger Blick schweifte über uns, doch in ihren blauen Augen flackerte ein Hauch von Zweifel auf. »Kannten Sie Kandel wirklich?«

»Wir haben uns getroffen.«

Sie machte einen Schritt auf mich zu. »Wie das? Sagen Sie mir nicht, dass er Sie gedatet hat. Er wäre nicht an einem verschwitzten Wrack wie Ihnen interessiert.«

Ich ließ die Beleidigungen von mir abprallen. Mit dem Fahrrad einen Anhänger voll mit Kuchen herumzukutschieren, würde immer mit Schweiß enden. Es machte mir nichts aus. Ich war fit und konnte jeden Tag Kuchen essen, ohne zuzunehmen.

»Ich kannte ihn nicht auf diese Weise. Wie ist es mit Ihnen? Wie gut kannten Sie Kendal?«

»Warum glauben Sie, dass ich ihn kannte?«

»Ich habe Sie darüber reden hören, dass Sie ihn auf einen Ball mitnehmen wollten.«

»Sie haben doch gelauscht!«

Jetzt zuckte ich mit den Schultern. »Sie haben sehr laut geredet.«

Sie schaute mich böse an. »Warum interessieren Sie sich überhaupt für ihn?«

»Ich arbeite im Audley Castle. Ich −«

»Oh! Jetzt verstehe ich. Sie müssen eine der Dienerinnen sein.«

Ich seufzte. »Wir werden nicht Diener genannt. Wir befinden uns im einundzwanzigsten Jahrhundert. Aber ich arbeite in der Küche. Ich bin —«

Die Frau trat näher. »In der Küche! Haben Sie Kendal sein Essen serviert? Wie war er so?«

»Ja, ich habe ihn bedient. Er schien ... betrunken zu sein.«

»Typisch. Erzählen Sie mir alles.«

Wenn ich ein paar kleine Informationen mit ihr teilte, wäre diese mysteriöse Frau vielleicht zuvorkommender. »Ich habe ihn nur einmal getroffen, an dem Abend, bevor er gestorben ist.«

Ihre Augen verengten sich. »War er mit jemandem zusammen?«

»Ja. Mit Lord Rupert und seinen anderen Freunden aus der Schule.«

Sie winkte ab. »Ich meine nicht die Jungs. Hatte er eine Frau bei sich?«

»Ich habe niemanden gesehen«, sagte ich. »Sind Sie beide miteinander ausgegangen?«

»Wir standen uns nahe. Ich dachte, wir könnten vielleicht heiraten, sobald er seinen Spaß gehabt hat.«

Meine Augen wurden groß. »Haben Sie Kendal in der Burg besucht?«

Ein Lächeln huschte über ihr Gesicht, bevor es wieder verschwand. »Was für eine lächerliche Idee. Wie sollte ich an den Wachleuten der Burg vorbeikommen?« Ihr Grinsen kehrte zurück, was vermuten ließ, dass sie genau das getan hatte.

»Sie müssen sehr traurig darüber sein, was ihm zugestoßen ist. Wie haben Sie es herausgefunden?«

Sie betrachtete mich von oben bis unten. »Ich bin traurig. Kendal Jakes wäre ein wohlhabender Mann gewesen, wenn sein Vater endlich gestorben wäre.«

Wow! Diese Frau war wirklich herzlich. »Sie haben mir Ihren Namen noch nicht verraten.«

»Und das werde ich auch nicht.« Ihr Telefon klingelte und sie schaute auf das Display, bevor sie sich abwandte und den Anruf entgegennahm. »Jasmin! Ich wollte dich gerade anrufen. Ich habe unglaubliche Neuigkeiten. Das wirst du nicht glauben.«

»Wuff.« Meatball knurrte leise.

»Du sagst es.« Ich tätschelte seinen Kopf und wartete, mein Blick fixierte die Frau, während sie über die Straße spazierte. Sie redete noch immer wild in ihr Telefon, als sie zum Audley Hotel abbog und verschwand.

Ich schob mein Fahrrad bis zum Hotel und linste durch die Scheibe. Sie war nirgendwo zu sehen.

»Du wartest hier«, sagte ich zu Meatball. »Bewach das Fahrrad. Wenn jemand versucht, es zu stehlen, musst du laut bellen.«

»Wuff, wuff.«

Nicht, dass ich mir Sorgen machte, dass mein Fahrrad in Audley St. Mary gestohlen werden würde. Eigentlich war es ein sicheres Dorf. Die meisten Straftaten beinhalteten illegal abgeladenen Abfall oder einen Hundebesitzer, der nicht hinter seinem Tier sauber gemacht hatte.

Ich betrat die Lobby des Hotels und lächelte, als ich John Steadman hinter dem Empfangstresen entdeckte. Die Wand hinter ihm war mit Postkarten aus der ganzen Welt bedeckt. Wann immer er unterwegs war, schickte er sie zum Hotel.

Er arbeitete seit drei Jahren hier. Ursprünglich sollte es nur ein Sommerjob sein, bevor er auf große Reise gehen wollte. Der Sommer wurde länger und schon bald war er ein dauerhaftes Gesicht des Hotels, wobei er seine drei freien Wochen damit verbrachte, so viel wie möglich herumzureisen.

»Holly! Was verschafft mir die Ehre? Brauchst du ein Zimmer für jemanden, der dich besuchen kommt?« Ein warmes Lächeln erhellte Johns sauber rasiertes Gesicht, wodurch sich leichte Falten an den Rändern seiner braunen Augen bildeten.

»Nein, eigentlich interessiert mich mehr jemand, der schon Gast hier ist.«

»Du willst, dass ich Geheimnisse unserer Gäste preisgebe.« Er ließ seine Augenbrauen auf und ab hüpfen. »Ich bin mir ziemlich sicher, dass das alle möglichen Regeln unserer Verschwiegenheitsklausel brechen würde.«

Ich lachte. »Bei dir klingt das so, als würdest du für den Secret Service arbeiten.«

»Bei dem, was manche unserer Gäste machen, sollten sie uns eine Vertraulichkeitserklärung unterschreiben lassen. Ich habe Dinge gesehen, da würden sich dir die Nackenhaare aufstellen.« Er schüttelte den Kopf.

»Ich versuche, etwas über eine Frau herauszufinden, die vor wenigen Augenblicken in die Lobby gekommen ist. Hat sie eines der Zimmer gebucht?«

Er spitzte die Lippen und neigte seinen Kopf. »Ich habe eine Antwort für dich, aber das müsste sich auch für mich lohnen.«

»Wie wäre es mit einer Schachtel Chocolate Fudge Brownies?«

»Mit Schokoladenstreuseln und einer heißen Schoko-Ganache, um sie darin einzutunken?«

Ich nickte grinsend. Dieser Mann liebte seine Schokolade. »Was auch immer du haben möchtest.«

Er schaute sich um, um sicherzustellen, dass niemand zuhörte. »Deal. Ich kann deinen Leckereien einfach nicht widerstehen.«

»Großartig. Also, wer ist die Frau? Übernachtet sie hier?«

»Das tut sie. Und sie ist eine hochmütige Madame.«

»Wie ist ihr Name?«

»Miss Isabella Northcott. Obwohl man bei ihrem Verhalten denken könnte, dass sie die nächste in der Thronfolge ist.«

Meine Augen wurden groß. Ich hatte den Namen Izzie jetzt schon mehrfach gehört. Das musste sie sein. »Wie lange ist sie schon hier?«

»Sie hat vor zwei Tagen eingecheckt.«

Der gleiche Tag, an dem Lord Rupert seine Freunde in der Burg in Empfang genommen hatte. »Hast du sie seit ihrer Ankunft viel gesehen?«

»Unglücklicherweise habe ich das. Sie ist extrem anspruchsvoll. Sie hat ihr Zimmer dreimal gewechselt und dann mussten wir noch neue Bettwäsche aus ägyptischer Baumwolle besorgen. Unsere gesamte Wäsche ist von bester Qualität und wird täglich frisch gewaschen, aber sie hat uns nicht geglaubt. Das erste Zimmer, in dem wir sie unterbringen wollten, war auf der falschen Seite des Hotels, im zweiten war es zu kalt und das dritte war ganz einfach nicht angemessen. Wenn ich hier das Sagen hätte, hätte ich ihren knochigen Hintern vor die Tür gesetzt und sie zu dem Hotel im Nachbardorf geschickt. Sie beschwert sich über alles und hat ständig schlechte Laune. Ich glaube nicht, dass irgendjemand hier schon ein Trinkgeld von ihr bekommen hat. Gemein und geizig. Das ist nicht sehr attraktiv.«

»Hat sie irgendetwas Seltsames getan, seit sie hier ist?«

»Abgesehen davon, extrem unfreundlich zu jedem zu sein, der ihr über den Weg läuft?«

»Ich habe eher an ihre Bewegungen gedacht. Ist sie viel unterwegs? Oder hatte sie irgendwelche Besucher?«

»Miss Northcott verbringt die meiste Zeit an ihrem Telefon«, sagte er. »Obwohl sie in ihrer ersten Nacht hier gegen neun Uhr aufgebrochen und erst nach zwei Uhr in der Nacht zurückgekommen ist. Ich hatte Pech und die Spätschicht. Also habe ich sie gehen und zurückkommen sehen.«

»Bist du sicher, dass es so spät war?« Diese Zeiten passten perfekt in den Zeitraum, in dem Kendal ermordet worden war. Izzie könnte es mit Leichtigkeit bis zur Burg geschafft haben, um ihn dort zu treffen.

»Absolut sicher. Abgesehen davon, auf die Uhr zu starren, gibt es in der Nachtschicht nicht viel zu tun. Aber ich habe immer meinen E-Reader dabei.« Er hob ein kleines, schwarzes Gerät von seinem Schreibtisch. »Dem Boss ist egal, wie wir uns wach halten. Manchmal mache ich sogar etwas Musik an und tanze durch die Lobby, wenn meine Augen besonders schwer werden. Sie war definitiv unterwegs, um irgendwas zu tun, was sie so spät in der Nacht nicht tun sollte. Warum interessierst du dich für sie?«

»Oh! Also, ich vermute, sie könnte in dieser Nacht in der Burg gewesen sein.«

»Und sie hat allen die Ohren langgezogen?« Er schüttelte den Kopf. »Miss Northcott benimmt sich, als wäre sie eine Lady der Oberschicht, aber mit diesen Manieren muss sie diese Rolle noch mal überdenken.«

»Habt ihr Überwachungskameras im Hotel?«

»Natürlich. Sie wurden vor zwei Jahren während einer Renovierung installiert. Wieso? Möchtest du einen heimlichen Blick in die Zimmer der Gäste werfen?«

»Ihr habt Kameras in den Zimmern?«

Er gluckste. »Natürlich nicht. Sie sind am Vorder- und Hintereingang, damit wir sehen können, wer kommt und geht, und es gibt noch eine dort oben in der Ecke, die die Rezeption und die Lobby überblickt. Das sind die wichtigsten Bereiche. Der Boss hat sie installieren lassen, um die Sicherheitskosten zu senken.«

»Wie lange werden die Aufzeichnungen gespeichert?«

»Dreißig Tage. All diese Fragen. Was ist hier los, Holly Holmes? Das klingt, als würdest du eine Ermittlung durchführen.«

Ich wusste nicht, wie weit es sich herumgesprochen hatte, was mit Kendal geschehen war. Ich wollte mir nicht vorwerfen lassen, Tratsch zu verbreiten, aber früher oder später würden die Leute ohnehin von dem Mord erfahren. »Es gab einen Unfall in der Burg. Jemand ist gestorben.«

John schwankte einen Schritt zurück. »Ich hatte keine Ahnung. Wann ist das passiert?«

»Vor zwei Tagen. Ich habe mich gefragt, ob während dieser Zeit jemand Verdächtiges im Hotel eingecheckt hat.«

Er lehnte sich näher zu mir. »Du glaubst nicht, dass es ein Unfall war? Wovon reden wir hier?«

Ich biss mir auf die Lippe. »Ich sollte besser nichts mehr sagen. Und du musst es noch eine Weile für dich behalten, sonst gibt es keinen Kuchen für dich.«

»Du musst mir mehr als das sagen. Wer war es? Was genau ist passiert?«

Ich zog mich zurück. »Nein! Ich bringe dir bald den Kuchen vorbei.«

»Holly! Du kannst mich doch nicht so hängen lassen.«

»Das tue ich nicht. Aber wenn ich dabei erwischt werde, über das zu tratschen, was in der Burg vor sich geht, könnte ich meinen Job verlieren.«

Er stieß ein Seufzen aus. »Oh, in Ordnung. Aber dafür, dass du mir etwas so Spannendes vorenthältst, will ich eine extra große Portion Kuchen.«

»Die bekommst du, versprochen.« Ich huschte aus dem Hotel und schnappte mir das Fahrrad.

»Meatball, ich glaube, wir sind Kendals Mörderin auf die Schliche gekommen.«

Kapitel 12

»Holly! Behalt den Ofen im Auge. Der Timer ist abgelaufen und ich sehe noch nicht, wie du dich bewegst«, rief Chef Heston.

Ich zuckte zusammen, rannte zum Ofen, schnappte mir die Ofenhandschuhe und zog die Kuchen heraus.

In Gedanken war ich bei dem gewesen, was ich heute im Hotel über Izzie Northcott erfahren hatte. Es konnte kein Zufall sein, dass sie hier war. Sie musste etwas mit diesem Mord zu tun haben.

Chef Heston schaute mir über die Schulter. »Diesmal hatten Sie noch Glück. Weitere dreißig Sekunden und sie wären drüber gewesen.«

»Tut mir leid, Chef. Wird nicht wieder vorkommen.« Ich stellte das Blech mit den Dattel-Pekannuss-Muffins auf den Tresen und wandte mich wieder dem Teig zu, den ich gerade schlug.

»Was ist heute Nachmittag mit Ihnen los?«, fragte er. »Seit Sie von den Auslieferungen zurückgekehrt sind, scheinen Sie vollkommen abwesend zu sein.«

»Oh, Sie kennen mich. Ich denke immer an Essen.«

»Denken Sie an das Essen, an dem Sie arbeiten, und nicht an irgendwelche experimentellen Kreationen.« Chef Heston stapfte davon, um jemand anderen anzuschreien.

Von da an hielt ich mich bedeckt und versuchte, mich zu konzentrieren, aber das war schwer, wenn es mir in den Fingern juckte, mehr über Izzie herauszufinden.

Je später es wurde, desto ruhiger wurde es in der Küche. Das Café war geschlossen und die Touristen machten sich nach einem langen Tag voller Erkundungstouren auf den Weg zurück zu ihren Bussen.

Nachdem die letzte Ladung Kuchen aus dem Ofen war und abkühlte, um am nächsten Tag weiterverarbeitet zu werden, machte ich fünf Minuten Pause.

Ich lief mit einer großen Schüssel Futter zu Meatballs Zwinger und kraulte ihm den Kopf, während er fraß.

Mein Blick wanderte durch den leisen Garten, und ich atmete tief durch. Ich war mir nicht sicher, wie mein nächster Schritt aussehen sollte. Sollte ich Campbell von Izzie Northcott erzählen und ihm verraten, was ich sie hatte sagen hören? Wenn ich das tat, könnte er denken, ich würde versuchen, seine Aufmerksamkeit von mir wegzulenken.

Seit ich von den Lieferungen zurückgekehrt war, hatte ich ihn nicht mehr gesehen, was bedeutete, dass er vermutlich damit beschäftigt war, herauszufinden, wer Kendal getötet hatte. Der Mangel an neuen Informationen, was das anging, machte mich nervös. Wenn er den wahren Mörder noch nicht gefunden hatte, könnte er es immer noch auf mich und mein nicht so wasserdichtes Alibi abgesehen haben.

Ich ging in die Küche zurück und studierte das überfüllte White Board, auf denen die Aufgaben für jeden Mitarbeiter standen.

Ich hatte meine Liste abgearbeitet. Ich öffnete meine Schürze, schnappte mir zwei Kirschküchlein und entschied, einen mutigen Ausflug in den Ostturm zu wagen, um mit Lady Philippa zu sprechen. Sie war diejenige, die vorausgesehen hatte, dass der Tod nach Audley Castle kommen würde. Vielleicht hatte sie einen größeren Einblick in das, was hier vor sich ging. Und selbst wenn nicht, würde sie mich nicht dafür verurteilen, nachgehakt zu haben.

Ich rannte die Stufen hinauf, nahm zwei auf einmal, und ignorierte die kühlen Stellen und etwas, das wie eine tiefe, männliche Stimme klang, die mir sagte, ich sollte mich in Acht nehmen. Das war nur meine Einbildung, ein Resultat der vielen Überstunden. Es gab keine Geister in der Burg. Die Legenden über Geister wurden nur für die Touristen erzählt. So etwas wie Geister gab es nicht. Wenn ich mir das oft genug sagte, würde ich es vielleicht irgendwann glauben.

»Wer ist da?«, rief Lady Philippa, als ich durch den breiten steinernen Flur zu ihren Räumlichkeiten ging.

»Hier ist Holly. Ich habe Ihnen etwas aus der Küche mitgebracht.« Als ich die Tür aufschob, fiel mir die Kinnlade herunter.

Sie trug einen weißen, fluffigen Einhorn-Overall, dessen Schweif aus einem Regenbogen bestand. Aus der Kapuze ragte ein großes, knallbuntes Horn heraus.

»Wie findest du es? Ist das nicht fabelhaft?« Sie drehte sich vor mir. »Ich habe Alice dazu überredet, mir ihr Kundenkonto zu leihen. Wir haben ein paar wundervolle Stunden damit verbracht, alles Mögliche online zu kaufen, und schon am nächsten Tag war es da.«

Ich schob mein Kinn wieder nach oben und ging näher heran. »Overalls sind sehr bequem. Allerdings hätte ich nicht erwartet, dass Sie ein Fan von Einhörnern sind.«

»Jeder liebt Einhörner. Obwohl das Horn nicht gerade praktisch ist.« Sie setzte die Kapuze auf und es verdeckte fast ihr ganzes, schmales Gesicht. »Das macht so einen

Spaß. Ooh. Ist das für mich?« Sie schnappte mir eines der Kirschküchlein aus der Hand.

»Was haben Sie sich noch bestellt?«, fragte ich.

»Dafür wirst du dich noch etwas gedulden müssen. Das war mein erstes Paket. Aber mehr sind auf dem Weg.«

»Ich kann es kaum erwarten, das alles zu sehen.« Wenn es nur ansatzweise an den Einhorn-Overall herankam, würde ich jeden Tag wieder vorbeikommen.

Lady Philippa starrte mich an. »Was ist los, Mädchen?«

Ich stieß einen Seufzer aus und ließ mich auf dem Platz nieder, auf den sie gedeutet hatte. »Haben Sie das von Kendal gehört?«

»Natürlich habe ich das. Alice hat mir davon erzählt. Und du hast die Leiche zusammen mit ihr entdeckt?«

»Das stimmt. Und ... ich mache mir Sorgen.«

Sie nickte verständnisvoll. »Ich habe dich gewarnt, dass der Tod in die Burg kommen wird.«

Ich lehnte mich vor, das Küchlein war vergessen. »Woher wussten Sie das?«

Lady Philippa richtete ihren Schweif und biss von ihrem Kuchen ab. »Nenn es eine Gabe, wenn du willst. Die Fähigkeit liegt schon lange in unserer Familie.«

»In die Zukunft zu blicken?«

»Es ist nicht so, als würde man genau sehen, was geschehen wird, es ist eher ein Gefühl. Ein mulmiges Gefühl im Magen. Als hätte man eine schlimme Verdauungsstörung. Und dort bleibt sie, bis die Vorhersage wahr geworden ist. Manchmal ist es nur eine vage Vorahnung, dass etwas Schlimmes passieren wird, und ich denke immer wieder an bestimmte Leute.«

»Sie waren sehr spezifisch, was den Tod in der Burg angeht.«

»Das stimmt. Aber es gibt auch Zeiten, in denen habe ich nur ein mulmiges Gefühl. Als würde ich eine Erkältung ausbrüten. Das ist nie ein gutes Zeichnen. Wenn du mich jemals darüber beschweren hörst, einen Schnupfen zu haben, dann lässt der Ärger nicht mehr lange auf sich warten.«

Das erklärte immer noch nicht, woher sie gewusst hatte, dass jemand sterben würde. »Wussten Sie, dass es einer von Lord Ruperts Freunden sein würde?«

»Nein, so genau bin ich selten. Wenn ich vorhersagen würde, dass einer bestimmten Person etwas Schlimmes passiert, und das kommt hin und wieder vor, dann würde ich sie warnen. Nun, ich würde sie warnen, wenn ich sie mag.« Sie aß weiter ihren Kuchen und kicherte leise.

»Das ist eine verblüffende Fähigkeit. Sie könnten berühmt werden, wenn Sie den Leuten ihre Zukunft vorhersagen.«

Sie rümpfte die Nase, nahm mir das zweite Küchlein aus der Hand und biss sofort hinein. »Ich bin bereits berühmt genug. Außerdem könnten die Leute Angst vor unserer Familie bekommen, wenn sie von dieser Fähigkeit erfahren. Und wenn man dann noch an den Liebesfluch denkt, klingen wir fast wie eine Hexenfamilie.«

»Liebesfluch?« Das war das erste Mal, dass ich etwas von einem Fluch hörte.

»Oh, ja. Die Geschichte der Audley-Familie ist ein Rätsel aus Tragödien und Schwierigkeiten. Das hat alles mit einer weisen Frau zu tun, die im vierzehnten Jahrhundert Nicholas Audley verflucht hat. Er ordnete an, die Frau aus ihrem Haus zu werfen, weil es auf seinem Land stand. Er drohte, sie umbringen zu lassen. Im Gegenzug hat sie ihn und alle folgenden Generationen der Audleys verflucht, auch entferntere Verwandte, damit niemand von ihnen Liebe finden würde. Das gilt auch für meine Beziehung mit William.«

»Aber Sie waren sehr glücklich mit Ihrem Mann, oder nicht?«

»Natürlich! Aber er ist gestorben.«

»Na ja, das passiert jedem von uns irgendwann. Das bedeutet nicht, dass ein Fluch daran schuld war. Und Sie sind eine Carnegie, keine Audley.«

»Aber meine Tochter hat einen Audley geheiratet. Ab diesem Zeitpunkt begannen unsere Probleme. Du solltest dir Alice' Stammbaum ansehen. Sie arbeitet seit Monaten daran und fragt ständig alles Mögliche über die obskure Verwandtschaft. Das wird dir all die unnatürlichen Tode vor Augen führen. Da waren Matilda und ihr Ehemann, die auf See verschollen sind. Dann Elizabeth, deren Ehemann starb, als er gerade einmal dreißig Jahre alt war. Nun, das ist hunderte Jahre her und mir ist bewusst, dass Krankheiten und schlechte Gesundheit nicht unüblich waren, aber mit jeder großen Liebe in dieser Familie geht eine Tragödie einher. Das liegt an dem Fluch der weisen Frau. Er muss gebrochen werden. Anderenfalls erwartet Alice und Rupert dasselbe Schicksal.«

Ich glaubte nicht an Flüche oder Geister, aber Lady Philippa schien es ernst zu sein. »Ist Prinzessin Alice deshalb so zurückhaltend, wenn es um ihre Hochzeit geht?«

Sie warf ihren Kopf zurück und lachte. »Natürlich nicht. Alice wäre gerne verheiratet; sie will nur nicht einen dieser willensschwachen Schleimer heiraten, die ihre Mutter versucht, ihr aufzudrängen. Sie trägt einen klugen Kopf auf den Schultern, obwohl sie ihr Bestes gibt, die Leute davon zu überzeugen, dass sie nicht mehr Verstand besitzt als ein Stück Brot. Irgendwann wird sie jemanden finden, sich hoffnungslos verlieben und dann wird ihr Herz gebrochen, wenn er unter tragischen Umständen umkommt, weil der Fluch sein Unheil verbreitet. Ich hoffe, dass du bei ihr sein und sie trösten wirst, wenn es so weit ist.«

»Ich hoffe wirklich, dass es nicht dazu kommt. Aber natürlich werde ich für Prinzessin Alice da sein, wenn sie mich braucht.«

Sie betrachtete mich mit scharfen Augen. »Alice sieht dich als Freundin an, Holly. Wenn man unser Leben führt, ist es schwer, echte Freunde zu finden. Man kann nie sicher sein, wer wirklich dein Freund sein will und wer nur dein Geld und deine Position zu ihrem eigenen Vorteil nutzen möchte.«

»Das würde ich niemals tun! Für mich ist Alice eine wahre Freundin.«

»Das freut mich, zu hören. Du strahlst eine Ehrlichkeit und Freundlichkeit aus, die den meisten Menschen fehlt. Alice wird es zu schätzen wissen, wenn du in ihrer Zeit der Not an ihrer Seite sein wirst.«

Ich schaute mich um, fühlte mich plötzlich nicht mehr wohl dabei, welche Richtung unsere Unterhaltung eingeschlagen hatte. Mein Blick landete auf dem Fernrohr, das Lady Philippa immer auf dem Fenstersims bereitliegen hatte. »Haben Sie in letzter Zeit viele Vögel beobachtet?«

Sie kicherte. »Auf gewisse Weise. Tatsächlich habe ich in der Nacht von Kendals Ermordung eine gewisse blonde Dame herumschleichen sehen. Ein geläufiger Anblick. Überhaupt nicht selten.«

Mein Puls beschleunigte sich. Konnte das Izzie gewesen sein? »Wann genau haben Sie sie gesehen?«

»Gegen neun Uhr am Abend. Ich habe eine Bewegung wahrgenommen. Eine Frau hat sich der Burg genähert.

Sie hat versucht, sich zu tarnen, aber ich konnte die blonden Haare unter ihrer schwarzen Kapuze hervorlugen sehen.«

Ich erinnerte mich an die Nacht zurück, in der ich Lord Rupert und seine Freunde bedient hatte. Ich hatte ebenfalls etwas draußen vor der Burg gesehen, nur eine kurze, hastige Bewegung. Konnte das Izzie gewesen sein, die ihren Weg ins Innere gesucht hatte, um sich mit Kendal zu treffen?

»Es war ganz sicher einer Frau?«, fragte ich.

»Oh, ja. Dieses Fernglas gehört zu den besten, die es gibt. Campbell hat es für mich besorgt. Sie hatte ihren Kopf gesenkt, damit man ihr Gesicht nicht sehen konnte. Sie war sehr klein, fast schon ungesund dünn, und hatte lange, blonde Haare, die ihr aus der Kapuze gerutscht sind. Als sie sich den Burgmauern näherte, habe ich sie aus den Augen verloren. Das ist der Nachteil, wenn man so hoch oben ist. Wenn jemand zu nah an die Burg kommt, sieht man nicht mehr, was geschieht.«

Ich nickte. Das passte zu dem, was John mir erzählt hatte. Kendal musste sich in dieser Nacht mit Izzie getroffen haben. Irgendwie war sie in die Burg gekommen. Vielleicht hatte Kendal sie hineingeschmuggelt und sie in seinem Zimmer versteckt, damit sie ein bisschen Spaß zusammen haben konnten, wenn die Gesellschaft sich auflöste.

»Was geht dir durch den Kopf, Mädchen?«, fragte Lady Philippa. »Weißt du, wer Kendal umgebracht hat?«

»Ich bin mir nicht sicher. Ich habe ein paar Verdächtige im Kopf. Und eine Person sollte ganz oben auf dieser Liste stehen.«

»Dann geh und verhafte, wer auch immer es ist. Wir dürfen keinen ungelösten Mordfall auf der Anlage der Burg haben. Davon gibt es bereits genug.«

Das riss mich aus meinen Gedanken. »Was meinen Sie mit ungelösten Mordfällen?«

»Warum, glaubst du, schweben hier so viele Geister herum? Sie sind nicht hier, weil es ihnen Spaß macht. Sie haben noch etwas zu erledigen. Und einiges davon hat mit ihren Ermordungen zu tun, die niemals aufgeklärt wurden.«

»Oh! Davon wusste ich gar nichts. Ich meine, Geister? Sind Sie sicher?«

Sie lehnte sich vor und tätschelte meine Hand. »Ich lebe schon viel länger als du. Ich habe alles gesehen. Geister, Flüche und noch mehr. Sie sind real und in diesen Mauern allgegenwärtig. Wir können diesen Geistern nicht helfen, aber vielleicht können wir bezüglich Kendal etwas unternehmen. Je eher das geklärt ist, desto besser.«

Ich bearbeitete meine Unterlippe mit meinen Zähnen. Sie hatte recht, und ich musste Campbell alles erzählen, was ich entdeckt hatte. Aber wenn ich das tat, würde ich verraten, dass ich heimlich herumgeschnüffelt hatte, obwohl er mich eindringlich angewiesen hatte, mich aus der Sache herauszuhalten. Ich bezweifelte, dass sich viele Leute einem direkten Befehl von Campbell widersetzten und die Sache überlebten.

Ich schüttelte den Kopf. Darüber durfte ich mir keine Gedanken machen. Es war nicht wichtig, ob Campbell wütend auf mich war. Der Mörder musste aufgehalten werden, und ich war mir sicher, dass es Izzie Northcott war.

»Ich sollte gehen«, sagte ich.

»Ja, das solltest du. Du hast ein Rätsel zu lösen.«

Ich lächelte sie an. »Vielen Dank für die Hilfe.«

»Du kannst mir danken, indem du diese Angelegenheit schnell und diskret löst.«

»Ich werde mein Bestes geben.«

»Diese Küchlein waren köstlich. Vielen Dank. Das wird die einzige Mahlzeit sein, die ich heute Abend bekomme. Immer vergisst meine Tochter mich.«

Ich schüttelte den Kopf. Das stimmte nicht. Lady Philippa könnte zusammen mit allen anderen ihre Mahlzeiten einnehmen. Sie entschied sich ganz einfach dazu, es nicht zu tun und sich alles in ihren Turm bringen zu lassen.

»Und pass auf dem Weg nach draußen auf dich auf«, rief Lady Philippa mir nach, als ich schon durch den Flur eilte.

»Was meinen Sie?« Ich keuchte auf, stolperte zurück und krachte gegen die kalte Steinwand, als eine undeutliche Gestalt aus den Schatten trat.

Durch die offene Tür drang Gelächter. »Ich habe dich gewarnt.«

»Oh, meine Güte!« Ich presste meine Hand über mein rasendes Herz. »Campbell! Tun Sie das nicht! Sie haben mich fast zu Tode erschreckt.«

Seine Augen verengten sich, dann schüttelte er den Kopf. »Wir müssen uns unterhalten, Miss Holmes.«

Ich hob mein Kinn und nickte. »Ja, das müssen wir.«

Kapitel 13

Mein Magen rumorte nervös, als ich Campbell voran zur Küche ging. Ich hatte mit ihm über das sprechen wollen, was ich entdeckt hatte, aber dann hatte er mich erschreckt. Jetzt sah es so aus, als hätte ich etwas zu verbergen.

»Einen Tee?«, fragte ich, als wir die Küche erreichten. Ich war erleichtert, sie verwaist vorzufinden.

»Nein. Was spielen Sie hier?«

Ich atmete tief ein und drehte mich zu ihm. »Ich spiele nicht. Ich helfe.«

»Sie helfen, indem Sie sich in eine Mordermittlung einmischen.«

»Ich habe mich nicht eingemischt.«

»Sie wurden heute im Dorf gesehen, wie Sie Izzie Northcott verhört haben.«

Ich schluckte. »Das war ein Versehen. Ich habe sie am Telefon über Kendal sprechen hören. Ich dachte, es könnte nützlich sein, herauszufinden, was sie weiß.«

»Und war es auch ein Versehen, dass Sie ihr zum Hotel gefolgt sind?«

»Oh! Na ja, nein. Sie hatte mich neugierig gemacht.«

»Und dann haben Sie den Rezeptionisten gefragt, vollkommen aus Versehen, nehme ich an, was er über sie weiß und ob es Sicherheitskameras im Hotel gibt?«

Ups! Ich war entlarvt worden. »Haben Sie jemanden damit beauftragt, mir zu folgen?«

»Es ist meine Verantwortung, die Sicherheit der Einwohner der Burg zu gewährleisten.«

»Und das schließt meine Sicherheit mit ein?«

»Nein, aber Sie sind eine Verdächtige in einem Mordfall und müssen deshalb genau überprüft werden.«

»Zweifeln Sie immer noch an meinem Alibi?«

Er starrte mich für einige lange, unbehagliche Sekunden an. »Ich sehe Sie nicht länger als Verdächtige an. Aber durch ihr Herumgeschnüffle in diesem Mordfall ringen bei mir trotzdem die Alarmglocken.«

»Ich wollte keine Schwierigkeiten machen. Und ich wollte gerade mit Ihnen darüber sprechen, was ich herausgefunden habe, nachdem ich mit Lade Philippa gesprochen habe.«

»Warum sollten Sie sie mit dieser Sache belästigen?«

»Ich dachte, sie könnte mir dabei helfen, meine Erkenntnisse in einem neuen Licht zu sehen.«

»Ich bin mir sicher, das hat sie. Wenn sie Ihren Kopf nicht gerade mit Fehlinformationen über Familienflüche füllt.«

»Ich glaube nicht an Flüche. Und Sie sollten keine privaten Unterhaltungen belauschen.«

»Ich belausche jede Unterhaltung, die dabei helfen könnte, einen Mord aufzuklären.« Er starrte mich an, ohne zu blinzeln. »Was ist mit meinem Kuchen passiert?«

Ich legte die Stirn in Falten. »Wovon reden Sie?«

»Haben Sie nicht etwas gebacken, um mich auf Ihre Seite zu ziehen?«

Konnte ich denn kein Geheimnis vor Campbell verbergen? »Ich habe nicht direkt versucht, Sie auf meine Seite zu ziehen.«

»Also war es eine ganz einfache Bestechung?«

»Nein! Ich habe keinen Grund, Sie zu bestechen.«

»Zu dem Zeitpunkt waren Sie eine Verdächtige in einem Mordfall.«

Ich seufzte. »Vielleicht dachte ich, die Kuchen würden Sie für mich erwärmen. Ich weiß, dass ich unschuldig bin, aber so, wie Sie mich jedes Mal, wenn wir uns begegnen, ansehen, hatte ich das Gefühl, Sie halten mich nur für ein Problem.«

»Was ist mit dem Kuchen passiert?«

»Er ging an einen besseren Zweck. Die Gärtner haben ihn gegessen. Sie haben bei dem Gedenkgarten fantastische Arbeit geleistet. Ich fand, sie haben ihn verdient.«

»Und meine Arbeit halten Sie nicht für fantastisch?«

Ich schnaubte, es ging in ein Lachen über. »Ich bin mir sicher, dass Sie jedes Mal einen goldenen Stern verliehen bekommen, wenn der Herzog Ihre Beurteilung macht.«

Ein Schmunzeln huschte über sein Gesicht. »Der Herzog beurteilt mich nicht.«

»Die Herzogin?«

Er hob eine Augenbraue. »Sagen wir einfach, meine Beurteilungen finden außer Haus statt.«

»Lassen Sie mich raten: An einem streng geheimen Ort, der von einer dunklen, schattenhaften Macht regiert wird, die über die Sicherheit des gesamten Planeten wacht.«

Er zuckte mit den Schultern. »Damit liegen Sie nicht zu weit daneben.«

»Und die vergeben goldene Sterne für Ihre Arbeit?«

»Einige. Da Sie überall herumgeschnüffelt haben, sagen Sie mir besser alles, was Sie herausgefunden haben.«

»Wahrscheinlich wissen Sie das alles bereits«, sagte ich.

»Erzählen Sie es mir mit Ihren Worten. Lassen Sie nichts aus.«

»Genau das hatte ich vor. Ich hatte keine betrügerischen Absichten.«

»Das ist schön, zu hören. Ich warte immer noch.«

Ich holte tief Luft. »Okay. Ich war im Dorf und habe die letzten Kuchen ausgeliefert. Ich hatte gerade eine kurze Verschnaufpause eingelegt, bevor ich zurück zur Burg fahren wollte, als ich eine vornehme Frau über Kendal reden hörte, sie hat telefoniert.«

»Was hat sie gesagt?«

»Es klang, als würde es ihr nicht viel ausmachen, was mit ihm passiert ist. Sie hat sich nur geärgert, dass sie einen neuen Kerl finden muss, mit dem sie ihren sozialen Status zur Schau stellen kann. Sie hat mich beim Zuhören erwischt und gefragt, was ich mache. Ich hatte den Eindruck, dass sie mich für einen Paparazzo gehalten hat, oder dachte, ich wollte ein Foto mit ihr machen.«

»Wissen Sie, wer Izzie Northcott ist?«

»Alles, was ich über sie weiß, ist, dass sie unhöflich ist und sich für etwas Besseres hält.«

»Ihr Vater hat Kitten Cosmetics gegründet. Na ja, eigentlich war es seine erste Ehefrau, aber er hat die Lorbeeren geerntet und sich von ihr scheiden lassen.«

»Kitten Cosmetics! Produzieren die nicht Make-up, mit dem man zehn Jahre jünger aussehen soll?«

»Ich habe es noch nicht ausprobiert. Aber es hat der Familie ein Vermögen eingebracht.«

»Arbeitet Izzie für das Unternehmen?«

»Ihr Vollzeitjob ist es, eine Prominente zu sein. Es ist kein Wunder, dass Kendals Tod sie verärgert. Laut den Klatsch-Magazinen gab es kein Foto, auf dem er schlecht aussah.«

»Sie lesen Klatsch-Magazine?«

Er schnalzte mit der Zunge. »Fahren Sie fort. Was hat Izzie noch gesagt?«

»Sie wollte mir nicht sagen, wer sie ist, also bin ich ihr zum Hotel gefolgt und ... habe ihre Identität selbst herausgefunden.« Ich musste aufpassen, was ich sagte. Ich wollte John nicht in Schwierigkeiten bringen, weil er diese Information mit mir geteilt hatte.

»Sie meinen, Sie haben den Rezeptionisten bestochen?« Er hob eine Hand. »Versuchen Sie gar nicht erst, es zu leugnen. Wir waren bereits im Hotel. John hat uns alles erzählt. Er sagte, Sie waren sehr überzeugend. Etwas mit Triple Chocolate Fudge Brownies?«

Ich zuckte mit den Schultern. »Kuchen sind meine Geheimwaffe.«

Campbells Blick landete auf dem Behälter mit den Schoko-Flapjacks auf dem Küchentresen. »Als ob ich das nicht wüsste. Was hat er Ihnen über Miss Northcott erzählt?«

»Dass sie unhöflich und undankbar war. Aber am wichtigsten war, dass er mir sagte, sie hätte das Hotel genau in dem Zeitfenster verlassen, als Kendal ermordet wurde.«

»Und woher genau wissen Sie, wann er ermordet wurde, wenn Sie nichts damit zu tun hatten?«

Wieder musste ich vorsichtig sein, um meine Quellen nicht in Schwierigkeiten zu bringen. »Jemand hat mir seinen Todeszeitpunkt verraten. Was ich sehr hilfreich fand, da Sie diese Informationen nicht geteilt haben.«

»Es ist nicht mein Job, Ihnen zu helfen. Und zu der Zeit habe ich Informationen zurückgehalten, weil Sie eine Verdächtige waren.«

»Aber jetzt sind Sie bereit dazu, mich einzuweihen?«

Seine Nasenflügel blähten sich auf. »Was noch?«

»Ich bin mir nicht sicher, aber ich glaube, in der Nacht, als Kendal umgebracht wurde, habe ich außerhalb der Burg jemanden gesehen.«

»Haben Sie das meinem Team berichtet?«

»Nein. Ich dachte eigentlich, es wäre jemand von Ihrem Team gewesen. Es war nur eine schnelle Bewegung im Augenwinkel vor einem der unteren Fenster. Ich nahm an, jemand würde draußen patrouillieren. Zumindest bis ich mit Lady Philippa gesprochen habe. Sie hat zum selben Zeitpunkt auch jemanden draußen gesehen. Es war eine Frau mit blonden Haaren. Und Izzie hat blondes Haar.«

»Das bedeutet nicht, dass sie es gewesen sein muss. Es gibt viele blonde Frauen, und Kendal schien eine Schwäche für sie zu haben. Konnte Lady Philippa sie identifizieren?«

»Nein, sie hat nur eine dünne, blonde Frau gesehen.«

»Was haben Sie von Ihrem Treffen mit Miss Northcott für einen Eindruck von ihr bekommen?«

»Sie hat absolut nichts Positives ausgestrahlt. Sie war kalt, unfreundlich und dachte, die ganze Welt müsse ihr zu Füßen liegen.«

»Sie war gemein zu Ihnen?«

»Vielleicht hat sie Meatball eine Flohschleuder und mich ein verschwitztes Wrack genannt.«

Er gluckste. »Sonst noch was?«

»Das war es so ziemlich.« Ich schaute weg. »Obwohl ich gehört habe, dass Kendal in der Nacht, in der er gestorben ist, jemanden in seinem Zimmer hatte.«

»Das wissen Sie? Wie es scheint, sickert in der ganzen Burg etwas durch«, sagte er.

»Ist es wahr? War an dem Abend jemand bei ihm?«

»Das wird noch überprüft. Würden Sie Geld darauf setzen, dass Miss Northcott diejenige in Kendals Zimmer war?«

»Ich spiele nicht, aber wenn ich es müsste, dann ja. Ich denke, sie ist extra nach Audley St. Mary gekommen, um sich mit Kendal zu treffen. Sie hat sogar gesagt, dass sie in der Zukunft möglicherweise geheiratet hätten. Vielleicht hat sie sich Sorgen gemacht, er könnte sie betrügen, und ist hergekommen, um ihn zu überwachen. Oder Kendal hat sie eingeladen und sie in die Burg geschmuggelt, ich weiß es nicht. Vielleicht haben sie sich gestritten, als sie hier war.«

»Sie hat ihn in seinem Zimmer umgebracht und die Leiche nach draußen getragen?«

»Nein. Sie ist wirklich winzig. Izzie hätte die Leiche nicht tragen können. Vielleicht hat er sie nach draußen begleitet und sie hat ihn in den Wald gelockt. Sie könnte ihre weiblichen Reize eingesetzt haben.«

»Die können tödlich sein.«

»Es wäre möglich, dass Izzie Kendal überzeugt hat, mit ihr zu kommen, und dann zugeschlagen hat. Dann hat sie Panik bekommen und die Leiche vergraben. Und als wir uns getroffen haben, ist mir aufgefallen, dass ihr einer ihrer falschen Fingernägel fehlt. Sie könnte ihn verloren haben, als sie das Loch gebuddelt hat. Danach sollten Sie Ausschau halten.«

Campbell starrte mich schweigend an.

»Was? Bin ich in Schwierigkeiten?«

»Haben Sie schon mal über eine Karriere als Spionin nachgedacht?«

Mir entglitt ein überraschtes Lachen. »Machen Sie Witze?«

»Ich mache nie Witze. Sie sind gut darin, kleine Details zu bemerken. Das ist eine ausgezeichnete Eigenschaft für einen Spion.«

Unweigerlich fühlte ich mich geschmeichelt. Die meisten Leute hätten mich einfach zu neugierig genannt oder mir gesagt, dass ich mich um meine eigenen Angelegenheiten kümmern solle, genau wie Izzie.

»Wie ist das Leben als Spion so?«, fragte ich.

»Woher soll ich das wissen?«

»Na ja, Sie sind ein Spion.«

»Ich bin kein Spion.«

»Sie haben undercover gearbeitet.«

»Habe ich das?«

»Ja, das weiß ich.«

»Und woher wissen Sie das? Haben Sie meine vertraulichen Akten eingesehen?«

Ich schnaubte. »Nein. Aber Sie wären nicht hier, wenn Sie in dem, was Sie tun, nicht erste Klasse wären.«

»Natürlich bin ich in dem, was ich tue, erste Klasse.«

Ich öffnete den Behälter mit den Schoko-Flapjacks. »Möchten Sie einen?«

»Sie können mich nicht bestechen. Und glauben Sie mir, mir wurde während meines Dienstes für dieses Land schon viel angeboten.«

»Ah! Aber hat es schon mal jemand mit Flapjacks probiert, die mit belgischer Schokolade überzogen und mit Aprikosenbrandy gefüllt waren?« Ich nahm ein Teil heraus und hielt es ihm hin.

Seine Augen funkelten und seine Lippen kräuselten sich. »Vorsichtig, Holly Holmes. Sie wollen sich nicht mit mir anlegen.«

»Wer legt sich mit wem an? Ich biete Ihnen nur etwas Nettes zu essen an.«

Die Küchentür wurde aufgeworfen. Lord Rupert stolperte herein und blieb abrupt stehen, als er mich mit Campbell sah. »Oh! Ich wusste nicht, dass du Gesellschaft hast.«

Ich ließ den Flapjack sinken und stellte alles zurück auf den Tresen. »Kein Problem. Was kann ich für dich tun, Lord Rupert?«

Sein besorgter Blick zuckte zu Campbell, bevor er mich fixierte. »Habt ihr ein ... ein Date?«

Campbell straffte seine Schulter und verschränkte seine Hände vor seinem Körper. »Nein, Sir. Ich bin im Dienst.«

»Das ist kein Date«, sagte ich hastig. »Wir haben nur ... geredet.« Ich konnte Rupert ja nicht einfach erzählen, dass wir über den Mord an seinem Freund sprachen.

»Oh! Mein Fehler. Trotzdem, ich wollte nicht stören. Ich werde wieder gehen.« Rupert drehte sich um und hastete aus der Küche, bevor ich ihn aufhalten konnte.

Ich seufzte. Ich wollte nicht, dass er einen falschen Eindruck von Campbell und mir bekam. Ich meine, Campbell war umwerfend, aber mindestens genauso furchterregend. Wenn ich ihm irgendwie in die Quere kommen würde, könnte er mich eines Nachts einfach verschwinden lassen. Und ich befürchtete, dass er alle möglichen Skelette in seinem Schrank haben könnte, wahrscheinlich die von seinen Exfreundinnen. Ich wollte keine von ihnen werden.

»Das ist noch eine Sache, auf die Sie aufpassen müssen«, sagte Campbell.

»Was genau?« Ich löste meinen Blick von der geschlossenen Tür.

»Lord Rupert. Wir dürfen nicht zulassen, dass Holly, die Superspionin, zu sehr an ihrem Arbeitgeber hängt. Eines Tages müsste ich Sie noch Lady Holly

Holmes nennen. Das würde mir wirklich im Hals stecken bleiben.«

Ich schluckte. »So ist es nicht. Wir sind nur –«

»Freunde?«

»Ganz genau. Lord Rupert ist ein netter Mann.«

»Sie haben ein Händchen dafür, sich in diese Familie einzuschmeicheln. Sind Sie sicher, dass Sie nicht in den feinen Künsten der Verführung ausgebildet wurden?«

»Verführung! Nein! Ich meine, ich wüsste gar nicht, wie man jemanden verführt. So was mache ich nicht. Ich ... ich bin nicht mal in einer Beziehung. Ich bin schon seit Jahren single. Ich weiß nicht mal, wie man richtig flirtet. Wenn ich einen Mann mag, werde ich ganz tollpatschig. Ich ... ich meine, nein. Ich bin keine ...«

Er hob eine Hand und lachte. »Ja, wie Sie gerade bewiesen haben, ist Verführung keine Ihrer Stärken. Obwohl Ihr Essen eine gewisse verführerische Qualität aufweist.«

Meine Wangen fühlten sich an, als stünden sie in Flammen. »Schlagen Sie vor, dass ich Lord Rupert mit einem Kuchen verführen soll?«

»Es gibt schlimmere Arten, einen Mann zu verführen. Immerhin führt der Weg zum Herzen eines Mannes durch den Magen. Und Sie wissen immer genau, nach welchem Dessert die Leute sich sehnen.«

»Bedeutet das, Sie wollen keinen Flapjack? Weil Sie nicht riskieren wollen, dass meine Flapjacks Sie verführen und Sie mir Ihre dunkelsten Geheimnisse offenlegen?«

»Haben Sie die gemacht?«

»Wenn ich Ja sage, glauben Sie dann, dass ich versuche, Sie zu verführen?«

Er schnappte sich den Flapjack und biss herzhaft hinein. Dann schlug er sich mit der Faust gegen seine

Brust. »Es ist offiziell. Ich habe mein Herz an Sie verloren.«

»Sehr komisch. Ich versichere Ihnen, es läuft nichts zwischen Lord Rupert und mir. Obwohl er überrascht ausgesehen hat, als er uns gesehen hat. Denken Sie ...« Es war zu lächerlich, um es auch nur in Betracht zu ziehen. Er war ein Lord. Es könnte niemals etwas zwischen uns sein. Rupert konnte mich nicht mögen.

»Wenn ich Ihnen sage, was ich denke, werden Sie dann überhaupt zuhören?«

»Vielleicht. Aber ich will Lord Ruperts Gefühle nicht verletzen.«

»Dann sollten Sie vielleicht kündigen.«

»Kündigen! Ich liebe es hier.«

»Dann halten Sie sich zurück. Ziehen Sie sich von Ihren Ermittlungen in diesem Mordfall zurück und halten Sie Ihre Freundlichkeit gegenüber Ihren Arbeitgebern, insbesondere Lord Rupert, in Grenzen. Wie Sie sagten, er ist ein guter Kerl.«

»Ich will den Leuten keinen falschen Eindruck von mir vermitteln. Ich bin nur –«

»Ja, ich verstehe schon. Sie sind nur freundlich. Sie finden heraus, was die Leute mögen, und dann machen Sie es für sie. Manche würde das Manipulation nennen.«

»Und manche würden einfach sagen, dass ich ein netter Mensch bin.« Ich verschränkte die Arme vor meiner Brust. »Was ich auch bin. Wenn Ihnen das nicht gefällt, dann können Sie aufhören, meine Flapjacks zu essen, und diese Küche verlassen.«

Er verputzte den Rest seines Flapjacks und grinste. »Ich gehe nirgendwo hin.«

»Und ich auch nicht. Und ich werde mich anfreunden, mit wem auch immer ich will.«

»Dann halten Sie es bei der Freundschaft.«

»Sie mögen über die Sicherheit der Audleys das Sagen haben, aber sie können nicht über mich bestimmen oder darüber, mit wem ich mich anfreunde.«

Er lehnte sich gegen den Küchentresen und schob seine Hände in seine Hosentaschen. »Wenn ich glaube, dass Ihre Freundschaft ein Risiko für sie darstellt, werde ich sie beenden.«

»Was wollen Sie tun? Ihnen sagen, dass ich eine Bedrohung bin? Ihnen nahelegen, dass sie mich feuern sollten?«

Er hob eine Augenbraue. »Es gibt einfachere Wege, eine Person von dem abzuhalten, von dem ich nicht will, dass sie es tut.«

Ich nahm den Behälter mit den Flapjacks, meine Hände zitterten leicht, als ich sie in den Kühlschrank schob, weg von Campbell. Keine Leckereien mehr für ihn.

»Wie auch immer, Sie müssen keine potenziellen Verdächtigen mehr jagen«, sagte Campbell. »Izzie Northcott wird offiziell über ihre Beziehung zu Kendal befragt, und auch, wo sie zum Zeitpunkt seines Todes war. Alle Beweise deuten auf sie.«

Ich drehte mich wieder zu ihm. »Sind Sie sicher?«

»So sicher, wie zwanzig Jahre Dienst für dieses Land es zulassen. Denken Sie etwas anderes?«

»Izzie ist durchaus verdächtig. Ich vermute, wenn Kendal sie abserviert hat, könnte sie etwas dagegen unternommen haben.«

»Eine verletzte Frau kann tödlich sein.«

»Woher wissen Sie das? Waren Sie je verheiratet?«

Diese Frage brachte mir nur ein Schmunzeln ein.

»Wenn jemand verliebt ist und abgelehnt wird«, sagte ich, »kann es diese Person verrückt machen. Vielleicht ist Izzie die Person, nach der Sie suchen. Aber was ist mit den anderen? Konnten Sie sie alle ausschließen?«

»Auf wen beziehen Sie sich?«, fragte Campbell.

»Auf Kendals andere Freunde. Chris, Simon und Anthony. Sie waren in der Nacht alle vor Ort und waren am nächsten Tag zum Schießen verabredet. Was, wenn etwas passiert ist?«

»Sie denken, sie haben sich alle zusammengetan und Kendal erschossen?«

»Nein. Ich weiß, dass er nicht erschossen wurde.«

Campbell seufzte. »Sie haben nicht nur die Zeit von Kendals Mord herausgefunden, jetzt wissen Sie auch noch, was die Mordwaffe war.«

»Ähm, nicht direkt. Vielleicht war das nur ein Glückstreffer.« Ich rieb mir die Stirn. Ich musste wirklich diskreter sein, wenn ich mit den Ermittlungen zu diesem Mord weitermachen wollte.

»Holly, das muss jetzt aufhören. Wir haben eine verdächtige Person in Gewahrsam und haben mit allen anderen gesprochen.«

»Sie wissen, wo alle anderen waren, als Kendal ermordet wurde? Sie haben keine Zweifel?«

Er lehnte sich vor. »Vertrauen Sie mir, ich weiß alles. Der Fall ist vorbei. Keine weiteren Fragen.« Er drehte sich um und verließ die Küche.

Ich schüttelte den Kopf, Unbehagen durchfuhr mich. Campbell mochte denken, dass er alle Antworten hatte, aber ich war mir nicht so sicher.

Es gab noch lose Enden. Und ehe die nicht geklärt waren, würde ich mich nicht zufriedengeben.

Kapitel 14

»Noch zwei Meilen, dann sind wir zuhause«, keuchte ich, als ich mich nach vorne über den Korb beugte.

Meatball stand auf und leckte über die Unterseite meines Kinns.

Ich lachte, als wir die Spitze des Hügels erreichten und nach unten rasten. Doch ich erinnerte mich an das letzte Mal, als ich das getan hatte, und achtete darauf, meine Füße auf den Pedalen zu halten und leicht die Bremse zu drücken. Nur für den Fall, dass ich jemanden traf, den ich nicht treffen wollte, hätte ich die Kontrolle behalten.

Das Fahrrad fühlte sich schwer an und wurde langsamer, obwohl wir bergab fuhren. Ich nahm meine Hand von der Bremse, doch es half nicht.

Metall kratzte über den Boden, und ich stöhnte. »Genau das brauche ich jetzt.« Ich lenkte das Rad an die Straßenseite und hüpfte vom Sattel. Wie ich befürchtet hatte, war der Vorderreifen platt.

»Darauf hätten wir verzichten können, Meatball. Ich bin am Verhungern. Es wird Zeit für unser Mittagessen.«

»Wuff, wuff.« Er wedelte mit dem Schwanz.

Ich starrte den Reifen eine Sekunde lang an und hoffte, er würde sich von alleine wieder aufpumpen und uns nach Hause bringen.

»Wuff?« Meatball schielte über den Korbrand.

»Diesmal passiert kein Wunder. Wir müssen es selbst reparieren.« Es wäre nicht das erste Mal, dass ich einen Fahrradreifen wechseln musste, und ich hatte immer ein Reparaturset dabei, das bei Meatball im Korb mitfuhr.

Ich hob das Kissen an, auf dem er saß, und hatte das Set gerade hervorgezogen, als ein Auto anrauschte und schlitternd neben mir zum Stehen kam.

»Hey! Die Kuchenlady.« Christian saß hinter dem Steuer eines schnittigen, glänzend roten Ferraris.

»Hallo. Machst du einen Ausflug?«, fragte ich.

»Ich treffe mich nur mit den anderen im Pub, um eine Kleinigkeit zu trinken. Gibt es Probleme mit dem Fahrrad?« Er beugte sich vor und begutachtete es.

»Ein platter Reifen.«

»Brauchst du Hilfe, um es wieder hinzukriegen?«

Ich schaute ihn an. Ich wusste, wie ich das Fahrrad wieder in Gang brachte, aber das gab mir die Gelegenheit, mit ihm über Kendal zu sprechen. »Ja, bitte. Ich habe keine Ahnung davon und könnte wirklich etwas Hilfe gebrauchen.« Wenn ich eine Meisterin der Verführung wäre, würde ich jetzt mit den Wimpern klimpern und einen Schmollmund ziehen, aber ich hatte Campbell gestern die Wahrheit gesagt. Ich war schrecklich im Flirten.

»Eine Sekunde.« Christian manövrierte das Auto an die Straßenseite und stellte den Motor ab, bevor er hinaussprang. Er trug ein enganliegendes grünes Poloshirt und eine schicke dunkle Jeans.

»Sehen wir es uns mal an.« Christian beugte sich über das Rad. »Das Ding ist aber uralt. Wo sind deine Gänge?«

»Oh, na ja, in der Burg erledigen wir die Dinge auf die altmodische Art. Mein Chef hält es für charmant, den Lieferservice mit dem Fahrrad abzuwickeln.«

»Ich wette, er fährt nicht mit diesem alten Ding herum. Das ist ja antik.«

Ich lachte. »Auf keinen Fall.«

Christian ließ die Klingel am Lenker ertönen. »Mein Rennrad hat fünfzehn Gänge.«

»Fährst du gerne Fahrrad?«

»Aber ja. Ich halte mich fit, falls es dir noch nicht aufgefallen ist.« Er spannte seinen Bizeps an. »Nicht schlecht, was?«

Meine Wangen erröteten und ich schaute weg. »Man kann sehen, dass du dich fit hältst.«

»Das muss ich. Ich führe ein Fitnessunternehmen. Hauptsächlich verkaufen wir Proteindrinks, Energieriegel, solche Sachen. Aber wir erweitern unsere Produktpalette um Sportartikel, einschließlich Fahrrädern.«

Jetzt verstand ich, warum er so muskulös aussah.

Mehrere Sekunden lang betrachtete Christian das Fahrrad, dann kratzte er sich am Kinn. Er drückte den platten Reifen an mehreren Stellen zusammen. »Es ist eine Weile her, seit ich einen Fahrradreifen gewechselt habe. Aber das ist wie Fahrradfahren, oder? Die Grundlagen verlernt man nie.«

»Ich bin mir sicher, damit hast du recht«, sagte ich. »Ist Kendal auch Fahrrad gefahren?«

»Ha! Kendal hielt nicht viel von Fitness. Seine Vorstellung eines Workouts bestand darin, ein Glas Bier vom Tresen zu heben. Der Kerl wurde immer nachlässiger, je älter er wurde. Du weißt, wie das ist. Wenn man noch jung ist, kann der Körper einiges vertragen und einfach so weitermachen, als wäre nichts gewesen. Man kann die ganze Nacht trinken und wacht am nächsten Morgen lediglich mit leichten Kopfschmerzen auf. Jetzt nicht mehr. Kendal hat versucht, es abzustreiten, aber das Trinken hat ihn fertiggemacht.«

»Hatte er ein Alkoholproblem?«

»Nicht wirklich. Er war kein Alkoholiker, aber dachte, er wäre witziger, wenn er ständig einen Drink in der Hand hält. Der alte Kendal hat mir besser gefallen. Obwohl die Version auch kein Engel war. Der Kerl hat sich genau in die Art von Person entwickelt, von der man erwarten würde, dass sie irgendwann ermordet in einem Wald endet.«

Das war eine harte Aussage. »Warum sagst du so etwas?«

Christian richtete sich nach der Inspektion meines Rades wieder auf. »Weil Kendal ein Betrüger, ein Idiot und ein Lügner war.«

»Das klingt, als hättest du ihn gehasst.«

Er wippte auf seinen Fersen zurück. »Schon als er jung war, konnte Kendal nervig sein. Er hat sich in der Schule selbst zum Klassenclown ernannt, hat immer Scherze gerissen und sich über alles und jeden lustig gemacht. Manchmal konnte es witzig sein, aber oft wurde es gehässig. Er konnte gemein werden und irgendwann wurde es persönlich. Und er hat Rupert permanent aufgezogen. Auch als wir die Schule verlassen haben, hat das nicht aufgehört. Es war, als hätte Rupert eine Zielscheibe auf dem Rücken, er hatte es immer auf ihn abgesehen.«

»Was für Dinge hat er getan?« Mein Herz zog sich aus Mitgefühl für Rupert zusammen.

»Manchmal war es nur Kleinkram, wie seine Bücher zu verstecken oder seine Hausaufgaben zu verfälschen. Hin und wieder wurde es düster und wir mussten ein Wörtchen mit ihm reden, damit er sich zurückhielt. Einmal hat er Rupert die ganze Nacht in einem Schrank eingesperrt gelassen. Er hat ihn in ein leeres Zimmer gezerrt und ihn dort eingesperrt. Das war eine richtige Erniedrigung für Rupert. Er hat versucht, sich zu wehren, aber Kendal wusste, wie man seine Fäuste einsetzt. Das hat für Rupert mit einer blutigen Nase und einem blauen Auge geendet. Er hat so getan, als könnte er darüber lachen, aber man hat gesehen, wie sehr es ihn verletzt hat. Wem wäre es dabei anders ergangen?«

»Und trotzdem war Rupert weiter mit Kendal befreundet? Wenn mir das jemand angetan hätte, würde ich nie wieder mit ihm sprechen.« Ich stemmte meine Hände in die Hüften. Wenn Kendal noch nicht tot gewesen wäre, hätte ich ein ernstes Wörtchen mit ihm geredet. Niemand mochte einen Tyrannen.

»Dann hast du Glück, dass deine Eltern nicht in denselben sozialen Kreisen verkehren wie unsere. Von uns wird erwartet, miteinander auszukommen, genau wie unsere Väter es getan haben, als sie an der Eton waren. Das ist eigentlich schon ein bisschen traurig. Ich habe Kendal toleriert, weil ich keine andere Wahl hatte. Bei Rupert war es genauso.«

Ich schüttelte den Kopf und kochte innerlich vor Wut. Rupert redete nur selten über seine Schulzeit, und langsam verstand ich, warum. Es musste eine schreckliche Zeit für ihn gewesen sein.

»Wenn ich jetzt darüber nachdenke, Rupert hat sogar ein ganzes Semester verpasst. Seine Eltern sagten der Schule, er hätte Pfeiffersches Drüsenfieber gehabt, aber ich nehme an, er war nur gestresst. Das war kurz nach der ganzen Sache, als Kendal ihn eingesperrt hat.«

»Ich fange an zu verstehen, warum jemand Kendal tot sehen wollen könnte.« Ich schnaubte.

Christian zuckte mit den Schultern. »Deshalb war ich nicht sehr überrascht über das, was mit ihm passiert ist. Er hat den Spaßvogel bis zum Ende durchgezogen.«

»Er hat euch hier einen Streich gespielt?«

Christian nickte. »Am Abend bevor wir auf die Tontauben geschossen haben, hat Rupert uns in die Waffenkammer mitgenommen. Wir haben die Gewehre geprüft, sichergestellt, dass die Balance und die Visiere passen. Ich habe ihm für fünf Minuten den Rücken gekehrt, und er hat sich an meiner Waffe zu schaffen gemacht.«

»Was hatte er vor?«

»Ich war mir nicht sicher. Es sah aus, als versuchte er, etwas in einen der Läufe zu schieben. Er hätte explodieren und mir die Hand abreißen können, wenn ich den Abzug gedrückt hätte.« Er schüttelte den Kopf. »Natürlich hat er geschworen, dass er gar nichts gemacht hat und sich meine Waffe nur ansehen wollte, weil sie besser aussah als seine. Ich habe ihm nicht geglaubt. Der Kerl war ein Idiot. Er hat nie über die Konsequenzen seines Handelns nachgedacht.«

Ich studierte Christian, als er sich wieder über den Fahrradreifen beugte und versuchte, das Gummi abzureißen. Das war ein Motiv, Kendals Tod zu wollen. Christian hatte ihn bei dem Versuch erwischt, sein Gewehr zu manipulieren, was ihn hätte verletzen können. Hatte er schließlich genug davon gehabt, sich von Kendal zum Narren halten zu lassen? Es klang, als hätten sie nicht viel füreinander übrig gehabt. Hatte sich Christian die Möglichkeit geboten, Kendal ein für alle Mal loszuwerden? Und hatte er sie genutzt?

»Wurdet ihr zu dem befragt, was Kendal zugestoßen ist?«, fragte ich.

Er zuckte mit den Schultern, konzentrierte sich weiter auf das Fahrrad. »Klar. Der gruselige Typ in dem Anzug hat mich gefragt, wo ich war. Ich habe mir keine Sorgen gemacht, als ich seine Fragen beantworten musste. Simon ist mein Alibi. An dem Tag haben wir alle eine Menge getrunken. Ich kann mich kaum noch an den Abend erinnern. Rupert ist immer sehr großzügig, wenn es darum geht, uns zu bespaßen. Er hatte unsere Lieblingsgetränke besorgt und wir haben einen Doppelten nach dem anderen gekippt. Und natürlich war da noch dein köstlicher Kuchen. Trotzdem haben wir irgendwann Heißhunger bekommen und Simon und ich haben eure Küche geplündert.« Er grinste mich an. »Ich hoffe, das macht dir nichts aus. Im Kühlschrank waren alle möglichen leckeren Reste.«

»Dafür sind sie da.« Ich musste Chef Heston fragen, ob in dieser Nacht Essen aus dem Kühlschrank verschwunden war. So betrunken wie Simon und Christian angeblich waren, mussten sie eine Spur der Verwüstung hinterlassen haben.

Christian trat von dem Fahrrad zurück und schüttelte den Kopf. »Wie auch immer, das Ganze ist jetzt geklärt. Die Polizei hat Kendals verrückte Ex in Gewahrsam.«

»Verrückte Ex? Du meinst Izzie?«

»Genau die. Kendal hat sie immer seine heiße Stalkerin genannt. Wir kennen Izzie seit Jahren. Schon als wir Teenager waren, hat sie immer mit uns herumgehangen. Sie hatte den Ruf weg, wild zu sein. Kendal mochte die wilden Frauen. Er meinte, die hätten etwas Verbotenes an sich. Er liebte es, Spaß mit der Art von Frau zu haben, die er niemals mit nach Hause zu seinen Eltern bringen würde.«

»Er hat nicht in Erwägung gezogen, Izzie zu heiraten?«

»Ich kann mir nicht vorstellen, dass irgendjemand Izzie Northcott heiraten wollen würde. Sie ist ein wunderschönes Mädchen und man kann verdammt viel Spaß mit ihr haben, aber sobald man in unseren Kreisen einen solchen Ruf weg hat, ist es schwer, ihn wieder loszuwerden. Kendal hatte seinen Spaß und dann hat er ihr gesagt, es wäre vorbei. Sie hat es nicht akzeptiert. Sie hat ihn wirklich richtig gestalkt. Es ist ziemlich hässlich zwischen den beiden geworden.«

»Hat Kendal Izzie glauben lassen, sie hätte eine Chance bei ihm?«

Er grinste. »Wahrscheinlich schon. Ich vermute, Kendal hat den Frauen, mit denen er zusammen war, eine Menge Dinge versprochen. Er hat sogar einmal erzählt, er hätte Izzie gesagt, er würde sie heiraten. Das arme Mädchen hat ihm tatsächlich geglaubt. Er sagte, sie wäre bei seiner Wohnung aufgetaucht und hätte sich vor den Fenstern die Seele aus dem Leib geschrien, als sie die Wahrheit herausgefunden hat. Am Ende musste er die Polizei rufen und sie wegbringen lassen. Ich konnte mir nie vorstellen, dass Kendal sich mit einer Frau niederlassen würde. Er war schon immer ein Frauenheld.«

»Er hat neben Izzie noch andere Frauen getroffen?«

»Darauf kannst du wetten. Das hat Izzie nur noch verrückter werden lassen. Sie wollte Kendal für sich alleine haben. Sie hat sich von ihm täuschen lassen. Am Ende tat sie mir richtig leid. Er hat es zu weit getrieben. Das ist jetzt das Ergebnis von alldem. Sie hat Kendal hierher verfolgt und ihn umgebracht. Ich vermute, es gibt mehr als nur ein paar Leute, die darüber froh sind. Es ist nur schade, dass sie erwischt wurde. Sie hat die Partyszene gut aufgemischt.«

Das war ein weiterer Nagel in Izzies Sarg der Schuld. Ein großer Teil von mir wollte sie nicht verurteilen, falls sie Kendal umgebracht hatte. Er hatte sie an der Nase herumgeführt und sie benutzt, um das zu bekommen, was er wollte, und sie dann weggeworfen, als würde sie ihm nichts bedeuten. Je mehr ich über Kendal Jakes erfuhr, desto weniger mochte ich ihn.

»Ich gebe mich geschlagen.« Christian trat zurück. »Dieses Fahrrad hat mich besiegt. Das liegt an diesen alten Modellen, weißt du? Und es ist schon eine Weile her, seit ich mein eigenes Fahrrad repariert habe.«

»Reifen zu reparieren ist knifflig.« Ich hätte den Reifen mittlerweile schon abgenommen, geflickt und wieder aufgepumpt gehabt.

»Darauf kannst du wetten.« Er warf einen Blick auf seine Uhr. »Ich muss los, sonst komm ich zu spät zu den Jungs.«

»Oh! Na ja, trotzdem danke für die Hilfe.«

»Kein Problem. War schön, mit dir zu reden.« Christian stieg in sein Auto und raste davon.

Ich schüttelte den Kopf, als ich zu Meatball schaute. »Eines Tages werde ich einem Mann begegnen, der unsere Leben bereichern kann.«

»Wuff.«

»Vielleicht hast du recht. Wir bereichern unsere Leben schon selbst genug.« Ich kniete mich hin, nahm den platten Reifen ab und flickte ihn, bevor ich ihn mit der Luftpumpe wieder aufblies und er uns bis nach Hause tragen konnte.

Vielleicht gab es wirklich keine Rätsel mehr zu lösen. Die Polizei hatte die Richtige. Izzie passte perfekt ins Profil. Eine wunderschöne Frau, verstoßen von dem Mann, den sie liebte. Sie war zu einer Stalkerin geworden, besessen von ihrem Ex, und hatte es zu weit getrieben.

Winzige Zweifel flackerten in mir auf. Ich musste einfach alle Eventualitäten abdecken und sicherstellen, dass die Polizei die richtige Person hatte.

Izzie Northcott hatte genug durchgemacht, was Kendal betraf. Wir mussten uns einhundertprozentig sicher sein, dass sie schuldig war.

Kapitel 15

Gestern war ein wahnsinnig anstrengender Tag gewesen. Ich war erst seit fünfzehn Minuten zurück in der Burg, als fünf unerwartete Busladungen mit Touristen eintrafen, die sich alle Erfrischungen wünschten.

Ich hatte keine Zeit gehabt, um über den Mord nachdenken, während ich ellenbogentief in meinem Kuchenteig steckte und riesige Berge von Sandwiches vorbereitete, um sie an die hungrige Horde zu verfüttern.

Obwohl ich es nicht vor Mitternacht ins Bett geschafft hatte, war ich früh wieder auf.

Gestern war mein beschwerter Hula-Hoop-Reifen angekommen. Obwohl mich das Fahrradfahren fit hielt, hatte ich dem neuen Fitnesstrend nicht widerstehen können. Ich hatte schon alles ausprobiert: Gewichtswesten zum Joggen, Hot Yoga, Fitnessbänder und ein Balance-Board, auf das man sich mit einem Bein stellen sollte, um seine Mitte zu stärken.

Dank der frühen Stunde war noch niemand sonst auf. Ich ging in meinem Trainingsoutfit nach draußen: Lycra-Leggings unter einer weiten Sportshorts, einen Sport-BH und ein viel zu großes T-Shirt. Meatball war an meiner Seite und freute sich, so früh schon draußen sein zu dürfen.

Ich suchte meinen liebsten abgelegenen Ort auf, kurz hinter den Rosengärten, wo die Komposthaufen vor den Augen der Öffentlichkeit versteckt wurden. Hier kam ich immer her, wenn ich trainieren wollte. Die Stelle war von der Burg nicht einsehbar, und Besucher verirrten sich nur sehr selten hierher. Der Geruch des Komposts konnte an heißen Tagen ziemlich stechend werden.

»Okay, Meatball. Schauen wir mal, wie das funktioniert.« Ich rollte die Anleitung für den Hula-Hoop-Reifen aus und begann zu lesen.

»Wuff, wuff.« Er schnappte nach dem Reifen.

»Neeeein! Der ist nicht für dich.« Ich zeigte auf die Anleitung. »Hier steht, der Reifen hilft dabei, Kalorien zu verbrennen, Stärke aufzubauen und Bauchfett zu reduzieren.«

»Wuff.«

»Das stimmt.« Ich pikte in meinen Bauch. »Ich bin tatsächlich etwas aufgegangen. Aber das Einzige, was ich aufgehen sehen will, sind die Muffins im Ofen.« Ich schwang den Reif versuchsweise um meine Hüften. Er fiel auf den Boden.

Ich las weiter. »Ähnliche Reifen wurden schon von den alten Griechen und Ägyptern benutzt. Wie interessant. Sie haben viele Dinge richtig gemacht. Witzige Trainingsgeräte gehörten wohl auch dazu.«

»Wuff.« Meatball sprang wieder auf den Reifen zu. Offensichtlich hielt er ihn für ein übergroßes Hundespielzeug, das für seine Unterhaltung gedacht war und nicht für meine Taille.

Ich schnappte mir das knochenförmige Kauspielzeug und warf es. »Los, hol.«

Meatball wedelte mit dem Schwanz und raste dem Spielzeug hinterher.

»Oh, noch besser. Es verbrennt so viele Kalorien wie Kickboxen. Wow. Vierhundert Kalorien.« Ich drehte das Informationsblatt um. »Oh! In einer Stunde.« Ich wollte mich nicht eine Stunde lang im Kreis drehen. Dann würde ich mir noch die Hüfte brechen! Aber wenn ich es schaffte, bedeutete das einen Triple Chocolate Muffin mehr, den ich ohne Konsequenzen genießen konnte.

Es war Zeit, diesen Reifen zum Drehen zu bringen. Ich schwang ihn, um den Anfang zu machen, und stieß meine Hüfte nach vorn. Er fiel zu Boden, noch bevor ich eine Drehung geschafft hatte. Ich versuchte es noch ein paar Mal. Das Ding war schwer und schlug gegen meine Hüftknochen. Wenn ich nicht aufpasste, würde ich mir noch blaue Flecken zuziehen.

Das war schwerer, als es aussah. Mit den leichten Plastikreifen war es kein Problem, aber das zusätzliche Gewicht machte es praktisch unmöglich.

Ich gab nicht auf. Ich warf meine Hüften weiter vor und zurück, versuchte, den Reifen oben zu halten, doch es gelang mir nicht.

»Es muss irgendeinen Trick geben«, murmelte ich.

Ich versuchte es noch mal und keuchte auf, als Meatball durch die Luft sprang und den Hula-Hoop-Reifen erwischte.

»Hey! Pfoten von meinem Reifen.«

Meatball ließ sich zu Boden sinken, aber sein Blick war fokussiert, bereit, bei der nächsten Gelegenheit wieder zuzuschlagen.

Ich hob einen Finger und machte eine ernste Stimme. »Nein! Der ist nicht für dich. Geh und erkunde den Garten, während ich trainiere.«

Ich versuchte noch eine Drehung des Reifens, aber mit dem zusätzlichen Gewicht und Meatball, der vor mir auf und ab sprang und versuchte, sich den Reifen zu schnappen, lief es nicht besonders gut.

Gelächter drang an meine Ohren. Ich griff nach dem Hula-Hoop und schaute mich hastig um.

Simon lehnte an einem Baum und beobachtete mich, seine Augen funkelten amüsiert.

»Oh! Ich dachte nicht, dass schon jemand so früh wach wäre.« Hitze kroch mir über den Hals. Wie lange stand er dort schon?

»Du hattest es fast geschafft.« Mit lässiger Leichtigkeit stieß er sich vom Baum ab. »Ich kann dir zeigen, wie es geht, wenn du möchtest.«

Mit großen Augen überreichte ich ihm den Hula-Hoop. »Woher weißt du, wie man so was benutzt?«

Er grinste, als er ihn sich über den Kopf schob und an seine Taille legte. »Ich habe fünf Schwestern.«

Ich beobachtete mehr als nur ein wenig eifersüchtig, wie er den Hula-Hoop gekonnt herum schwang. Sogar Meatball war beeindruckt, als er sich hinsetzte und den Reifen beobachtete.

»Er hängt alles von der Hüftbewegung ab. Mit dem zusätzlichen Gewicht musst du sie etwas schneller vor und zurück werfen.« Seine Bewegungen sahen ein wenig obszön aus, aber ich beobachtete sie trotzdem genau, fest entschlossen, den Hoop zu besiegen. »Alles, was dir fehlt, ist Tempo.«

»Danke, dass du mir gezeigt hast, wie das funktioniert.« Ich nahm den Reifen zurück.

»Kein Problem. Probier es noch mal.«

»Ich bin für heute fertig.« Ich hatte nicht vor, etwas Derartiges in den nächsten hundert Jahren vor Simons Augen zu vollführen.

»Meine Schwestern haben einen Sommer lang ihre Hula-Hoop-Besessenheit ausgelebt. Sie alle waren davon infiziert. Sie haben stundenlang mit ihren Reifen geübt. Und darauf bestanden, dass ich mitmachte. Zu der Zeit habe ich es gehasst, aber das hat mir einen gewissen Rhythmus verschafft, der den meisten Jungs in meinem Alter gefehlt hat. Das wussten die Damen bestimmt zu schätzen.« Er zwinkerte mir zu.

»Fünf Schwestern müssen eine Herausforderung gewesen sein. Bist du der einzige Junge in der Familie?«

»Traurigerweise, ja. Meine Eltern haben sich immer einen Jungen gewünscht. Sie haben nur Mädchen bekommen. Ich war das letzte Kind, also habe ich jetzt fünf ältere, herrische, nervige Schwestern.« Er lehnte sich näher. »Erzähl das niemandem, aber manchmal haben sie mich angezogen wie eine Puppe. Ich habe höllische Angst vor diesen Mädchen.«

Ich grinste. Bisher hatte ich nicht viel mit Simon zu tun gehabt, aber er schien nett zu sein. »Ich verrate es keiner Menschenseele.«

»Ich denke gerne, dass es mir einen Vorteil gegenüber meiner schwerfälligen Freunde verschafft hat, so viele Schwestern zu haben. Manche von ihnen hatten so gut wie keine Erfahrung im Umgang mit dem schönen Geschlecht, und an unserer Schule gab es auch kaum die Chance dazu. Ich wusste alles über Mädchen. Ich verstand, warum sie es liebten zu reden und ihre Gefühle mitzuteilen. Daran war ich gewöhnt. Es war ein richtiger Schock, an eine reine Jungenschule zu gehen, wo alle nur über Sport und Essen sprechen wollten, oder darüber, einen fahren zu lassen.«

»Wie ist Kendal in der Schule zurechtgekommen?«

»Ah, ja. Alle reden über ihn«, sagte Simon und zuckte mit den Schultern. »Er ist gut zurechtgekommen. Er hat immer Scherze gemacht und die Leute zum Lachen gebracht. Damit hat er sich beliebt gemacht.«

»Ich habe gestern mit Christian gesprochen. Er sagte, sie hätten Izzie Northcott für Kendals Mord in Gewahrsam.«

»Ich weiß. Aber ich verstehe es nicht. Es erscheint mir unwahrscheinlich, dass sie ihn getötet haben soll.«

»Warum glaubst du das?«, fragte ich.

Er nahm den Hula-Hoop-Reifen zurück und ließ ihn um seinen Arm wirbeln. »Ich habe es dem Kerl gesagt, der uns verhört hat, Campbell oder so, dass ich in der Nacht, in der Kendal ermordet wurde, jemanden draußen vor der Burg gesehen habe.«

»Wer war es?«

»Genau konnte ich es nicht erkennen. Ich hatte dieses seltsame Gefühl, beobachtet zu werden, als wir in dem Salon waren. Ein paar Mal habe ich aus dem Fenster geschaut, aber niemanden gesehen. Dann ist plötzlich jemand vorbei gehuscht.«

»War es einer der anderen Jungs? Vielleicht hat dir jemand einen Streich gespielt und versucht, das Gerücht eines Geistes zum Leben zu erwecken?«

Er grinste. »Nein, es war keiner von uns. Wir waren an dem Abend alle zusammen.«

»Glaubst du, dass Izzie euch beobachtet haben könnte?«

»Wenn sie es war, warum ist sie dann nicht einfach reingekommen? Wir waren alle befreundet. Ich habe Izzie immer gemocht. Sie ist ein süßes Mädchen. Diesen Ruf hat sie nicht verdient.«

»Welchen Ruf hat sie denn?« Ich kannte die Antwort bereits, aber wollte wissen, was Simon von Izzie hielt.

Er hob seine Augenbrauen. »Keinen besonders guten. Aber wir haben alle Fehler gemacht, als wir jung waren. Sie hat sich verändert. Ich bin mit Izzie ausgegangen, bevor Kendal sie mir weggeschnappt hat.«

»Er hat dir die Freundin gestohlen?«

»Es war nichts Ernstes, aber es war trotzdem nicht schön zu wissen, dass sie ihn mir vorzog.«

Könnte Simon eifersüchtig auf Izzies Beziehung mit Kendal gewesen sein? Hatte er entschlossen, seinen Konkurrenten aus dem Weg zu räumen, damit er wieder mit ihr zusammenkommen konnte?

»Da musst du eifersüchtig gewesen sein«, sagte ich.

Er schaute zu Boden. »Ich bin alles etwas ernster angegangen als sie. Izzie hat es geliebt, zu feiern. Ich habe nichts dagegen, aber es muss zur richtigen Zeit, mit den richtigen Leuten sein. Ich gehe nirgendwohin, nur um gesehen zu werden. Außerdem hält mich meine Arbeit auf Trab. Ich bin in der IT-Branche, falls du es noch nicht wusstest. Ich habe Büros auf der ganzen Welt, und sie kontaktieren mich immer zu den seltsamsten Zeiten, auch nachts, wenn es ein Problem gibt. Wenn ich die ganze Zeit trinken und Party machen würde, würde ich etwas Wichtiges verpassen. Ich habe versucht, Izzie das zu erklären, aber sie hat es nicht verstanden. Ich habe meine Chance bei ihr vertan. Kendal hat sich ihrem wilden Lifestyle verschrieben. Das war's. Game over für uns.«

»Vielleicht könntest du Izzie jetzt trösten. Bestimmt könnte sie einen Freund gut gebrauchen.«

Seine Lippen spitzten sich, als er den Kopf schüttelte. »Da bin ich mir nicht so sicher. Ich mag sie, aber ich will keine Kriminelle daten.«

»Du zweifelst an ihrer Unschuld?«

»Ich meine, die Polizei hält sie für schuldig, genau wie Campbell. Es ist nur ... Ich weiß auch nicht ...«

»Ist dir abgesehen von dieser Person vor der Burg in dieser Nacht noch etwas Ungewöhnliches aufgefallen?«

»Nichts. Wir waren im Salon und haben zu viel getrunken. Irgendwann bin ich mit Christian in die Küche gegangen, um uns ein paar Kohlenhydrate zu besorgen, um den Schnaps aufzusaugen. Es war ein typischer Abend mit den Jungs.«

»Und du glaubst nicht, dass einer deiner anderen Freunde ein Problem mit Kendal hatte? Ich habe das Gerücht gehört, dass seine Scherze oft auf die Kosten anderer gingen.«

Er kratzte sich am Kinn. »Das stimmt schon. Kendal hat den Moment gelebt. Er hat sich keine Gedanken über die Konsequenzen seiner Taten gemacht, solange alle mit ihm gelacht haben. Ich meine, es konnte schon nervig sein, aber ich habe mich daran gewöhnt. Obwohl Tony schon eine Weile kein Fan mehr von Kendal war.«

»Tony?«

»Ja, du hast ihn neulich Abend getroffen. Anthony Bambridge. Wir nennen ihn Tony. Wie auch immer, er hatte ein echtes Problem mit Kendal. Kendal hat ihn eine Menge Geld gekostet.«

»Was ist passiert?«

»Tony hat törichterweise in Kendals Unternehmen investiert. Kendal hat das ganze Geld für Equipment und Marketing ausgegeben und komplett am Ziel vorbeigeschossen. Er hat eine Menge verloren, und Tony hat seine Investition nie wiedergesehen. Ich dachte immer, es wäre Tony, der Kendal den Hals umdreht, nicht Izzie. Es wäre eine Schande, wenn sie es getan hat. Ich mochte sie.«

»Holly! Ich erwarte Sie in zwanzig Minuten in der Küche.« Chef Heston schlenderte vorbei, seine Autoschlüssel baumelten von seinen Fingern. »Uns steht ein anstrengender Tag bevor.«

Ich überprüfte die Uhrzeit und schnappte nach Luft. Ich war länger hier draußen gewesen, als mir bewusst gewesen war, und ich hatte weder gefrühstückt noch geduscht. »Danke, Simon. Ich weiß den Hula-Unterricht sehr zu schätzen.«

Er grinste. »Jederzeit. Aber denk dran, das ist unser kleines Geheimnis. Ich bin ein ganzer Mann, kein Hula-Hoop liebender Nerd, der es heimlich genießt, von seinen Schwestern eingekleidet zu werden.«

Ich lachte und eilte mit Meatball davon, der Reifen klemmte unter meinem Arm. Das waren nützliche, neue Informationen. Simon musste verärgert gewesen sein, dass Kendal ihm Izzie gestohlen hatte, aber er hatte ein Alibi. Allerdings hasste Tony Kendal, weil er seinetwegen Geld verloren hatte.

Campbell musste dem bereits nachgegangen und es in Betracht gezogen haben, aber ich wollte trotzdem sicherstellen, dass die richtige Person geschnappt worden war.

Ich musste einen Weg finden, mit Tony zu sprechen, und herausfinden, wie wütend er auf Kendal gewesen war. Wenn er wütend genug war, um zu töten, könnte ich einen neuen Verdächtigen haben.

Kapitel 16

Ich huschte fünf Minuten unter die Dusche, bevor ich mich anzog und mit immer noch feuchten Haaren zur Küche rauschte. Mir blieben nur noch zwei Minuten, dann käme ich zu spät zur Arbeit.

»Sofort stehenbleiben, auf Befehl der Prinzessin.« Alice kicherte und trat hinter einem Busch hervor. »Wo willst du denn so eilig hin?«

Meatball hüpfte zu Alice herüber, sie hob ihn in ihre Arme und übersäte seinen Kopf mit pinkfarbenen Küssen.

»Zur Arbeit! Ich wurde heute Morgen abgelenkt und Chef Heston wird mich anschreien, wenn ich zu spät bin.«

»Ich werde dich begleiten.« Alice setzte Meatball wieder ab und hakte sich bei mir unter. »Ich wollte mit dir reden. Hast du die Neuigkeiten zur Mordermittlung mitbekommen?«

»Campbell denkt, dass Izzie Northcott es getan hat.«

Wieder kicherte sie. »Dann weißt du noch nicht das Neueste.«

Ich wurde langsamer und schaute sie an. »Sie haben Izzie gehen lassen?«

»Genau das Gegenteil. Sie wird des Mordes an Kendal angeklagt.«

»Wow! Das ging schnell. Also bestehen keine Zweifel an ihrer Schuld?«

»Natürlich nicht. Campbell hat das Sagen und er ist so gut in dem, was er tut.« Alice seufzte. »Findest du ihn nicht auch ungeheuer attraktiv?«

Ich blieb stehen, bevor wir den Eingang zur Küche erreichten, und drehte mich zu ihr. »Du stehst auf Campbell?«

Sie schlug mir auf den Arm. »Das habe ich nie gesagt.«

»Das musst du auch nicht. Deine roten Wangen verraten dich.« War das ihr Ernst? Das musste nur eine Schwärmerei sein. Die Prinzessin und der Bodyguard? Das klang wie etwas aus einem Hallmark-Film.

»Ich bin nicht rot. Es ist nur heiß hier.« Sie fächerte sich Luft mit ihrer Hand zu. »Findest du nicht, dass er immer super schnittig ist? In diesen Anzügen sieht er so gut aus. Stell ihn dir mal in einem Smoking vor.«

»Alice! Was wird deine Mutter denken, wenn du dich in deinen Leibwächter verliebst?«

»Es ist ja nicht so, als wäre sie hier, um es zu bemerken.« Alice presste einen Finger an ihre Lippen. »Aber du darfst nichts sagen. Das ist unser Geheimnis. Nein, ich befehle dir, zu schwiegen, sonst werde ich dir den Kopf abhacken lassen.«

Himmel! Manchmal fragte ich mich, wie ernst Alice ihre Drohungen nahm, die Leute in den Tower zu sperren und ihre Köpfe abtrennen zu lassen.

Sie schlug noch einmal auf meinen Arm. »Nur ein Scherz! Ich müsste schon einen unfassbar guten Grund haben, um deinen Kopf abschneiden zu lassen. Obwohl ich mir sicher bin, dass mir einer einfallen würde.«

»Sehr freundlich von dir«, murmelte ich.

Sie lachte laut. »Ich bin nur erleichtert, dass diese schreckliche Sache vorbei ist. Genau wie Rupert. Der arme Kerl kann nicht gut mit Stress umgehen. Ich dachte mir, er könnte einige deiner magischen Muffins gebrauchen, um wieder glücklich zu werden.«

»An meinen Muffins ist nichts magisch.« Ich drehte mich um und wir gingen weiter auf die Küche zu.

»Rupert denkt es. Er redet immer davon, wir großartig du bist und wie unglaublich dein Essen ist.«

Ich fühlte mich geschmeichelt und war froh, das zu hören. Es war immer schön, wenn jemand deine Arbeit lobte.

»Ich werde etwas Besonderes vorbereiten, wenn ich heute die Chance dazu habe. Ich arbeite an einem alten Rezept, das ich entdeckt habe. Noch habe ich es nicht geknackt, aber ich habe eine neue Zutat, die ich ausprobieren will.«

»Oh! Er liebt deine Experimente«, sagte Alice. »Erinnerst du dich an diese mittelalterlichen Feigenkuchen? In denen waren irgendwelche seltsamen Gewürze.«

»Safran, Zimt, Muskatblüte, Pfeffer und Nelken. Ich war mir nicht sicher, ob die so ein Hit waren. Die meisten Leute sind zu sehr an süße Desserts gewöhnt. Alles, worin nicht mindestens eine Tonne Zucker ist, wird abgelehnt.«

»Rupert hat sie geliebt. Wahrscheinlich könntest du ihm eine Schüssel mit Cornflakes und Milch hinstellen und er würde dir immer noch sagen, dass du ein Genie bist. Mein Bruder hat dich sehr gern.«

»Ich mag ihn auch.« Ich schaute weg. Vielleicht mochte ich Lord Rupert ein bisschen zu sehr, aber wenn es um unsere Beziehung zueinander ging, hatte ich eine klare Grenze gezogen. Wir waren nur Freunde. Mehr war da nicht dran.

Chef Heston riss die Tür der Küche auf, als wir näherkamen, seine Augen waren zu Schlitzen verengt.

Er öffnete seinen Mund, als wollte er etwas rufen, aber als er Alice sah, schloss er ihn wieder. »Zeit, mit der Arbeit zu beginnen, Miss Holmes.«

»Viel Glück«, flüsterte Alice, bevor sie mir einen Kuss auf die Wange gab und davoneilte.

Ich stieß einen Seufzer aus, betrat die Küche und schnappte mir meine Schürze. Dieses Rätsel war wirklich gelöst worden. Alle waren der Meinung, dass Izzie Kendal umgebracht hatte. Vielleicht sollte es mir ähnlich gehen. Ich machte mir Sorgen um nichts.

⁂

»Das sollte besser funktioniert haben«, murmelte ich leise, während ich kritisch den festen Laib römischen Honigbrots beäugte, der auf dem Brett abkühlte.

Ich hatte schon ein Dutzend Versionen dieses Rezepts ausprobiert, und entweder wurde es zu fade, geschmacklos oder hart wie Stein.

»Was haben Sie da?« Chef Heston stapfte herüber und starrte auf das Honigbrot.

»Bevor Sie mich anschreien, alle meine Aufgaben für heute sind erledigt und es ist alles aufgeräumt. Ich habe das in meiner Freizeit mit Zutaten gemacht, für die ich bezahlt habe.«

Er schnaubte und betrachtete noch immer meine Kreation. »Und, was ist es?«

»Ich erarbeite einige antike Rezepte, die ich in einem alten Buch entdeckt habe. Das ist römisches Honigbrot.«

Er beugte sich hinunter und roch daran. »Da haben Sie einige Gewürze versteckt. Das könnte den Gaumen überreizen.«

»Ich habe mich an das Rezept gehalten. Obwohl ich die Menge der Flüssigkeit angepasst und etwas Honig hinzugefügt habe. Die letzten Versuche sind nichts geworden.«

»Holen Sie mir ein Messer.« Er hielt seine Hand auf.

Ich tat, wie befohlen, und er ließ das Messer in das Brot gleiten, ehe er es wieder herauszog.

»Die Klinge ist sauber. Gleichmäßig durchgebacken. Und Sie glauben, das könnte eine neue Ergänzung zu unserem Angebot sein?«

»Das wäre möglich. Vielleicht können wir es anbieten, wenn ein historisches Wochenende stattfindet. Das wäre perfekt, wenn die Vorträge über die archäologischen Funde aus der Römerzeit, die auf der Anlage gefunden wurden, gehalten werden.«

Er grunzte. »Das ist nicht die schlechteste Idee, die wir hier hatten.«

Das nahm ich als Kompliment, da Chef Heston nicht gerade mit solchen um sich warf.

»Chef, ich wollte etwas mit Ihnen besprechen.«

»Nur zu.« Sein Blick lag noch immer auf meinem Honigbrot.

»In der Nacht als Kendal starb, haben Sie die Küche am nächsten Morgen unordentlich vorgefunden?«

Er hob seinen Kopf. »Waren Sie das?«

»Nein! Ich räume am Ende des Tages immer auf.«

Sein Mund zuckte zur Seite. »Hmmm. Jemand hat den Käse und das Brot geplündert und einen Schokoladenkuchen angeschnitten. Die Reste haben sie stehenlassen. Wer war es?«

»Lord Ruperts Freunde, nehme ich an.«

Sein Blick wurde finster. »Typisch.«

Das bestätigte, dass Simon und Christian hier gewesen waren und Kendal nicht in den Wald geschleppt und ermordet hatten.

Zu meiner Überraschung klopfte Chef Heston mir auf die Schulter. »Interessante Arbeit, Holly. Weitermachen.«

Ich starrte ihm hinterher, als er davonschlenderte. Was war in ihn gefahren? Normalerweise stand er allem, was ich tat, kritisch gegenüber, sodass ich mich an seine mürrische Art gewöhnt hatte. Und ich wusste, dass er sich nur so verhielt, weil er so hohe Ansprüche an seine Küche hatte und erwartete, dass seine Angestellten jeden Tag ihr Bestes gaben.

So sehr mich sein Gebrüll auch manchmal ärgerte, er tat es aus den richtigen Gründen.

Ich hob das Honigbrot an und inspizierte es. Dann huschte mein Blick zum Fenster, und genau in dem Moment lief Rupert vorbei.

Ich legte das Brot schnell auf einen Teller und schnappte mir ein Messer. Ich hatte keine Zeit, es anzurichten, aber das war die perfekte Möglichkeit, Rupert etwas zu präsentieren, das ihm ein Lächeln aufs Gesicht zaubern könnte.

Ich stolperte nach draußen und lief ihm nach. »Rupert! Hast du einen Moment?«

Er drehte sich um und nickte. »Für dich immer, Holly.« Sein Blick landete auf dem Teller. »Oh! Ist das für mich?«

Ich biss mir auf die Unterlippe. »Ich dachte, du könntest es mögen. Das ist etwas, an dem ich gearbeitet habe. Und, na ja, ich dachte, nach dem, was mit Kendal passiert ist, könntest du eine Aufmunterung gebrauchen.«

»Oh, ja.« Er rieb sich den Nacken. »Ich bin immer noch überrascht von all dem. Ich denke, ich müsste bald aufwachen und feststellen, dass es nur ein schlimmer Traum war. Aber er ist wirklich tot.«

»Und das macht dich nicht traurig?«

Seine Augenbrauen schossen nach oben. »Nun, ich bin nicht glücklich. Aber, und ich fühle mich schrecklich dabei, so etwas zu sagen, ich vermisse ihn nicht. Ich dachte, es wäre härter, einen Freund zu verlieren. Es ist nicht das erste Mal, dass ich einen Kumpel verloren habe. Ich denke immer noch an ihn, auch nach all den Jahren.«

»Wen hast du verloren?«

»Oh, es war ein schrecklicher Unfall in den Sommerferien. Ich war mit einer Gruppe Freunden unterwegs, wir waren schwimmen an einem See. Wir hätten nicht dort sein sollen, aber du weißt, wie das ist. Teenager denken, sie wären unsterblich. Na ja, Seb ist ins Wasser gegangen und nicht wieder aufgetaucht. Das ist über zehn Jahre her, und ich frage mich oft, wie er heute wäre, wenn er noch leben würde. Ihn vermisse ich viel mehr, als es bei Kendal der Fall sein wird.« Rupert stieß ein Seufzen aus. »Bitte halt mich nicht für einen schlechten Menschen, wenn ich das sage, aber ich bin fast erleichtert, dass Kendal weg ist. Er hat immer Probleme gemacht.«

Ich legte meine Hand kurz auf seinen Arm. »Alice hat erwähnt, dass du eine schwere Zeit an der Schule hattest. Vielleicht fühlst du dich deshalb nicht traurig.«

Er winkte ab, sein Blick wich meinem aus. »Er hat gerne Scherze gemacht. Vielleicht kommt es irgendwann. Trauer trifft jeden anders, nicht wahr?«

»Du hast recht, das tut sie. Und das sind ungewöhnliche Umstände. Vielleicht stehst du noch unter Schock.«

Rupert neigte seinen Kopf von einer Seite zur anderen. »Das könnte sein.« Er schlug seine Hände zusammen. »Aber jetzt genug von dem traurigen Gerede. Wie wäre es, wenn wir diesen köstlich aussehenden Kuchen probieren? Erzähl mir alles darüber.«

Ich nickte, wir gingen zu einer Bank und nahmen Platz. »Das Rezept ist aus der Antike.«

»Brillant! Du kombinierst deine Liebe zu Geschichte mit dem Essen.«

Ich lächelte. Rupert passte immer auf, wenn ich etwas erzählte. Er wusste, dass ich Geschichte studiert hatte und Interesse an allem hatte, was mit den Tudors zu tun hatte. »Das stimmt, aber das ist kein Kuchen, sondern Brot. Das Rezept stammt aus der Römerzeit. Brot durchzogen mit Honig.«

»Wie interessant. In etwa so wie Teebrot?«

»Nicht so süß. Ich muss das Rezept immer noch perfektionieren, also sag mir bitte ehrlich, was du denkst. Und du wirst die erste Scheibe dieses neuen, verbesserten Versuchs probieren.«

»Ich kann es kaum erwarten. Kosten wir von dem Kuchen.« Er gluckste. »Oder sagen wir, kosten wir Hollys köstliches Honigbrot.«

Ich schnitt uns beiden eine Scheibe ab und überreichte ihm die erste. »Sag mir genau, was du denkst. Ist es zu süß? Nicht süß genug? Da drin sind ein halbes Dutzend Gewürze, also wird es nicht wie ein gewöhnliches Brot schmecken.«

»Ich bin mir sicher, es ist perfekt.« Rupert nahm einen großen Bissen und kaute. Er blinzelte schnell. »Also, das ist ... anders.«

»Gut anders?«

Er hustete und schluckte das Brot herunter. »Ähm. Es ist sehr salzig. Soll das so sein?«

Ich biss von meinem Stück ab. In der Sekunde, in der ich anfing zu kauen, hätte ich beinahe gewürgt. »Igitt! Das ist schrecklich. In das Rezept gehört eine Prise Salz und eine Tasse Honig. Sag mir nicht, dass ich es umgekehrt gemacht habe! Das ist mir noch nie passiert.«

Rupert wollte noch einen Bissen nehmen, aber ich schlug ihm das Brot aus der Hand.

»Warum hast du das gemacht?«, fragte er.

»Das kannst du nicht ernsthaft essen wollen! Das ganze Salz wird dir nicht guttun. Ich bin so eine Idiotin, diese Standardzutaten verwechselt zu haben.«

»Unsinn. Holly, du hast es gemacht und ich möchte es essen.«

»Bitte tu das nicht nur mir zuliebe. Ich muss es noch mal versuchen.« Eine Sekunde lang legte ich meinen Kopf in meine Hände. Ich war beim Backen zu abgelenkt gewesen. Obwohl ich versucht hatte, Kendals Mord aus meinen Gedanken zu vertreiben, beschäftigte er mich immer noch. »Stell dir vor, so etwas hätten wir den Kunden serviert! Chef Heston hätte mich einen Monat lang den Küchenboden schrubben lassen.«

Rupert tätschelte meine Hand. »So schlimm ist es wirklich nicht. Schneid mir noch eine Scheibe ab.«

»Nein! Das wandert direkt in den Bioabfall. Was für eine Verschwendung.«

»Gib nicht auf. Irgendwann wirst du es schaffen. Schon bald hast du das perfekte römische Honigbrot kreiert, und wir werden es den Besuchern scharenweise verkaufen. Wer weiß, vielleicht startest du damit einen neuen Trend, und die ganze Foodblogger wollen dich interviewen.«

»Das werden sie nicht wollen, wenn sie diese Monstrosität probieren.«

»Beim nächsten Mal hast du mehr Glück.« Er rieb sich das Kinn, bevor er sich umschaute. »Es gibt etwas, das ich dich fragen wollte.«

»Ob ich aufhören kann, miserables Honigbrot zu backen?«

Er kicherte, dann räusperte er sich. »Es ist nur eine kleine Sache. Magst du Musik? Es ist so, es gibt eine Aufführung im –«

»Rupert! Komm hier rüber.« Christian tauchte im Garten auf und winkte ihn zu sich. »Hör auf, mit deiner Freundin zu quatschen. Die Quads sind so weit.«

Ruperts Wangen leuchteten strahlend rot, als er den Kopf schüttelte. »Ignorier ihn. Er ist so ungehobelt.«

Ich nahm ein Stück des widerlichen Honigbrots und inspizierte es, während sich in meinem Magen ein Kribbeln ausbreitete. »Er will dich nur ärgern.«

»Er sollte es besser wissen.« Rupert drückte sich hoch. »Ich muss los. Hab einen schönen Tag.« Er schlenderte davon, angetrieben von den Pfiffen seiner Freunde.

Mein Herz raste. Es hatte geklungen, als wollte Rupert mich fragen, ob ich mit ihm ausging, aber das würde niemals passieren.

Ich schaute auf mein gescheitertes römisches Honigbrot und seufzte. Ich musste diesen Mord ein für alle Mal aus meinem Kopf vertreiben. Es war alles geklärt, und ich konnte es mir nicht leisten, noch mehr Fehler in der Küche zu machen.

Es war Zeit, dass ich meine Besessenheit für diesen Mord und meine kleine Schwärmerei für Rupert hinter mir ließ.

Kapitel 17

Der Vortag war ein Nebel aus Backen gewesen, dem Versuch, nicht von Chef Heston angeschrien zu werden, und dem Rätseln darüber, welche Zutat in meinem römischen Honigbrot noch fehlte.

Ich nahm meine Schürze ab und trat nach draußen in die warme Sonne des frühen Nachmittags. »Komm, Meatball. Es ist Zeit für einen Spaziergang.«

Er erhob sich in seinem luxuriösen Zwinger und streckte sich ausgiebig, bevor er zu mir hüpfte. Ich tätschelte seinen Kopf, und zusammen gingen wir um die Seite der Burg herum.

Als ich ihn von seiner Leine ließ, trottete er mir voraus, bis ich anhielt, um den neuen Gedenkgarten zu bewundern. Dann zog ein Schild meine Aufmerksamkeit auf sich.

Hier wird am Donnerstag, den 26. Juni, um vierzehn Uhr eine öffentliche Gedenkveranstaltung stattfinden. Jeder, der ein paar Augenblicke der Trauer um eine verlorene, geliebte Person verbringen möchte, ist willkommen. Informationen zu den zum Verkauf stehenden Plaketten werden zur Verfügung gestellt. Bei Interesse wird jemand bereitstehen, um über die beste Nutzung des Gedenkgartens zu informieren.

Das war so eine nette Sache. Es war die perfekte Art, sich an jemanden zu erinnern, besonders wenn man nicht regelmäßig die Möglichkeit hatte, dessen Grab zu besuchen.

Ich war überrascht, als ich bereits mehrere Plaketten mit Namen und Daten darauf vorfand.

Als ich sie erkundete, entdeckte ich den Namen Sebastien Grenville. Er war erst siebzehn Jahre alt, als er starb. Das war kein Alter. Wenn er noch leben würde, wäre er genauso alt wie Rupert und seine Freunde.

Sebastien? Als ich gestern mit Rupert gesprochen hatte, hatte er den Tod seines Freundes Seb erwähnt. Konnte das dieselbe Person sein? Vielleicht hatte Rupert die Plakette hier angebracht. Falls ja, dann war das ein weiteres Beispiel dafür, wie fürsorglich er war.

Ich musste aufhören, so über ihn zu denken. Ich verliebte mich nicht in den Gutsherrn.

Nach einer halben Stunde brachte ich Meatball zurück in seinen Zwinger. Ich hatte noch zehn Minuten, bis ich wieder zur Arbeit musste, was mir genug Zeit gab, zur privaten Familienbibliothek zu hasten.

Die Herzogin hatte gesagt, dass ich sie nutzen konnte, und ich wollte einen Blick in die alten Jahrbücher von Rupert werfen. Vielleicht gab es dort Aufzeichnungen über seinen Freund Sebastien.

Ich atmete tief ein, als ich die warme, sonnendurchflutete Bibliothek betrat. Deckenhohe Regale säumten sie Wände, und jedes einzelne war zum Bersten gefüllt mit verlockenden Büchern. Ich genoss es häufig, mich ein paar Stunden mit einem historischen Abenteuer oder einem Appetit-anregenden Kochbuch zurückzuziehen.

Die teuren und seltenen Bücher wurden hinter Glas aufbewahrt und waren nicht ohne weiteres zugänglich, aber ich fand schnell eine Reihe mit Jahrbüchern, die teilweise mehrere Jahrzehnte zurückreichten.

Ich zog ein Jahrbuch heraus, zu dessen Zeit Rupert auf der Schule gewesen sein musste, und blätterte durch die Seiten, bis ich die Bilder erreichte.

Ich fuhr mit einem Finger über die Seite. Da war er. Sebastien Grenville. Von ihm musste Rupert gesprochen haben. Der Freund, der in dem See ertrunken war.

Das Bild war leicht verblichen, aber zeigte einen ernsten jungen Mann mit lockigem, dunklem Haar und einem intensiven Ausdruck in seinen dunklen Augen, als versuche er, durch die Kameralinse und direkt in die Seele des Fotografen zu sehen.

Ich legte das Jahrbuch ab und zog mein Telefon aus der Tasche. Neben Sebastiens vollem Namen tippte ich auch noch See und Unfall ein. Mehrere Zeitungsartikel erschienen in der Online-Suche.

Er war bei einem Schwimmunfall während eines Ausflugs mit seinen Freunden gestorben. Sie hatten sich Zutritt zu einem See verschafft, der aufgrund des tiefen und kalten Wassers gesperrt gewesen war.

»Was treibst du da?«

Ich zuckte zusammen und wirbelte herum. Tony Bambridge stand im Türrahmen der Bibliothek.

»Oh! Du hast mich beim Herumschnüffeln erwischt.« Schnell schob ich mein Handy zurück in meine Tasche.

Er schlenderte herein und schaute sich in der Bibliothek um. »Orte wie dieser erinnern mich immer an die alten Schultage. All die Stunden des erzwungenen Lernens und der Prüfungen. Das Wissen über Gleichungen und Vierecke hat mir noch nie etwas genützt.«

»Geht mir genauso. Obwohl es mir geholfen hat zu lernen, die verschiedenen Maßeinheiten beim Backen umzuwandeln. Sonst wäre ich beim imperialen und metrischen System und den Maßlöffeln vollkommen überfordert.«

Er zuckte mit den Schultern und sein Blick wanderte zu dem Tisch, auf dem ich das Buch abgelegt hatte. »Hey! Ist das ein altes Eton-Jahrbuch?«

Ich legte meine Hand darauf. »Ja. Lord Rupert hat einen Freund erwähnt, der starb, als ihr noch jünger wart. Ich war neugierig.«

Er hob sein Kinn. »Oh, das ist richtig. Sebastien. An den habe ich seit Jahren nicht mehr gedacht.«

»Darf ich fragen, was genau passiert ist?«

»Ich schätze schon. Es war eine sehr traurige Sache. Wir waren Idioten und haben herumgealbert, und dann hat Kendal zu Seb gesagt, dass er sich nicht trauen würde, in die Mitte des Sees zu schwimmen und so tief zu tauchen, wie er konnte. Das war so typisch für Kendal, und Seb hat immer versucht, ihn zu beeindrucken, also hat er mitgemacht.«

»War Kendal der Anführer der Gruppe?«

Wieder zuckte er mit den Schultern. »Er hat gerne so getan, als wäre er es. Wir haben Seb gewarnt und gesagt, dass er es nicht tun solle. Er war kein großartiger Schwimmer, aber das hat ihn aufgeregt und er meinte, er könne locker so weit schwimmen. Also haben wir ihn gelassen. Eigentlich standen wir sogar am Rand des Sees und haben ihn angefeuert. Kendal war am schlimmsten. Er hat immer wieder gerufen, was für ein Feigling Seb wäre und dass er es sich niemals trauen würde. Das letzte Mal, als ich Seb lebendig gesehen habe, hat er uns eine sehr unhöfliche Geste mit seiner Hand gezeigt, und dann ist er untergetaucht. Zuerst haben wir alle gejubelt. Dann ist er nicht wieder aufgetaucht. Dreißig Sekunden vergingen, und wir haben immer noch gejubelt. Dann wurde es eine Minute. Da setzte unsere Panik ein.«

»Was ist mit ihm passiert?«

»Die Rettungssanitäter haben vermutet, dass er sich in den Algen am Grund des Sees verfangen oder einen Krampf bekommen hat. Er könnte auch Wasser geschluckt und die Orientierung verloren haben und in die falsche Richtung geschwommen sein. Das weiß niemand mit Sicherheit.«

»Habt ihr versucht, ihn rauszuholen?«

Tony warf mir einen verärgerten Blick zu. »Natürlich. Wir haben nach ihm getaucht, während Rupert einen Krankenwagen gerufen hat. Zuerst dachte ich, Seb würde uns einen Streich spielen wollen. Dass er auf der anderen Seite des Sees wieder aufgetaucht ist und sich über uns Idioten kaputtlachte, die versuchten, ihn zu retten. Aber er ist nie aufgetaucht. Wir haben ihn nicht gefunden. Erst nachdem die Sanitäter auftauchten und die Rettungstaucher der Polizei gerufen haben, haben sie ihn gefunden. Zu dem Zeitpunkt gab es nichts mehr, was man hätte tun können. Er war eine gute Stunde lang unter Wasser.« Er schüttelte seinen Kopf und schaute weg.

»Das ist tragisch.«

Tony nickte. »Es ist fast, als wäre unsere Gruppe verflucht.«

»Warum sagst du so etwas?«

»Zwei von uns sind tot. Wir haben sogar selbst Scherze darüber gemacht. Zwei erhabene Junggesellen tot, bevor die Welt sehen konnte, was sie alles zu bieten hatten.«

Mein Herz pochte. Konnten diese beiden Tode miteinander in Verbindung stehen? Vielleicht war das nichts, aber jetzt, da mir die Idee gekommen war, konnte ich sie nicht mehr loslassen. Sebastien war bei einem tragischen Unfall umgekommen, einem Unfall, in den

Kendal involviert war, und jetzt war Kendal ermordet worden. Hatte seine Vergangenheit ihn eingeholt?

»Standen Kendal und du euch nahe?«, fragte ich.

»Nicht besonders. Vor sechs Monaten sind wir aneinandergeraten, als es um einen Geschäftsdeal ging. Danach haben sich die Dinge zwischen uns verschlechtert.«

»Ich hörte, du hast ihm Geld geliehen, und die Investition war nicht erfolgreich.«

Er hob eine Augenbraue. »Hast du das? Es passiert. Es war meine eigene Schuld, die Investition verloren zu haben.«

»Warst du nicht wütend auf Kendal, dass das Unternehmen keinen Erfolg hatte?«

»Klar war ich das.« Er wippte auf den Ballen seiner Füße auf und ab. »Ich habe mich von unserer Freundschaft blenden lassen. Kendal kam mir oft mit lächerlichen Geschäftsideen und hat es dann nie durchgezogen. Ich war beeindruckt, als er mit einer ersten Finanzierung und einem Business-Plan auftauchte. Da habe ich es vermasselt. Ich habe es mir nicht gründlich genug angesehen. Wenn ich das getan hätte, wäre mir aufgefallen, dass er den Plan nur geklaut hat. Er hat viele Ideen und Entwürfe aus anderen Plänen genommen und seinen Namen daruntergesetzt. Es war die Arbeit eines Anfängers und ich bin darauf reingefallen, weil wir Freunde waren. Ich wollte ihm eine Chance geben.«

»Wie viel hast du verloren?«

»Eine halbe Million.«

»Das ist eine Menge!« Und es gab ihm das perfekte Motiv für einen Mord.

Tonys Blick verengte sich und er trat einen Schritt näher. »Warum stellst du all diese Fragen über Kendal? Du kanntest ihn nicht. Er bedeutet dir nichts.«

»Er ist dort gestorben, wo ich lebe.«

Tony schnaubte. »Bild dir nichts ein. Du arbeitest in der Burgküche. Du bist wohl kaum die nächste Herzogin. Habe ich etwa eine kleine Schnüfflerin erwischt? Was, hast du gedacht, dass du tust? Diesen Mord aufklären, um dich bei Rupert einzuschmeicheln? Glaub ja nicht, ich hätte nicht bemerkt, wie er dich ansieht.«

Meine Augen weiteten sich. »Ich weiß nicht, was du meinst. Er sieht mich auf keine bestimmte Weise an.«

Er schmunzelte. »Er war schon immer anfällig für traurige Geschichten.«

»Meine Geschichte ist nicht traurig. Ich habe ein schönes Leben.«

»Was hast du Rupert erzählt, dass er dich so anhimmelt? Dass du eine Waise bist, die niemand liebt?«

»Es gibt viele Leute, denen ich wichtig bin. Ich habe Lord Rupert nicht getäuscht. Ich bin neugierig, was einem seiner Freunde zugestoßen ist. Und wie es scheint, gibt es einige Leute, die Kendal tot sehen wollten.«

»Schließt du mich da mit ein?«

Ich leckte über meine Lippen. »Seinetwegen hast du eine Menge Geld verloren. Ich wäre wütend gewesen, wenn ein Freund mich um so viel Geld betrogen hätte.«

Er hob seine Hand, doch ließ sie sofort wieder fallen. »Zeig nicht mit dem Finger auf mich. Ich habe ihn nicht umgebracht. Und ich habe genug Geld. Es Kendal zu geben, war einfach eine Verschwendung. Ich habe meine Lektion gelernt. Und wie es aussieht, hat Kendal seine Lektion ebenfalls gelernt. Jetzt kann er niemanden mehr betrügen.«

Noch jemand, der nicht um seinen toten Freund trauerte. »Hilf mir auf die Sprünge: Wo warst du noch mal, als Kendal gestorben ist?«

Er trat einen Schritt auf mich zu. »Nein. Das geht dich nichts an. Warum bist du nicht ein braves Mädchen und scherst dich zurück in deine Küche?«

Plötzlich schaute ich mich besorgt um. Wir waren allein.

»Verbreite bloß keine kleinen fiesen Gerüchte darüber, ich hätte etwas mit Kendals Tod zu tun. Wir alle wissen, dass es Izzie war. Sie steckt dahinter. Du musst mir keine unnötigen Probleme bereiten.«

»Ich will niemandem Probleme bereiten. Ich versuche nur, die Wahrheit herauszufinden.«

»Jeder kennt die Wahrheit. Lass es gut sein.«

Ich wich zurück und stieß gegen einen Stuhl.

Die Tür der Bibliothek öffnete sich. Der Herzog schlenderte hinein, in seinen Armen hielt er mehrere Bücher. »Oh! Menschen in meiner Bibliothek.«

»Ich bitte um Verzeihung, Euer Gnaden.« Ich drehte mich um und hastete dankbar für die Ablenkung auf die Tür zu. »Die Herzogin sagte, ich könnte die Bibliothek benutzen, um für meine Rezepte zu recherchieren.«

Er kniff die Augen zusammen, als hätte er mich noch nie im Leben gesehen. »Sehr gut. Ich freue mich immer über ein neues Festmahl aus der Küche.« Sein Blick wanderte zu Tony. »Sind Sie hier, um den Kronleuchter zu reparieren?«

»Oh, nein. Ich bin ein Freund von Rupert. Wir haben uns schon kennengelernt.« Tony kam herüber und streckte dem Herzog seine Hand entgegen.

Der Herzog blickte ihn prüfend an, bevor er nickte. »Einer seiner Schulfreunde, natürlich.« Dann wanderte er zu den Bücherregalen.

Tony warf mir einen letzten bösen Blick zu, bevor er aus der Bibliothek schritt.

Ich wartete ein paar Sekunden, bevor ich selbst hinaus huschte.

Tonys Verhalten war verdächtig. Und selbst ich wäre möglicherweise versucht gewesen, jemanden umzubringen, wenn ich so viel Geld verloren hätte. Egal, was er sagte, es musste ihn getroffen haben, so viel zu verlieren und von einem Freund hintergangen worden zu sein.

Warum wollte er, dass ich den Mund hielt? Wenn es keinen Grund gab, an seiner Unschuld zu zweifeln, dann sollte er an meinen Fragen nichts auszusetzen haben.

Ich hätte auf mein Bauchgefühl hören sollen. Dieses Mysterium war noch nicht vorbei.

Kapitel 18

»Puh! Was für ein Tag.« Louise grinste mich an, als sie ihre Schürze abnahm. »Ich werde nach Hause gehen und mir ein Fußbad einlassen. Meine Füße fühlen sich an, als wären sie auf ihre doppelte Größe angeschwollen, weil ich so viel herumgerannt bin.«

»Meine auch«, sagte ich. »Die Sonne hat so viele Besucher hergelockt.«

»Sie gehen nirgendwohin.« Chef Heston kam mit einer leeren Kuchenplatte herein. »Lord Rupert hat Nachmittagstee bestellt. Und er will, dass Sie ihn ihm bringen.«

Ich schaute auf die Uhr. »Es ist sechs Uhr. Sollte er jetzt nicht zu Abend essen?«

»Stellen Sie Lord Ruperts Bitte in Frage?«

»Auf keinen Fall! Er kann seinen Nachmittagstee haben, wann immer er will.«

»Bringen Sie ihm eine Auswahl des frischen Gebäcks aus dem Kühlschrank. Und beeilen Sie sich«, sagte Chef Heston.

Ich nickte. Ich hatte gehofft, heute Abend pünktlich Feierabend machen zu können, damit ich über mein Gespräch mit Tony nachdenken und mir Gedanken über meinen nächsten Schritt machen konnte. Das würde jetzt nicht mehr passieren.

Ich verabschiedete mich von Louise und huschte in der Küche herum, um den Nachmittagstee vorzubereiten. Ich wählte frische Küchlein, Brownies mit dunkler Schokolade und eine Auswahl an Sandwiches ohne Kruste. Ich brühte den Tee in Ruperts liebster Porzellan-Teekanne und stellte alles auf einen Servierwagen. Dann schob ich ihn durch die Burg in Richtung von Ruperts privaten Räumlichkeiten.

Als ich erhobene Stimmen aus dem großen Salon dringen hörte, wurde ich langsamer. Die Tür stand einen Spalt breit offen und ich linste durch die Lücke.

Es waren Chris und Simon. Chris hatte seine Hände zu Fäusten geballt, während Simons Gesicht knallrot war und seine Haare in alle Richtungen abstanden, als wäre er mehrfach mit den Händen hindurchgefahren.

»Du musst ruhig bleiben.« Chris starrte Simon eindringlich an. »Es gibt nichts, worüber du dir Sorgen machen müsstest. Das alles ist bald wieder vorbei.«

Simon lief im Zimmer auf und ab. »Da bin ich mir nicht so sicher. Ich glaube nicht, dass sie etwas damit zu tun hat.«

»Natürlich hatte sie das. Izzie war besessen von Kendal. So war sie schon, seit wir Teenager waren, ist ihm immer hinterhergelaufen wie ein verirrter Welpe. Es war erniedrigend. Ich habe Izzie sogar zur Seite genommen und ihr gesagt, dass sie ein neues Hobby braucht. Sie wollte nicht auf mich hören. Sie war entschlossen, Kendal für sich allein zu haben.«

Ich biss mir auf die Unterlippe. Sie unterhielten sich über den Mord an Kendal.

Simon schüttelte den Kopf. »Mittlerweile ist Izzie anders. Sie hat sich verändert.«

»Sie hat sich nicht verändert. Warum hätte sie sonst in der Nacht, als Kendal ermordet wurde, vor der Burg herumschleichen sollen? Sie hat darauf gehofft, einen Blick auf ihn zu erhaschen. Das ist erbärmlich.«

Simon ging auf Chris zu. »Ich habe dir schon gesagt, dass sie es nicht gewesen sein kann. In der Nacht des Mordes war sie mit mir zusammen.«

Meine Augen wurden groß, ich schlug mir die Hand über den Mund. Izzie war unschuldig!

»Hör zu, Kumpel, sie mag an diesem Abend mit dir zusammen gewesen sein, aber sie stand immer noch auf Kendal. Ich habe dir das noch nicht erzählt, weil ich weiß, dass du sie magst, aber als ich Kendal zu diesem Wochenende abgeholt habe, war Izzie in seinem Apartment.«

»Was? Was hat sie dort gemacht?«

»Unzufrieden ausgesehen. Ich habe nicht erwartet, sie dort zu sehen, aber Kendal meinte, sie wäre unangekündigt aufgetaucht und hätte gefordert, dass sie ihn reinlässt. Das hat er getan, weil er nicht wollte, dass die Nachbarn sich über ihr Geschrei auf der Straße beschweren, wenn sie wieder eine Szene macht.«

Simon ließ sich auf ein Sofa fallen und rieb sich die Stirn. »Izzie hat gesagt, dass sie mich mag. Sie hat nie erwähnt, sich mit Kendal zu treffen.«

»Was bedeutet, dass du ihr nicht vertrauen kannst.« Chris nahm den Platz neben Simon ein und klopfte ihm auf den Rücken. »Da draußen gibt es viel bessere Frauen für dich. Ausgeglichenere. Frauen, die dich nicht verarschen und die du mit nach Hause zu deiner Familie mitnehmen kannst, ohne einen Skandal zu verursachen.«

Simon ließ die Schulter hängen. »Aber ... ich mag sie.«

Sie ist schlecht für dich, Mann. Sie hat dich mit Kendal betrogen.«

»Vielleicht hast du das falsch verstanden. Hat Kendal wirklich gesagt, dass sie noch zusammen waren?«

»Sie wollte mit ihm zusammen sein. Nach allem, was wir wissen, könnte Izzie sich nur mit dir getroffen haben, um näher an Kendal ranzukommen. Oder vielleicht dachte sie, sie könnte ihn mit dir eifersüchtig machen, wenn er erfährt, dass ihr miteinander geht. Was auch immer in ihrem Kopf vorgegangen ist, es war nicht normal. Sie ist schuldig.«

»Sie kann Kendal nicht umgebracht haben. Sie war bei mir.«

»Und du möchtest darüber schweigen«, sagte Chris. »Soweit wir wissen, kennt die Polizei den genauen Zeitpunkt nicht, an dem Kendal gestorben ist. Sie werden nie den genauen Todeszeitpunkt kennen. Das ist alles nur geschätzt.«

»Es ist ein bisschen mehr als eine Schätzung.«

»Klar, aber es ist trotzdem ein Zeitraum von mehreren Stunden. Izzie könnte sich nachts rausgeschlichen und sich mit Kendal getroffen haben. Vielleicht war sie sogar bei ihm, nachdem ihr ein bisschen Zeit miteinander verbracht habt.«

»Ich kann es nicht glauben«, sagte Simon. »Sie war bei mir, als er gestorben ist.«

»Wenn du deine Geschichte jetzt änderst, wird das verdächtig aussehen. Und auch ich werde schlecht dastehen. Du bist mein Alibi. Wir decken uns gegenseitig.«

Simon schwieg für einen Moment. »Du ... hast es nicht getan, oder? Ich meine, ich weiß, dass du ein paar Probleme mit Kendal hattest.«

»Natürlich nicht! Ich will nicht ins Gefängnis gehen. Dieses Opfer wäre Kendal nicht wert gewesen. Alter, wir sind beste Kumpel. Vergiss nicht unseren Ehrenkodex aus der Schule. Die Freunde kommen zuerst. Unsere Freundschaft wird ewig halten. Mädchen kommen und gehen. Das werden sie immer. Bei uns ist es eine Sache fürs Leben.«

Simon gluckste finster. »Das klingt fast so, als wären wir verheiratet.«

»Das ist die richtige Einstellung.« Chris klopfte ihm noch einmal auf den Rücken. »Und es ist unmöglich, dich von mir scheiden zu lassen. Es ist die Freundschaft, die am wichtigsten ist. Wir passen aufeinander auf. Keiner von uns hat Kendal umgebracht. Klar, er konnte eine riesige Nervensäge sein. Er hat uns alle mit seinen dämlichen Scherzen drangekriegt. Aber das war egal. Er war Teil der Gruppe. Wir stechen einander kein Messer in den Rücken.«

»Was ist mit Izzie?«, fragte Simon. »Ich kann sie nicht für etwas, das sie nicht getan hat, ins Gefängnis gehen lassen.«

»Du musst dieses Mädchen vergessen. Sie ist nicht gut für dich. Tu nichts unsagbar Dummes und Heldenhaftes und behaupte, du hättest Kendal umgebracht«, sagte Chris. »Das würde nichts bringen.«

»Das hatte ich nicht vor. Aber ich könnte der Polizei einen anonymen Hinweis geben.«

»Der dich trotzdem wieder in diesen ganzen Schlamassel reinziehen würde. Izzie hat dich betrogen. Vielleicht ist sie nicht des Mordes schuldig, aber das hat sie getan. Geschieht ihr recht. So jemanden willst du nicht in deinem Leben haben. Sie wird dich fertigmachen, wenn man dich mit ihr und ihrem schlechten Ruf in Verbindung bringt.«

Simon seufzte. »Vielleicht hast du recht. Ich meine, sie hätte mir die Wahrheit über sich und Kendal sagen sollen.«

Schock sickerte durch mich hindurch. Das konnte er nicht zulassen. Simon wusste, dass Izzie unschuldig war. Und da Simon und Izzie zusammen waren, als Kendal ermordet worden war, waren sie beide unschuldig. Aber was war mir Christian? War er der Mörder?

Mir war nichts Verdächtiges aufgefallen, als wir uns unterhalten hatten. Er schien ein anständiger Kerl zu sein. Hatte er mich getäuscht? Hatte er jeden hier getäuscht und versuchte, Izzie den Mord anzuhängen, den er begangen hatte?

»Wem hören wir zu?«

Ich schreckte zusammen und wirbelte herum. »Lady Philippa!« Es war das erste Mal, dass ich sie außerhalb ihrer Räumlichkeiten sah. »Was machen Sie ...? Ich meine, wie sind Sie hierhergekommen?«

Sie kicherte. »Ich habe deine Theorie auf die Probe gestellt. Die Tür zu meinem Gefängnis war nicht verschlossen. Das muss ein Fehler meines Gefängniswärters gewesen sein. Ich habe die Gelegenheit beim Schopf gepackt und bin geflohen. Also, na los, wen belauschen wir hier?«

Ich drückte einen Finger an meine Lippen, realisierte dann, wie respektlos das war, und errötete. Immerhin war sie eine richtige Lady, mit großem L. Ich war nicht in der Position, ihr zu sagen, dass sie still sein sollte.

Sie wedelte mit einer Hand durch die Luft, als wollte sie mein unangebrachtes Verhalten abwinken. »Erzähl mir alles. Das hat mit dem Mord zu tun, nicht wahr?«

Bevor ich die Chance hatte, etwas zu erwidern, wurde die Tür zum großen Salon aufgezogen. Christian stand da und starrte uns an. »Lady Philippa. Es ist schön, Sie wiederzusehen.« Er nahm ihre Hand und wollte sie für einen Handkuss an seinen Mund führen, aber sie zog sie zurück.

»Das ist nicht nötig. Was macht ihr zwei da drin?« Sie linste an Christian vorbei.

Simon hastete zur Tür und gesellte sich zu ihm. »Lady Philippa, es ist wie immer ein Vergnügen.«

»Natürlich ist es das. Aber ihr habt meine Frage immer noch nicht beantwortet. Wir sind an eurer Unterhaltung interessiert. Ihr diskutiert den Mord, ist es nicht so?«

Ich warf ihr einen schockierten Blick zu. Lady Philippa mochte immun gegen den Zorn von Christian und Simon sein, aber ich war das ganz und gar nicht. Ich konnte nicht auf ein privates Elite-Sicherheitsteam setzen, um auf mich aufzupassen, wenn die Dinge furchtbar schief laufen würden.

Christian legte seinen Arm fest um Simons Schulter und schob ihn zur Tür hinaus. »Mord! Nichts dergleichen. Wir haben über ... Sport gesprochen.«

»Und Frauen«, stammelte Simon.

Lady Philippa zog eine Augenbraue nach oben. »Ihr müsst eure Gespräche auf andere Themen ausweiten, sonst werdet ihr nie eine Dame bei euch halten können. Wir brauchen stimulierende Unterhaltungen.«

»Vollkommen richtig. Wir werden uns gleich an die Arbeit machen. Komm, Simon.« Christian zog ihn mit sich.

»Mädchen, wir müssen reden.« Lady Philippa griff mit überraschend kräftigen Fingern für eine so winzige Frau nach meinem Arm, und wir gingen zurück in ihr Quartier.

Als sie sich wieder in ihren Sessel niederließ, stieß sie ein erleichtertes Seufzen aus. »Das war genug Flucht für heute. Also, erzähl mir alles, was du diese beiden Jungs hast sagen hören. Ich weiß, dass sie nicht über Sport und Damen gesprochen haben.«

Nach dem, was ich mit angehört hatte, war ich immer noch damit beschäftigt, meine Gedanken zu ordnen. »Es gibt ein Problem.«

»Mit der Mordermittlung«, sagte sie. »Das hat mir meine Voraussage verraten.«

Ich nickte, immer noch nicht sicher, wie präzise diese waren. »Was hat sie Ihnen offenbart?«

»Dass niemand sicher ist. Es ist noch immer ein Mörder auf freiem Fuß, obwohl die Polizei jemanden verhaftet hat.«

»Ich glaube, Sie haben recht.«

»Dafür muss man nicht glauben. Ich weiß, dass ich recht habe. Die junge Frau, die verhaftet wurde, ist unschuldig.«

»Und ich weiß, wer Kendal wirklich umgebracht hat«, sagte ich. »Während ihrer Unterhaltung hat Simon zugegeben, dass Izzie zur Tatzeit bei ihm war. Christian hat sein Bestes gegeben, ihn davon zu überzeugen, weiter zu schweigen. Simon ist sein Alibi. Wenn die Polizei die Wahrheit erfährt, hat er niemanden, der ihm den Rücken freihält.«

»Und er hätte Kendal einfach bei einer Zigarre oder einem Brandy mit nach draußen begleiten und ihm auf den Hinterkopf schlagen können. Er hätte nicht zweimal über einen nächtlichen Spaziergang mit einem alten Freund nachgedacht.«

»Die Polizei hat die falsche Person. Izzie war es nicht.«

Lady Philippa schlug sich an die Brust und keuchte auf.

»Was ist los? Ist es Ihr Herz?« Ich rannte zu ihr und kniete mich neben sie.

»Nur eine ... Prophezeiung.« Sie nahm meine Hand. »Oh! Holly, du musst vorsichtig sein. Ich sehe, dass dir dunkle Zeiten bevorstehen. In genau diesem Augenblick kommen sie. Gefahr ist im Anmarsch.«

»Gefahr! Für mich? Sie glauben doch nicht, dass Christian versuchen wird, mich zum Schweigen zu bringen? Ich muss das, was ich gehört habe, der Polizei berichten, oder wenigstens Campbell. Der wird ihn aufhalten.«

Sie schüttelte den Kopf. »Campbell ist Teil deines Problems. Er ist die Gefahr, die ich sehe.«

»Campbell?« Das musste ein Fehler sein. »Lady Philippa, vielleicht haben Sie sich zu sehr verausgabt. Die ganze Aufregung darüber, Ihr Zimmer verlassen zu haben. Sie sollten sich ausruhen. Campbell beschützt jeden in dieser Burg. Er würde mir nicht wehtun.«

Sie schwieg einen Moment, ihre Hand zitterte, während sie sich an mich klammerte. »Ich fühle mich müde. Aber vergiss nicht meine Worte. Du steckst in ernsten Schwierigkeiten.«

»Was muss ich tun, um die Schwierigkeiten zu umgehen?« Ich half ihr aus dem Sessel und begleitete sie in ihr Schlafzimmer.

»Ich würde vorschlagen, dass du weglaufen solltest, aber das würde dich nur schuldig aussehen lassen.«

»Schuldig weswegen?«

»Alles, was ich in deiner Zukunft sehen kann, sind Dunkelheit und Angst.« Sie ließ sich auf ihre seidenen Kissen senken und schloss ihre Augen.

Horatio öffnete ein Auge, bevor er sich herüber schleppte und seinen Kopf auf ihrem Bauch ablegte.

»Was soll ich tun?« Ihre Worte klangen so ernst, dass ich nicht anders konnte, als sie zu glauben. Aber Lady Philippa konnte nicht recht haben. Warum sollte Campbell eine Gefahr für mich darstellen?

Sie schloss ihre Augen und sagte nichts mehr.

Ich wollte sie anstupsen, sie fragen, was ich tun sollte, um dieser Gefahr zu entgehen, aber ich wollte sie nicht noch weiter drängen. Wie auch immer diese Vorhersagen zustande kamen, sie erschöpften sie.

Im nächsten Augenblick schien Lady Philippa eingeschlafen zu sein, ihre Brust hob und senkte sich in regelmäßigen Abständen. Ich deckte sie fest mit ihrer Kaschmirdecke zu, dann zog ich mich langsam aus ihren Räumlichkeiten zurück und ging die Steintreppe hinunter.

Wenn Christian Kendal umgebracht hatte, würde er mich nicht angreifen. Wenn er das tat, könnte Lady Philippa allen erzählen, was passiert war.

Ich zog eine Grimasse. So weit sollte ich es besser nicht kommen lassen.

Ich eilte zu meinem verlassenen Servierwagen mit dem Kuchen und dem Tee zurück. Ich überprüfte die Teekanne und runzelte die Stirn. Der Tee war lauwarm und sah abgestanden aus. Ich würde zurück in die Küche gehen und einen neuen aufsetzen müssen.

Wenn Chef Heston mich dabei erwischte, bekäme ich echte Schwierigkeiten. Vielleicht war das die Dunkelheit, die Lady Philippa gesehen hatte. Chef Heston, der mich anschrie. Wenn das das Schlimmste war, was mir heute Abend zustoßen würde, dann könnte ich damit umgehen.

Ich drehte den Servierwagen um und setzte mich in Bewegung. Doch als Campbell sich plötzlich vor mir aufbäumte, erstarrte ich an Ort und Stelle.

Ich stieß meinen Atem aus und versuchte, mein rasendes Herz zu beruhigen. »Ich wünschte, Sie würden das nicht machen.«

»Was machen?«, fragte er.

»Diese gruseligen leisen Spionen-Auftritte. Meine Nerven wurden heute Abend schon genug strapaziert.«

»Dann seien Sie darauf vorbereitet, sie noch weiter zu strapazieren. Holly Holmes, ich verhafte Sie wegen des Mordes an Kendal Jakes.«

Kapitel 19

Ich starrte Campbell an, meine Finger klammerten sich an den Wagen, während Lady Philippas Worte mich zu überwältigen drohten. »Ist das die Rache dafür, dass ich Fragen gestellt habe, obwohl ich es nicht sollte?«

»Es ist kein Scherz. Ich meine es todernst.«

Meine Augen verengten sich. Er sah superernst aus und ein bisschen einschüchternd. »Ich muss noch Essen ausliefern. Können Sie mich später verhaften?«

Er blinzelte nicht einmal. »Nein.«

Oh, meine Güte, das passierte wirklich. »Warum denken Sie, ich hätte etwas mit Kendals Mord zu tun?«

»Ich werde Sie für ein offizielles Verhör aufs Polizeipräsidium bringen. Dort werden Sie alles erfahren. Es sei denn, Sie möchten jetzt gleich gestehen.«

Ich wich zurück, mein Herz pochte. »Ich habe es nicht getan.«

»Machen Sie keine Schwierigkeiten, Holly.«

Meine Handflächen wurden klamm, während mein Herz in einen ungesunden Rhythmus überging.

»Und denken Sie nicht mal daran, wegzulaufen.« Campbell kam zu mir und griff nach meinem Arm.

»Das hatte ich nicht vor.« Die mit Panik geflutete Stelle in meinem Gehirn hatte es absolut in Betracht gezogen, aber ich hätte maximal fünf Schritte geschafft, ehe Campbell mich zu Boden werfen würde.

Ich ließ mich von ihm aus der Burg zu einem wartenden schwarzen Auto führen.

Campbell nahm auf dem Fahrersitz Platz. Saracen saß neben ihm. Ich war auf der Rückbank und fühlte mich schuldig, obwohl ich nichts getan hatte, worüber ich mir Sorgen machen müsste.

»Warum glauben Sie, ich hätte Kendal umgebracht?«, fragte ich, als der Wagen sich in Bewegung setzte.

Keiner von ihnen antwortete.

»Sie müssen mir einen Hinweis geben. Sollte ich einen Anwalt anrufen?«

»Das ist Ihr Recht«, sagte Campbell. »Denken Sie, dass Sie einen brauchen?«

»Ich bin unschuldig, aber Sie scheinen etwas anderes zu denken. Warum?«

Wieder bekam ich keine Antwort auf die Frage.

Ich nahm ein paar tiefe, beruhigende Atemzüge, während ich versuchte, dem Ganzen einen Sinn zu entlocken. Ich hätte mich aus allem raushalten sollen, wie Campbell es mir von Anfang an gesagt hatte. Wenn ich nicht herumgeschnüffelt und mich eingemischt hätte, dann hätte ich jetzt die Beine auf dem Sofa hochgelegt, würde mit Meatball kuscheln und darüber nachdenken, was es zum Abendessen geben sollte. Meine Granny Molly sagte immer, dass ich zu neugierig für mein eigenes Wohl war. Das war jetzt wahrer denn je.

Die Fahrt zur Polizeistation dauerte nur zehn Minuten. Sobald wir geparkt hatten, kletterte Saracen von seinem Sitz und wartete draußen.

Campbell drehte sich auf seinem Platz zu mir um. »Beantworten Sie einfach die Fragen. Verheimlichen Sie nichts.«

»Sind Sie sicher, dass das kein Scherz ist?« Das war die einzige Erklärung, mit der ich diesem Szenario irgendeinen Sinn entlocken konnte.

»Wie Sie bestimmt schon wissen, mache ich keine Scherze.«

»Was bedeutet, dass Sie etwas gegen mich in der Hand halten. Was ist es? Bitte, nur einen Hinweis.«

»Legen wir los.« Er stieg aus dem Fahrzeug aus und öffnete die Tür für mich.

Eine Sekunde lang dachte ich darüber nach, zu protestieren und mich nicht vom Fleck zu rühren, aber Campbell könnte mich einfach hier rausziehen und ins Präsidium tragen.

Es gab nichts, was ich tun konnte, außer ihm in das Gebäude zu folgen und mich meinem Schicksal stellen, während Saracen für den Fall hinter uns lief, dass ich versuchen würde zu fliehen.

»Ist der Befragungsraum bereit?«, fragte Campbell die Polizisten an der Rezeption.

»Sie stehen für Sie bereit, Sir.«

Mir war schwindlig, als ich an der Rezeption vorbei und durch einen beigefarbenen Flur geführt wurde, hinein in einen kleinen Raum mit nur einem Tisch und ein paar Stühlen darin.

»Ist dieser Raum schallisoliert?«, fragte ich, als ich mich setzte.

»Zweifelhaft. Warum möchten Sie das wissen?«, erwiderte Campbell.

»Wenn er es ist, könnten Sie mich foltern, wie Sie wollen, und niemand würde es mitbekommen.«

Er seufzte, als er auf dem Stuhl mir gegenüber Platz nahm. »Holly, das ist eine ernste Angelegenheit.«

»Das habe ich verstanden. Aber ich weiß immer noch nicht, warum Sie denken, ich wäre in Kendals Mord involviert. Sie haben mich als Verdächtige fallen lassen.«

Die Tür öffnete sich und ein Polizeibeamter trat ein. Er nickte Campbell zu und schaute mich an, bevor er sich auf den letzten freien Platz setzte.

»Das ist Detective Inspector Gerald vom Polizeibezirk Cambridgeshire«, sagte Campbell. »Er unterstützt die Ermittlungen an der Burg.«

Ich erkannte ihn von meinen vielen Ausflügen durch Audley St. Mary wieder, bei denen ich meine Kuchen ausgeliefert hatte. Er hatte ein langes, dünnes Gesicht und eine breite Nase und sah aus, als könnte er eine ordentliche Mütze Schlaf vertragen. Er legte einen Notizblock auf den Tisch, zusammen mit einem Stift und einer Akte.

Campbell nickte ihm zu, bevor er seine Aufmerksamkeit wieder auf mich richtete. »Beginnen wir mit Ihrer Beziehung zu Kendal Jakes.«

»Ich hatte keine Beziehung zu ihm«, sagte ich. »Ich kannte ihn nicht.«

»Sie haben ihn getroffen, als er eintraf, um in der Burg zu übernachten, ist das korrekt?«

»Nur einmal.« Ich schaute von Campbell zu dem Inspector. »Und das auch nur für ein paar Minuten. Ich habe Lord Rupert und seinen Freunden an ihrem ersten Abend dort einige Desserts gebracht.«

»Welchen Eindruck hatten Sie von Kendal, nachdem Sie ihn getroffen hatten?«, fragte Campbell.

»Er hatte getrunken und war vielleicht etwas zu freundlich.«

»Hat er sich Ihnen auf unangemessene Weise genähert?«

»Kendal war ein bisschen grob. Aber das habe ich Ihnen bereits gesagt. Diese Information ist nicht neu.«

»Und jetzt erzählen Sie es noch mal«, sagte Campbell. »Sein Verhalten muss Sie verärgert haben.«

»Ich habe schon Schlimmeres erlebt. Und Lord Rupert ist eingeschritten, genau wie seine anderen Freunde. Es war im nächsten Moment wieder vorbei. Ich bin gegangen und habe nicht mehr darüber nachgedacht.«

»Dennoch haben Sie weiter in den Mordermittlungen herumgeschnüffelt. Warum haben Sie das getan?«, fragte Campbell.

»Weil ich nicht glaube, dass Izzie schuldig ist.«

Campbells Augen verengten sich. »Liegt das daran, dass Sie Kendal umgebracht und nun ein schlechtes Gewissen haben?«

»Nein!« Ich tippte auf die Tischplatte. »Ich habe herausgefunden, dass Izzie unschuldig ist. Ich habe eine Unterhaltung zwischen Simon und Christian mit angehört. Izzie war mit Simon zusammen, als Kendal ermordet wurde. Sie kann es nicht getan haben.«

Campbell schaute zu Detective Inspector Gerald. »Haben Sie sie zusammen gesehen?«

»Nein. Höchstwahrscheinlich waren sie in Simons Schlafzimmer. Zu der Zeit habe ich schon tief und fest geschlafen.«

»Dort, behaupten Sie, zum Tatzeitpunkt gewesen zu sein.« Detective Inspector Gerald schaute in die Akte, die er mitgebracht hatte.

»Ich behaupte gar nichts. Genau so war es.«

»Dennoch haben Sie nur Ihren Hund als Alibi.«

»Sie hören nicht zu. Christian hat darauf bestanden, dass Simon ihn deckt. Simon lügt, um seinen Freund zu schützen. Sie sollten nicht mit mir hier reden. Sie müssen sich mit Christian unterhalten.«

»Warum versuchen Sie so vehement, die Aufmerksamkeit von sich zu lenken? Haben Sie etwas zu verbergen?«, fragte Detective Inspector Gerald.

»Ich verberge nichts. Und ich lenke keine Aufmerksamkeit um. Ich versuche zu helfen.«

»Zuerst haben Sie Miss Northcott verfolgt und Gerüchte verbreitet, sie hätte Kandel getötet. Als das nicht funktionierte, haben Sie sich ein neues Ziel gesucht. Erklären Sie dieses Verhalten.«

»Es ist das Verhalten einer Frau, die entschlossen ist, die Wahrheit herauszufinden. Ein Konzept, mit dem Sie offensichtlich Schwierigkeiten zu haben scheinen.«

Campbell räusperte sich. »Bleiben wir doch höflich, Holly.«

»Sie müssen entschuldigen, wenn ich etwas gereizt bin, aber Sie versuchen gerade, mir diesen Mord anzuhängen. Das werde ich nicht zulassen. Sagen Sie mir, warum ich hier bin.«

Campbell und Detective Inspector Gerald tauschten einen Blick aus.

Campbell nickte. »In Ordnung. Wir haben einen Beweis dafür gefunden, dass Sie Kendal ermordet haben.«

Das war die Information, auf die ich schon die ganze Zeit wartete. »Was für einen Beweis?«

»Ihre Fingerabdrücke auf der Mordwaffe.«

Es fühlte sich an, als würde der gesamte Sauerstoff aus dem Raum gezogen werden. Ich versuchte zu atmen, aber alles, was ich hören konnte, war ein seltsames Zischen, das aus meinem Mund kam.

Ich klammerte mich an den Tisch und starrte Campbell an. »Was war die Mordwaffe?«

Detective Inspector Gerald lehnte sich vor. »Warum sagen Sie uns nicht, was Sie benutzt haben? Ich lege ein gutes Wort für Sie ein, wenn Sie kooperieren. Das könnte sich beim Urteil zu Ihren Gunsten auswirken.«

Mein Kopf wurde leer, meine Hände zitterten. Ich musste die Kontrolle über diese Situation bekommen. »Sagen Sie mir mein Motiv, präsentieren Sie mir Zeugen und einen Zeitplan mit meinen Bewegungen, die zu Kendals Mord geführt haben sollen.«

»Daran arbeiten wir bereits«, sagte Detective Inspector Gerald.

»Sie werden lange arbeiten müssen, weil ich es nicht getan habe.« Ich konzentrierte mich auf Campbell. Der Hauch von etwas, das ich nicht deuten konnte, schimmerte in seinem Blick.

»Die Mordwaffe war ein Spaten«, sagte er.

»Dann war ich es auf keinen Fall. Wenn Sie gesagt hätten eine schwere Bratpfanne oder ein gusseisernes Grillsieb, die halte ich ständig in Händen, aber ich war nicht mal in der Nähe irgendwelcher Gartengeräte. Ich kann mich nicht daran erinnern, wann ich das letzte Mal ...« Meine Augen weiteten sich und ich schluckte.

»Was ist los?« Campbell zog die Augenbrauen zusammen. »Woran erinnern Sie sich?«

»Ich meine, es ist möglich, dass meine Fingerabdrücke auf einem Spaten gefunden wurden, aber nicht, weil ich ihn benutzt habe, um Kendal zu töten. Vor ein paar Tagen habe ich den Gärtnern geholfen, ihre Gerätschaften einzuladen, als sie mit dem neuen Gedenkgarten fertig waren. Ich habe alles Mögliche aufgehoben. Wurde der Spaten dort gefunden?«

»Warum sagen Sie uns nicht, wo Sie ihn zurückgelassen haben?«, fragte Detective Inspector Gerald.

Ich konnte dem Drang, unhöflich zu werden, nur knapp widerstehen. Meine Freiheit stand auf dem Spiel. »Nirgendwo, weil ich Kendal nicht umgebracht habe.«

»Ihre Fingerabdrücke waren die neuesten auf dem Spaten. Sie haben die Abdrücke nur spärlich abgewischt. Und es befanden sich Spuren von Kendals Blut an der Waffe«, sagte Detective Inspector Gerald.

»Und wo habe ich diese beweisschwere Mordwaffe versteckt?« Meine Stimme bebte.

»Sie wurde zwischen den anderen Geräten gefunden, die die Gärtner benutzen«, sagte Campbell.

»Es war clever, ihn dort zu verstecken. Ich vermute, Sie haben gehofft, dass er benutzt und der Beweis damit zerstört werden würde«, sagte Detective Inspector Gerald.

Mein Kopf schwankte von Seite zu Seite. »Ich habe Kendal nicht umgebracht! Warum hätte ich das tun sollen?«

Campbell lehnte sich in seinem Stuhl nach hinten. Etwas, das aussah wie Enttäuschung huschte über sein Gesicht. Er hatte mich aufgegeben.

»Wenn Sie jetzt gestehen, könnten wir einen Deal machen. Aus Ihrer Aussage gegenüber Campbell geht hervor, dass Kendal sich Ihnen auf unerwünschte Weise genähert hat. Wenn Lord Rupert und seine Freunde das bestätigen, könnte die Strafe gemindert werden«, sagte der Inspector.

»Strafe! Nein, auf keinen Fall. Das ist falsch. Ich habe ihn nicht umgebracht. Ich habe es nicht gutgeheißen, dass er anstößige Kommentare gemacht hat, aber deswegen würde ich niemals jemanden umbringen. Campbell, Sie müssen mir glauben. Sie kennen mich.«

Er schaute weg. »Das dachte ich. Normalweise bin ich ausgezeichnet darin, den Charakter von jemandem zu bewerten. Sie haben nur ein schlechtes Alibi für die Nacht. Niemand kann bezeugen, wo Sie waren. Glauben Sie mir, ich habe mich umgehört.«

»Außerdem sind Ihre Fingerabdrücke auf der Mordwaffe. Ich vermute, eine Durchsuchung Ihrer Wohnung wird Erde auf Ihrer Kleidung und den Schuhen offenbaren, die aus dem Wald stammt, wo die Leiche vergraben wurde«, sagte Detective Inspector Gerald mit selbstgefälliger Stimme. Er dachte, er hätte diesen Fall gelöst.

»Wahrscheinlich werden sie die finden«, sagte ich. »Sie scheinen vergessen zu haben, dass ich die Leiche zusammen mit Prinzessin Alice gefunden habe. Ich stapfe ständig durch den Schlamm. Und ich gehe oft über die Anlage, wenn ich mit meinem Hund spazieren gehe.«

»Und das ist die andere Sache.« Der Inspector hatte ein triumphierendes Leuchten in den Augen. »Sie wussten, wo sie Leiche war.«

»Nein!« Himmel, wie hatte es dieser Kerl zum Inspector geschafft? »Sie verdrehen das alles. Mein Hund, Meatball, hat die Leiche gewittert und uns hingeführt. Ich hatte keinen Schimmer davon, dass Kendal im Wald vergraben war. Und es hätte keinen Sinn gemacht, mit Meatball in den Wald zu gehen, wenn ich dort eine Leiche versteckt hätte. Ich weiß, wie er ist, er kann widerliche Gerüche schon aus meilenweiter Entfernung riechen. Ich sage Ihnen die Wahrheit. Ich habe nichts damit zu tun.«

Die Tür zum Befragungsraum wurde aufgeworfen. Lord Rupert stolperte hinein, auf der rechten Seite seiner Stirn klebte ein großer Verband. Seine Augen weiteten sich, als er mich sah. Direkt hinter ihm war ein großer, imposanter Mann in einem teuren Anzug, in seiner Hand hielt er einen Aktenkoffer.

»Ich fordere, dass Sie Holly Holmes auf der Stelle gehen lassen«, sagte Rupert, leuchtende Farbtupfer prangten auf beiden Wangen.

Campbell stand auf. »Lord Rupert, wir befragen Holly lediglich. Zu diesem Zeitpunkt wird keine offizielle Anklage erhoben.«

»Was bedeutet, dass es ihr freisteht, zu gehen.« Rupert deutete mir an, aufzustehen. »Wenn Sie noch weitere Fragen an sie haben, klären Sie das über unseren Familienanwalt. Smitherington wird sich um sämtliche Anfragen kümmern. Und das nächste Mal, wenn Sie ein Mitglied meiner Belegschaft für ein Verhör wegschleppen, werden Sie mich vorher darüber informieren. Sie ist ein wertvolles Mitglied des Teams und sie ohne Vorwarnung von ihren Pflichten abzuziehen, ist nicht akzeptabel.«

Campbell straffte seine Schultern und führte seine Hände vor seinem Körper zusammen. »Das ist zu Ihrer eigenen Sicherheit, Sir. Die Sicherheit der Familie hat Vorrang vor anderen Unannehmlichkeiten.«

Rupert baute sich zu seiner vollen, nicht unerheblichen Größe auf und funkelte Campbell böse an. »Vergessen Sie nicht, wer Ihr Arbeitgeber ist.«

»Das würde ich niemals tun, Sir. Aber –«

»Holly, komm mit mir.« Rupert hielt mir seine Hand entgegen.

Ich überlegte, danach zu greifen, aber dann sprang ich alleine von meinem Platz auf und eilte ihm nach. Als ich zurückblickte, sah ich die finsteren Blicke von Campbell und Detective Inspector Gerald.

Ich war zwar noch nicht aus dem Schneider, aber wie es aussah, würde ich eine Gnadenfrist erhalten.

Rupert murmelte leise vor sich hin, während er neben mir herlief, der Anwalt blieb hinter uns.

»Was ist mit deinem Kopf passiert?«, flüsterte ich.

»Oh! Ein Unfall. Einer der Buggys, die die Platzwarte benutzen, ist außer Kontrolle geraten. Ich wäre beinahe überfahren worden.« Er berührte seinen Verband. »Bei dem Sturz habe ich mir den Kopf an einem steinernen Blumentopf angeschlagen.«

Ich versuchte, Mitgefühl zu empfinden, aber es hätte mich nicht überrascht, wenn er ein Buch gelesen und nicht bemerkt hatte, wie der Buggy auf ihn zugefahren war.

Draußen wartete ein Auto auf uns. Rupert scheuchte mich zusammen mit seinem Anwalt auf die Rückbank. Er seufzte schwer, als das Auto losfuhr, dann drehte er sich zu mir und griff nach meiner Hand. »Holly, das tut mir so leid. In der Sekunde, als ich hörte, was passiert ist, hatte ich Smitherington schon am Telefon. Ich weiß nicht, was Campbell hier spielt.«

Sanft entzog ich ihm meine Hand wieder. »Ich schon. Sie haben die Mordwaffe gefunden. Und darauf sind meine Fingerabdrücke.«

Er blinzelte schnell. »Nun, ich meine, das bedeutet nicht, dass du es getan hast.«

»Das bedeutet es auf keinen Fall«, sagte ich. »Ich bin genauso überrascht wie du. Ich vermute einfach, der Spaten, mit dem Kendal umgebracht wurde, wurde zwischen den anderen Gartengeräten versteckt.«

»Gehen wir noch mal auf Anfang, Miss Holmes. Legen Sie mir die Fakten dar«, sagte Smitherington. »Lord Rupert war ein wenig in Panik, als er mich anrief. Die Mordwaffe war ein Spaten?«

Ich nickte. »Ich weiß nicht genau, wo er gefunden wurde, aber wohl zwischen anderen Gartenwerkzeugen, und meine Fingerabdrücke waren darauf.«

»Das reicht nicht als Beweis, um Holly des Mordes anzuklagen, oder?«, fragte Rupert seinen Anwalt.

»Nicht zweifellos, aber ich brauche mehr Kontext«, sagte Smitherington.

»Campbell sagte, die Polizei hätte auch andere Fingerabdrücke auf dem Spaten entdeckt, aber meine wären die neuesten«, sagte ich. »Und es gibt Spuren von Kendals Blut an ihm.«

»Ich werde mir diesen Beweis ansehen müssen«, sagte Smitherington. »Aber bevor ich das mache, habe ich ein paar Fragen an Sie, Miss Holmes. Woher hat die Polizei Aufzeichnungen Ihrer Fingerabdrücke?«

»Oh, das.« Ich klammerte mich an die Unterseite meines Sitzes. »Meine, ähm, na ja, das ist nichts. Meine Granny hat mich zu Protestmärschen mitgenommen, als ich jünger war. Als ich achtzehn war, gerieten wir in einen Protest in London, bei dem es etwas hässlich wurde. Die Polizei hat uns festgenommen. Sie haben unsere Fingerabdrücke genommen, aber wir wurden nicht verklagt.«

»Ich hätte dich nie für eine solche Rebellin gehalten.« Rupert grinste mich an. »Das war's? Keine anderen Vergehen in der Vergangenheit?«

Ich nickte. »Das hatte ich schon ganz vergessen. Granny Molly hat gesagt, das wäre ihr schon so oft passiert, dass sie ein ganzes Zimmer mit ihrer Akte füllen könnte.« Ich entschied, die anderen kriminellen Aktivitäten, an denen sie teilgenommen hatte und für die sie hinter Gittern saß, nicht zu erwähnen. Je weniger sie wussten, desto besser.

»Ihre Großmutter ist eine Kriminelle?« Smitherington war gut; er musste gespürt haben, dass ich ihnen etwas vorenthielt.

»Ähm, also, das ist kompliziert. Ihr Herz sitzt am rechten Fleck.«

Er nickte. »Das Wichtigste für uns ist, Ihr Alibi für den Zeitraum, in dem der Mord begangen wurde, zu stützen. Sobald wir beweisen können, dass es für Sie unmöglich war, zur Tatzeit am Tatort zu sein, sind wir auf der sicheren Seite. Wie Sie sagten, Sie könnten den Spaten unschuldig bewegt haben. Sie wussten nicht, dass es sich um eine Mordwaffe handelt.«

»Dabei gibt es ein Problem. Ich war während der Zeit des Mordes alleine. Ich habe niemanden, der für mich bürgen kann.«

»Ah! Das macht die Dinge komplizierter.« Smitherington blickte zu Rupert.

»Holly würde so etwas niemals tun«, sagte dieser. »Ich werde für sie bürgen. Sollte es zu einem Prozess kommen, werde ich ihr Leumundszeuge sein.«

»Das würdest du für mich tun?« Meine Augen füllten sich mit Tränen, doch ich blinzelte sie hastig weg.

Sein Lächeln war warm. »Natürlich. Holly, du bist mir wichtig. Ich meine, für diesen Hausstand. Ohne deine berühmten Cupcakes wäre die Burg nicht dieselbe.«

Ich hielt meine Tränen zurück und nickte. »Natürlich.«

Smitherington räusperte sich. »Falls es dazu kommen sollte, würde Ihre Aussage Hollys guten Charakter unterstützen.«

Der Wagen fuhr vor der Burg vor.

»Holly, du kommst mit mir. Smitherington, brauchen Sie uns noch für irgendwas?«, fragte Rupert.

»Ich werde mit dem Wagen zurück zur Polizeistation fahren und alle Beweise begutachten. Und wenn wir diese Anschuldigungen nicht sofort beseitigen können, müsste ich zu einem späteren Zeitpunkt noch einmal mit Ihnen sprechen, Holly.«

»Natürlich. Was auch immer Sie brauchen.« Ich kletterte zusammen mit Rupert aus dem Auto. »Vielen Dank, dass du mich da rausgeholt hast. Ich verspreche dir, ich werde jeden Cent zurückzahlen, den euer Anwalt euch dafür in Rechnung stellt.«

Rupert winkte knapp, als das Auto davon rauschte. »Unsinn. Mach dir darum keine Gedanken. Holly, wir sind ... gute Freunde. Ich glaube daran, dass du unschuldig bist. Das ist alles ein Fehler. Bis zum Morgengrauen werde ich Campbell dazu gebracht haben, sich bei dir zu entschuldigen. Ich sollte ihn für das, was er getan hat, feuern lassen.«

»Oh, nein. Ich meine, er irrt sich, wenn er denkt, ich hätte damit etwas zu tun, aber er macht nur seinen Job. Er beschützt dich und deine Familie. Es liegen Beweise vor, die gegen mich sprechen, aber ich versichere dir, ich habe es nicht getan.«

»Holly!« Alice schoss durch die Tür. Sie warf ihre Arme um mich und drückte mir einen Kuss auf den Kopf. »Was für eine abscheuliche Sache.«

Meatball raste aus der Burg heraus und sprang um mich herum.

Ich hob ihn in meine Arme, heilfroh, ihn wieder bei mir zu haben. »Vermutlich fragst du dich, was los ist. Du musstest auf dein Abendessen und deinen Spaziergang verzichten.«

»Ich habe ihn gefüttert und bin mit ihm spazieren gegangen«, verkündete Alice stolz. »Sobald wir hörten, was passiert ist, habe ich Rupert losgeschickt, um die Dinge zu regeln. Ich wusste, dass du dir Sorgen um Meatball machen würdest, also habe ich auf ihn aufgepasst.«

Jetzt trug Meatball eine hübsche rosafarbene Schleife an seinem Halsband. »Danke. Das weiß ich sehr zu schätzen. Alles davon.« Ich setzte Meatball wieder auf den Boden.

»Wir kümmern uns um dich«, sagte sie. »Das war für uns alle ein Schock. Ich kann mir gar nicht vorstellen, wie schrecklich du dich fühlen musst.«

»Das ist nicht nötig.« Aber ich protestierte nicht, als Alice mich durch die Tür in ihr privates Wohnzimmer führte.

»Du setzt dich dorthin.« Sie zeigte auf einen bequem aussehenden, rosafarbenen Sessel. »Wir werden dich von oben bis unten bedienen, wie du es sonst mit uns machst. Wir dürfen doch nicht zulassen, dass unsere Lieblingsangestellte denkt, wir würden ihr nicht vertrauen.«

»Ich weiß nicht, was ich sagen soll.« Ich war zu verblüfft, um mit ihnen zu argumentieren, als ich mich auf das Polster sinken ließ.

»Rupert, bring mir diesen Schemel. Und dann geh in die Küche und organisier ein paar Köstlichkeiten für Holly«, befahl Alice.

»Natürlich.« Er schnappte sich den Schemel und stellte vorsichtig meine Füße darauf. »Gibt es sonst noch etwas, das ich für dich tun kann?«

»Wirklich, ihr beide seid zu freundlich. Ich will nur, dass das alles vorbei ist.«

»Smitherington ist der beste Anwalt, den du kriegen kannst. Er lässt auch die Schuldigsten unschuldig aussehen«, sagte Rupert. »Natürlich denkt keiner von uns, dass du schuldig bist. Aber mit ihm an deiner Seite kannst du dich darauf verlassen, dass schon bald alles geregelt wurde. Campbell und die Polizei sind inkompetent.«

»In der Tat, das sind sie«, sagte Alice.

Ich lehnte mich zurück, während sie darüber sprachen, wie schrecklich das alles war, und welche netten Dinge sie alle planten, um es bei mir wieder gutzumachen.

Es war so ein Schock gewesen, dass ich keine Ahnung hatte, was ich als Nächstes tun sollte. Das fantastische Leben, das ich mir in der Burg aufgebaut hatte, könnte bald vorüber sein. Wenn die Polizei der Sache weiter beharrlich nachging, könnte ich meinen Job und mein Zuhause verlieren, und was am schlimmsten war, sie könnten mich wegen Mordes anklagen und ins Gefängnis schicken. Dahin könnte ich Meatball nicht mitnehmen. Ihn würde ich auch verlieren.

Ich schüttelte den Kopf und massierte meinen Nasenrücken. Wie war alles so schnell so unfassbar schiefgelaufen? Es fühlte sich an, als würde mir alles entgleiten.

Kapitel 20

Nachdem ich gestern für das Verhör abgeführt worden war, hatte ich mich bedeckt gehalten.

Rupert hatte Chef Heston gesagt, dass ich erkältet war und einen Tag frei brauchte. Ich hatte die Zeit für mich zu schätzen gewusst, aber alleine in meiner Wohnung wusste ich nicht genau, was ich machen sollte.

Ich konnte mich nicht für immer verstecken. Das waren vielleicht meine letzten Tage in Freiheit, und die würde ich nicht damit verbringen, mich zu verstecken und mir Sorgen darüber zu machen, was die Polizei ausheckte, um mich zu erwischen.

Ich musste an Ruperts Anwalt glauben und darauf vertrauen, dass die Wahrheit ans Licht kommen würde. Und wenn dieses Vorhaben scheiterte, musste ich sicherstellen, an den letzten Tagen als freie Frau das zu tun, was ich liebte. Und das bedeutete, ich musste in die Küche.

Nachdem ich Meatball in seinem Zwinger abgesetzt hatte, öffnete ich die Tür zur Küche und linste hinein.

Es herrschte die übliche Geschäftigkeit, die Leute eilten umher und Chef Heston brüllte seine Anweisungen.

Sein Blick zuckte zur Tür und er kam auf mich zu.

Ich wich zurück und erwartete, von ihm angeschrien zu werden, und dass er mir sagen würde, ich soll aus seiner Küche verschwinden.

Zu meiner Überraschung nahm er meinen Ellenbogen und führte mich sanft an den Tisch. »Wie fühlen Sie sich?«

Ich blinzelte zu ihm auf. »Besser, danke. Ist es okay, dass ich hier bin?«

»Natürlich ist es das. Sie arbeiten hier.«

»Oh, es ist nur so, dass … Na ja, bei allem, was vor sich geht, dachte ich nicht, dass Sie …« Meine Stimme brach und ich presste die Lippen zusammen.

Er tätschelte sanft meinen Arm. »Lassen Sie mich Ihnen eine Tasse Tee holen, bevor Sie anfangen. Falls Sie sich gut genug zum Arbeiten fühlen.«

Meine Augenbrauen schossen nach oben. Chef Heston hatte mir noch nie zuvor einen Tee gemacht. »Das wäre großartig. Danke.«

»Setzen Sie sich ein Stück von dem Chaos meines inkompetenten Teams weg.« Sein Blick wurde tödlich, als er den Rest seiner Leute bei der Arbeit beobachtete. »Ich bin gleich wieder bei Ihnen.«

Ich setzte mich auf einen Stuhl und war fast genauso schockiert wie in dem Moment, als Campbell mich für das Verhör abgeführt hatte.

Chef Heston hatte eine gute Seite. Alles, was es brauchte, um sie zu enthüllen, war es, mich ungerechtfertigt zu beschuldigen, eine Mörderin zu sein.

Er kehrte mit zwei Tassen zurück, von denen er mir eine reichte. »Ich weiß, dass Sie gestern nicht krank waren. Ich habe gehört, was los war.«

Mein Magen verkrampfte. War das der Anfang meines Entlassungsgesprächs? »Ich war es nicht.«

Er schnaubte, bevor er an seinem Tee nippte. »Mir müssen Sie das nicht sagen. Ich stelle nur Leute ein, denen ich vertraue. Innerhalb der ersten Minuten Ihres Bewerbungsgesprächs wusste ich, eine wertvolle Mitarbeiterin entdeckt zu haben. Sie waren so enthusiastisch, was das Essen anging, und haben Ihre Leidenschaft in jedes Wort gelegt. Ich mache keine Fehler, wenn ich jemanden einstelle.«

Ich schluckte, versuchte, den Kloß in meinem Hals zu lösen. »Ich bin froh, dass Sie mir glauben.«

»Das tue ich.« Er zeigte mit dem Finger auf mich. »Und ganz besonders glaube ich an Ihre Fähigkeiten in der Küche. Ich musste kaum etwas unternehmen, um Sie einzuarbeiten, als Sie sich dem Team angeschlossen haben. Das findet man nur selten. Ich werde Sie nicht aufgrund einer erfundenen Anklage verlieren. Ihr Name wird reingewaschen werden und meine Dessert-Vitrine wieder mit Ihren Cupcakes glänzen. Niemand bekommt das Ganache-Icing so hin wie Sie. Und falls Sie sich ablenken möchten, hätte ich eine Aufgabe für Sie.«

»Alles. Ich bin froh, wieder bei der Arbeit zu sein. Ich würde mich gerne etwas ablenken. Das Herumsitzen gestern hat mich nur zu viel nachdenken lassen.«

»Gut. Das Essen für das Event im Gedenkgarten muss fertig werden«, sagte er.

»Oh! Natürlich. Das hatte ich ganz vergessen.«

»Es findet um zwei Uhr heute Nachmittag statt. Die Sandwiches werden schon vorbereitet, aber der ganze Kuchen muss noch garniert und gefüllt werden. Sie können ein paar Ihrer besonderen Schnörkel hinzufügen. Vielleicht bereiten Sie eine Portion Ihres Cream-Caramel-Frostings vor?«

»Gerne.« Ich wollte aufstehen, aber Chef Heston drückte meine Schulter nach unten. »Trinken Sie erst den Tee. Ich ... Ich glaube an Sie, Holly. Schon bald wird wieder alles normal sein.«

Ich blinzelte ein paar Tränen weg und war überrascht, wie viel mir Chef Hestons nette Worte bedeuteten.

Seine Augen verengten sich. »Werden Sie jetzt nicht sentimental, sonst muss ich Sie wieder anschreien. Keine Tränen in meiner Küche. Das ist verboten.«

»Ich weine nicht!«, sagte ich und wischte mir über die Augen. »Irgendjemand hier schneidet Zwiebeln.«

»Das wird es sein.« Ein Lächeln huschte über sein Gesicht, doch bevor er sich wieder an die Arbeit machte, verschwand es wieder.

Nachdem ich den Tee ausgetrunken hatte, spülte ich die Tasse in der Spüle ab, band mir meine Schürze um und betrachtete die Kuchen, die bereits auf der Arbeitsplatte standen, um vollendet zu werden. Es gab Engelskuchen mit Buttercreme, der perfekt mit etwas Puderzucker und kandierten Früchten aussehen würde. Daneben standen mehrere Sorten Mini-Schichtkuchen, alles von Vanille bis Schokolade. Mit ein paar Streuseln und einer Karamellcreme, die sie zusammenhielt, würden sie fantastisch werden. Und dann gab es noch einen ganzen Stapel Schoko-Cupcakes, die darauf warteten, unter einer himmlischen Ganache begraben zu werden.

Als ich mich daran machte, die Kuchen sorgfältig zu verzieren, wanderten meine Gedanken zu Lord Rupert. Wahrscheinlich wäre er heute mit seinen Freunden bei der Gedenkveranstaltung, um Sebastien zu gedenken.

»Holly, wir brauchen mehr Backpulver und einen Sack Trockenfrüchte. Sie finden alles drüben im Lager«, sagte Chef Heston, als er an meinem Arbeitsplatz vorbeieilte.

Ich vollendete die Verzierung des Kuchens, an dem ich gerade arbeitete, und legte den Spritzbeutel zur Seite. Ich brauchte ebenfalls Nachschub, um alle

Desserts fertig zu bekommen, also war die Ablenkung willkommen.

Ich ging zu dem Lagerraum direkt neben der Küche und entdeckte Rupert, der mit einigen Gärtnern vorbeilief.

Als er mich sah, wurde er langsamer und veränderte seinen Kurs. »Wie geht es dir? Ich wusste gar nicht, dass du schon wieder arbeitest. Ist das nicht zu früh?«

»Ich habe mich dazu entschieden, zurückzukommen«, sagte ich. »Ich musste mich irgendwie ablenken.«

»Smitherington ist immer noch bei der Arbeit. Er schickt mir regelmäßige Updates. Bisher hat sich die Polizei kooperativ gezeigt, aber sie wollen die Sache noch nicht loslassen. Sie hören sich um, ob es jemanden gibt, der dich zu der Zeit, als Kendal ermordet wurde, außerhalb deiner Wohnung gesehen hat.«

Ich runzelte die Stirn. »Sie verschwenden ihre Zeit. Das ist ein großes Missverständnis.« Mein Blick wanderte über Ruperts Schulter zu den Gärtnern, die den Gedenkgarten ansteuerten. »Wie gut kennst du das Team, das an dem Garten gearbeitet hat?«

»Ziemlich gut. Ich arbeite mehrere Male pro Woche mit ihnen. Sobald sie die Tatsache verarbeitet haben, dass ich ein Lord bin, werden sie entspannter. Sie sind ein guter Haufen. Warum fragst du?«

»Der Spaten, mit dem Kendal ermordet wurde, war zwischen ihren Werkzeugen«, sagte ich. »Wenn er dort nicht vorsätzlich versteckt worden ist ...« Ich war mir nicht sicher, worauf ich damit hinauswollte. »Könnte irgendjemand von ihnen einen Groll gegen Kendal gehegt haben?«

»Oh! Nein! Das kann ich mir bei keinem von ihnen vorstellen«, sagte Rupert. »Die meisten von ihnen stammen hier aus dem Dorf. Sie helfen schon seit Jahren auf der Anlage aus.«

Mein Mund zuckte zur Seite. »Aber nicht alle kommen aus dem Dorf? Hat sich irgendjemand, der im letzten Jahr dazugekommen ist, verdächtig verhalten? Vielleicht Fragen zu deinen Schulfreunden gestellt oder wollte mehr über ihre Hintergründe erfahren?«

Rupert rieb seine Hände aneinander, während er über meine Frage nachdachte. »Dieses Thema hat keiner von ihnen mir gegenüber angesprochen.«

»Das einzige Mal, als ich irgendeines der Gartengeräte angefasst habe, war, als ich ihnen geholfen habe, sie zurück in den Wagen zu laden. Ich erinnere mich nicht an irgendwelche Spaten, aber es muss einer dazwischen gewesen sein. Ich habe den Geräten keine besondere Aufmerksamkeit geschenkt, also könnte ich etwas berührt haben, ohne es zu merken. So müssen meine Fingerabdrücke auf die Mordwaffe gekommen sein.«

Rupert kratzte sich am Kinn. »Du fragst dich, ob der Spaten nur zwischen den Gartenwerkzeugen deponiert wurde oder ob er einem von ihnen gehört?«

Ich schüttelte den Kopf. »Wenn er dort deponiert wurde, war es der perfekte Ort. Unter den anderen Sachen hätte er nicht seltsam gewirkt. Und wenn die Geräte täglich benutzt werden, wären die Beweise bald vernichtet worden. Aber ... was, wenn es mehr ist als das?«

»Es kann niemand aus dieser Gruppe gewesen sein. Das sind gute Leute«, sagte Rupert.

Mein Blick wanderte über die Gruppe, die in dem Gedenkgarten stand und ihn vor dem Event am Nachmittag ein letztes Mal überprüfte. Die meisten von ihnen waren im Rentenalter, aber einer der Männer sah aus, als wäre er in seinen späten Dreißigern, und dann war da noch Meredith, die etwa fünfzig Jahre alt sein musste.

»Meredith ist genauso lange dabei wie ich, nicht wahr?«, sagte ich.

»Ja. Sie hat vor drei Monaten angefangen, hier zu arbeiten, aber an der Planung des Gedenkgartens ist sie schon seit über einem Jahr beteiligt«, sagte Rupert. »Eigentlich war sie sogar diejenige, die mich mit der Idee kontaktiert hat, einen besonderen Ort für Leute zu schaffen, die eine geliebte Person verloren haben. Sie weiß alles über Audley Castle, weil ich mit ihrem Sohn zur Schule gegangen bin.«

Meine Augenbrauen schossen nach oben. Ich schaute zu Meredith. Sie war alt genug, um einen Sohn zu haben, der in Ruperts Alter war. »Hast du noch Kontakt zu ihrem Sohn?«

»Leider nicht. Ich habe ihn neulich erwähnt. Er ist gestorben.«

»Eine Sekunde, Sebastien Grenville war ihr Sohn? Dein Freund, der ertrunken ist?«

»Himmel, woher weißt du das? Das ist vollkommen richtig. Sie war sogar ein paar Mal mit Sebastien hier, als er noch jünger war. Als sie mich kontaktiert und einen Gedenkgarten vorgeschlagen hat, hielt ich es für eine ausgezeichnete Idee. Es ist die perfekte Hommage an Seb.«

»Und Meredith wollte den Garten unbedingt hier errichten?«

»Das ist richtig. Einen Augenblick, du kannst nicht wirklich denken, dass sie etwas mit dem zu tun hat, was Kendal widerfahren ist? Sie ist eine nette Frau.«

Ich biss mir auf die Unterlippe, als ich Meredith beobachtete. Sie mochte ein netter Mensch sein, aber ihr Sohn war bei einem Unfall gestorben. Was, wenn sie nie darüber hinweggekommen war? Was, wenn sie dachte, Sebastiens Tod wäre kein Unfall gewesen?

»Eton ist nicht gerade eine günstige Schule. Wie konnte der Sohn einer Gärtnerin dort einen Platz bekommen?«, fragte ich.

»Meredith war nicht immer eine Gärtnerin. Die Familie hat viele Beziehungen. Sebs Dad arbeitet in London. Irgendwas im Finanzbereich.« Er ließ die Münzen in seiner Tasche klimpern. »Aber ich bin mir nicht sicher, ob du mit diesem Gedanken auf dem richtigen Weg bist. Meredith ist keine Mörderin.«

»Wessen Idee war es, die Eröffnung des Gedenkgartens heute zu feiern?«, fragte ich.

»Oh! Na ja, wir haben es als Gruppe besprochen. Ich wollte, dass es stattfindet, wenn meine Freunde hier sind, damit wir Seb gemeinsam gedenken können.«

»Bist du sicher, dass es deine Idee war? Meredith hat nicht darauf gedrängt?«

Wieder kratzte er sich am Kinn. »Sie hat sich über dieses Datum der Eröffnung gefreut, aber ich habe mir nichts dabei gedacht.«

Die Puzzlestücke fanden an ihren Platz, mein Herz pochte. Meredith war nicht an dem Gedenkgarten interessiert. Das war eine Ausrede, um zur selben Zeit wie Sebs alte Schulfreunde hier zu sein. Sie war hier, weil sie Rache wollte.

Ich machte einen Schritt auf den Garten zu und zögerte. Wie konnte ich sie konfrontieren? Ich konnte nicht einfach zu ihr gehen und sagen: ›Ich weiß, dass du Kendal umgebracht hast, weil du ihm die Schuld am Tod deines Sohnes gibst.‹

Ruperts Hand auf meinem Arm riss mich aus meinen Gedanken. »Was ist los, Holly? Du bist so blass geworden.«

Ich starrte zu ihm hoch und leckte über meine trockenen Lippen. Was, wenn Merediths Rachepläne größer waren? Sie könnte eine Gelegenheit gesehen haben, Kendal umzubringen, und jetzt auf weitere Chancen warten, um sich an allen Jungs zu rächen, die ihren Sohn nicht gerettet hatten.

»Der Buggy«, flüsterte ich.

»Hm? Wovon sprichst du?«, fragte Rupert.

»Der Buggy, der dich fast überfahren hätte«, sagte ich. »Was, wenn Meredith versucht hat, dich umzubringen?«

Er schwankte zurück. »Nein! Das war ein Unfall. Etwas stimmte mit der Steuerung nicht.«

»Ist das schon mal passiert? Dass ein Buggy sich selbstständig gemacht hat?«

»Nein, aber anders kann es nicht sein.«

»Es kann. Warst du alleine, als der Buggy auf dich zukam?«

»Das war ich. Ich hatte geplant, am Nachmittag zu lesen, und habe nach einem Platz auf dem Gelände gesucht, wo ich nicht gestört werden würde.«

»Meredith muss darauf gewartet haben, dich oder einen deiner Freunde alleine anzutreffen. Sie hat den Buggy manipuliert und versucht, dich damit zu überfahren.«

»Ich ... Na ja, ich vermute, möglich wäre es. Als der Buggy überprüft wurde, konnte niemand einen Fehler finden. Ich dachte, es wäre ein mechanischer Mangel gewesen. So was eben.«

»Es ist sehr wohl möglich.« Ich versuchte, meine Panik unter Kontrolle zu halten. »Rupert, ich brauche deine Hilfe. Du bist heute Nachmittag bei der Gedenkveranstaltung?«

»Natürlich. Die darf ich nicht verpassen. Was ist mit dir?«

Ich nickte. »Ich werde definitiv da sein. Meredith hat Kendal umgebracht. Und ich glaube, sie hat gerade erst angefangen.«

Kapitel 21

»Bist du dir dabei absolut sicher?«, flüsterte Alice, während sie sich an meinen Arm klammerte. »Glaubst du wirklich, dass Sebastiens Mutter versuchen wird, Rupert wehzutun?«

»Nicht vollkommen sicher, aber es ist ein zu großer Zufall, dass Meredith sich die Pläne zu dem Gedenkgarten ausgedacht hat. Sie hat dafür gesorgt, dass alle von Sebastiens alten Freunden zur Eröffnung hier sein würden. Das war perfekt für sie. So hat sie alle Leute, denen sie die Schuld am Tod ihres Sohnes gibt, an einem Ort. So sind sie ein leichteres Ziel.«

Ich stand mit Prinzessin Alice, Lord Rupert und Meatball direkt vor der Küche. Ich hatte es Rupert mehrfach erklärt, und er war einverstanden. Wir hatten ebenfalls entschieden, Alice als Unterstützung einzuweihen.

Es wäre nicht verdächtig, wenn sie bei der Eröffnungsveranstaltung anwesend wären, und sie mussten Meredith für mich beobachten, falls sie einen Schlag gegen einen von Ruperts Freunden unternehmen würde. Ich hoffte wirklich, dass ich mich irrte, aber mein Bauchgefühl sagte mir, dass es nicht so war.

Rupert schüttelte seinen Kopf. »Ich kann immer noch nicht glauben, dass Meredith versuchen würde, einen von uns anzugreifen.«

»Bei dir hat sie es bereits mit dem Buggy probiert«, sagte ich. »Sie könnte verzweifelt werden.«

»Bei der Gedenkveranstaltung sind zu viele Leute. Wenn sie irgendwas versucht, wird sie sofort aufgehalten werden. Dafür wird unser Sicherheitsteam sorgen.«

»Vielleicht wartet sie auf eine Gelegenheit, dich alleine zu erwischen. So muss es auch bei Kendal gewesen sein. Ihr habt gesagt, er hat an dem Abend viel getrunken. Er könnte sich nach draußen verirrt haben, wo Meredith auf eine Möglichkeit gewartet hat, jemanden von euch anzugreifen. Wenn er als so leichtes Ziel vor ihr gestanden hätte, dann hätte sie nicht widerstehen können, ihn auszuschalten.«

Rupert rieb sich den Nacken. »Ich war überrascht, als sie nach Audley St. Mary gezogen ist, sobald der Gedenkgarten in Arbeit war. Sie lebte immer mit Sebastien und seinem Vater in London. Sie haben sich vor einiger Zeit scheiden lassen. Nach Sebs Unfall hatten beide schwer zu kämpfen.«

»Weshalb wir sie als Meredith Jones kennen«, sagte ich. »Sie muss nach der Scheidung ihren Mädchennamen angenommen haben.«

»Also ist sie in das Dorf gezogen und hat all das geplant?« Alice sah skeptisch aus. »Das ist ein großes Risiko. Woher konnte sie wissen, dass Rupert in diesem Jahr die Jungs aus Eton empfangen würde?«

Ich schaute zu Rupert. »Wie organisiert ihr eure Treffen untereinander?«

»Ich habe ihre Kontaktinformationen. Die Schule ist stolz auf die Tradition, dass die Schüler weiter in Kontakt bleiben und die Netzwerke am Leben erhalten werden.«

»Posten sie online darüber? Vielleicht stellen sie die Daten in irgendeinen Eventkalender?«

»Ah! Nun, das tun sie tatsächlich«, sagte Rupert.

»Daher wusste sie es. Meredith muss die Website im Auge behalten und das bevorstehende Event entdeckt haben. Wie lange war es schon geplant?«, fragte ich.

»Wir wählen das Datum immer ein Jahr im Voraus«, sagte Rupert. »Es sind alle so beschäftigt. Sobald wir uns für ein Datum entschieden haben, lassen wir es die Schule wissen.«

»Und sie haben Meredith hierhin geführt«, sagte ich. »Sie hat dich vor einem Jahr kontaktiert, nachdem sie von euren Plänen erfahren hat.«

»Vier erwachsene Männer gegen eine Frau?« Rupert schüttelte den Kopf. »Das kann ich mir nicht vorstellen.«

»Holly hat recht. Wenn sie euch einen nach dem anderen herauspickt, könnte es funktionieren«, sagte Alice. »Kendal war ein leichtes Ziel, weil er betrunken und es draußen stockduster war.«

»Und bei dir hat sie es auch schon versucht«, sagte ich zu Rupert. »Als sie dich alleine gesehen hat, wollte sie dich mit dem Buggy überfahren.«

»Glaubst du wirklich, dass sie seit Tagen in den Schatten lauert und auf eine Gelegenheit hofft, uns alle umzubringen?« Rupert erschauderte.

»Sie trauert und ist wütend«, sagte Alice. »Sie hat ihren Sohn verloren. Selbst wenn es ein Unfall war, kommt sie nicht darüber hinweg.«

»Sollten wir es den anderen sagen?«, fragte Rupert. »Wenn ihre Leben in Gefahr sind, müssen wir dafür sorgen, dass sie aufeinander achtgeben.«

»Wenn sie darüber Bescheid wissen, werden sie sich nicht normal verhalten«, sagte ich. »Das könnte Meredith alarmieren.«

»Bist du sicher, dass wir nicht wenigstens Campbell davon erzählen sollten?« Alice senkte ihren Blick. »Ich weiß, du magst ihn nicht besonders, aber er ist hier, um uns zu beschützen.«

»Er könnte denken, dass ich mir das alles ausdenke, genau wie die Polizei. Wir müssen einen Beweis dafür finden, dass Meredith es getan hat, sonst geben sie immer noch mir die Schuld. Wenn wir Campbell involvieren, wird er die Kontrolle übernehmen und einschreiten. Wir könnten unsere einzige Gelegenheit verlieren.«

»Wird er nicht wütend sein, wenn wir ihn im Dunkeln lassen?«, fragte Alice.

»Wahrscheinlich etwa so wütend, wie ich es bin, weil sie mich eines Mordes beschuldigen.« Ich seufzte, als ich den traurigen Ausdruck auf Alice' Gesicht sah. »Wir können es ihm sagen, sobald wir einen Beweis gegen Meredith in der Hand halten.«

Sie nickte. »Okay, solange er danach nicht wütend auf mich ist.«

Ich hob meinen Blick zum Himmel. »Ich werde mich im hinteren Teil der Gäste positionieren, wenn wir im Gedenkgarten ankommen. Alice, du gehst auf die rechte Seite und achtest darauf, einen guten Blick über die gesamte Menge zu haben. Behalte Meredith im Auge und achte darauf, ob sie sich verdächtig verhält oder jemandem in der Gruppe besondere Aufmerksamkeit schenkt. Rupert, du machst das Gleiche, aber du stehst vorne links. So haben wir alle Winkel abgedeckt.«

»Ich werde ganz vorne stehen müssen«, sagte Rupert. »Ich werde eine kurze Rede halten, bevor der Garten offiziell eröffnet wird. Von da kann ich alles im Blick behalten.«

»Das wird reichen müssen«, sagte ich.

»Ein Teil von mir hofft, dass du dich irrst«, sagte Rupert, »aber ich will auch herausfinden, wer Kendal umgebracht hat. Wir müssen deinen Namen reinwaschen.«

»Darauf hoffe ich, wenn wir Sebs Mutter auf frischer Tat ertappen.«

»Wir sollten besser aufbrechen«, sagte Alice. »Die Leute versammeln sich schon im Garten.«

Ich nickte, bevor wir uns aufteilten und ich in die Küche eilte.

»Ist alles in Ordnung?«, fragte Chef Heston.

»Das Essen ist vorbereitet und kann nach den Reden im Garten serviert werden. Wäre es in Ordnung, wenn ich jetzt eine Pause mache? Ich würde mir gerne die Eröffnung ansehen.«

»Sie können eine halbe Stunde haben«, sagte er. »Aber glauben Sie nicht, dass Sie diese Ich-wurde-fast-des-Mordes-angeklagt-Masche noch viel länger nutzen könnten, um meine Gutmütigkeit auszunutzen.«

»Versprochen, ich habe nicht geplant, je wieder darauf zurückzugreifen.«

Er grunzte, dann wandte er sich ab.

»Ich werde Getränke verteilen, solange ich draußen bin.« Damit schnappte ich mir ein Tablett mit Limonade, holte Meatball als Verstärkung und huschte zu dem Garten. Ich bewegte mich durch die Menge und achtete darauf, Meredith im Auge zu behalten.

Sie fokussierte den Gedenkgarten, ihre Hände waren vor ihrem Körper ineinander verschränkt, während sie mit leerem Ausdruck vor sich her starrte.

Vielleicht hatte ich mich geirrt, und sie war einfach nur hier, um ihrem verlorenen Sohn zu gedenken, aber ich musste auf Nummer sicher gehen.

Nachdem ich zehn Minuten durch die Menschen gewandert war, wusste ich genau, wo alle von Ruperts

Freunden waren. Ich suchte mir meinen Platz hinter der Menge. Alice stand an der Seite. Sie schenkte mir ein Lächeln und hielt einen Daumen nach oben.

An ihren Fähigkeiten als diskrete Detektivin müsste sie noch arbeiten. Sie stach schon aus einer Meile Entfernung mit ihrem langen, hellgelben Kleid heraus.

Rupert stand vorne, tippte sich auf die Brust und trat von einem Fuß auf den anderen. Bei öffentlichen Veranstaltungen wurde er immer nervös. Ich konnte mir vorstellen, dass er jetzt sogar noch aufgeregter war, weil sich ein Mörder im Publikum befand, der es auf ihn abgesehen hatte.

Nach ein paar weiteren Minuten trat Rupert vor die Gruppe. »Wenn ich um Ihre Aufmerksamkeit bitten dürfte. Es ist an der Zeit, den Gedenkgarten von Audley Castle zu eröffnen.«

Die Menge wurde ruhig und drängte sich näher, um ihn sprechen zu hören.

Ich hörte nur halb hin, während er die Tugenden der Gärtner für die harte und dennoch liebevolle Arbeit lobte, die in die Anlegung des Gedenkgartens geflossen war.

Ich schaute mich um, und meine Augen wurden groß. Alice unterhielt sich mit Simon. Ihr Blick huschte immer wieder über seine Schulter in die Menge, aber er lenkte sie ab. Sie könnte verpassen, wenn Meredith zur Tat schritt.

Obwohl die Situation nicht zu schlimm war. Wenn Simon bei Alice war, bedeutete das, ich musste auf eine Person weniger achten, auf die Sebs Mutter sich stürzen könnte.

Meatball stupste mit seiner Nase an mein Bein und winselte.

»Ist alles okay, Junge?«, flüsterte ich.

»Wuff.« Seine Nase zeigte in Richtung der Bäume.

»Wir machen später einen Spaziergang. Jetzt gerade befinden wir uns auf einer wichtigen Mission«, sagte ich leise.

Wieder stupste er mich an.

Ich schaute mich um, und mein Herz rutschte mir in die Hose. Christian ging auf die Bäume zu. Nicht weit hinter ihm lief Meredith.

Ich eilte ihnen nach, Meatball war mir dicht auf den Fersen. Wohin ging Christian?

Ich hielt Abstand, stellte sicher, dass Meredith mich nicht sehen würde, aber sie war zu sehr darauf konzentriert, Christian zu folgen, und schaute nicht zurück.

Christian betrat den Wald zuerst, und einen Moment später folgte Meredith. Sie trug eine schwarze Regenjacke mit einer großen Kapuze. Ihre Hände steckten in den Taschen. Es wäre ein Leichtes, darin eine Waffe zu verstecken, aber diesmal war kein Spaten in Sicht. Wenn sie vorhatte, Christian umzubringen, hatte ich keine Ahnung, was sie dazu benutzen wollte.

Ich schlich mich durch die Bäume, hielt Ausschau nach Christian oder Meredith.

Meatball schoss an mir vorbei, und ich war zu langsam, um ihn festzuhalten. Neben einem Baum blieb er stehen, schaute zu mir zurück und wedelte mit dem Schwanz.

Ich eilte ihm nach und duckte mich, als ich eine Bewegung entdeckte.

Christian und Meredith standen auf einer kleinen Lichtung, einander zugewandt.

Ich kraulte Meatballs Kopf. »Braver Junge! Du hast sie gefunden.«

Er leckte über meine Hand.

»Das ist ein Missverständnis.« Christians Worte sprudelten aus ihm heraus. »Ich weiß nicht, von welchem Beweis Sie sprechen. Sebs Tod war ein Unfall.«

»Du irrst dich.« Merediths Kiefer sah angespannt aus.

Christian hob eine Hand. »Ich verstehe, dass es ein schwieriger Tag für Sie ist. Das ist es für mich auch. Ich war damals an dem See. Ich musste dabei zusehen, wie es passierte. Seb war mein Freund.«

Meredith zeigte mit dem Finger auf ihn. »Du hast dabei zugesehen und nichts unternommen. Die Polizei hat mir die Berichte gezeigt. Ihr habt meinen Sohn dazu gedrängt, so weit hinauszuschwimmen und sich in Gefahr zu begeben.«

»Nein! Ich meine, das war nur eine Wette. Wir haben es nicht getan, weil wir ihn verletzen wollten.« Christian ließ den Kopf hängen. »Wir alle mochten ihn.«

»Sebastien hat mir erzählt, wie ihr ihn gemobbt habt. Er hat geweint, als ich ihn nach den Sommerferien zurück in die Schule gebracht habt. Er sagte, er könnte es nicht mehr ertragen. Der Druck war zu groß. Ich habe nicht auf ihn gehört. Ich habe darauf bestanden, dass er zurückgeht. Ich habe ihn in seinen Tod geschickt. Ich habe ihn zu dir und den anderen Leuten geschickt, die seine Freunde hätten sein sollen, und ihr habt ihn umgebracht.«

»Das verstehen Sie falsch. Er ist ertrunken.«

»Sebastien ging nicht mal gerne schwimmen. Er wäre niemals dort gewesen, wenn du und deine kriminelle Bande ihn nicht dazu gezwungen hättet.«

»Wir sind keine Kriminellen.« Christian starrte sie hart an. »Sie haben keine Beweise, die etwas anderes behaupten. Ihr Verlust tut mir leid, aber Sie gehen zu weit. Ich gehe jetzt. Die Nachricht, die Sie mir geschickt haben, war offensichtlich eine Täuschung. Ich bin nur hergekommen, weil ich neugierig war.«

So war Christian also hergelockt worden. Meredith musste ihm ein schlechtes Gewissen eingeredet haben, damit er sich hier mit ihr traf.

»Du bist schuldig«, sagte sie. »Und dass du hierhergekommen bist, beweist es. Du warst besorgt, ich hätte etwas gegen dich in der Hand, das dich endlich ins Gefängnis bringen würde, wo du hingehörst.«

»Ich bin raus«, sagte Christian. »Ich werde der Polizei nichts von diesem Vorfall erzählen. Ganz offensichtlich sind Sie nicht bei klarem Verstand. Vielleicht sollten Sie sich trotzdem professionelle Hilfe suchen.«

»Du gehst nirgendwohin.« Meredith zog eine Hand aus ihrer Tasche. Sie hielt eine Waffe.

Ich schnappte nach Luft und trat hinter dem Baum hervor, der uns als Schutz gedient hatte. »Meredith! Stopp!«

»Holly! Was machst du denn hier?« Sie hielt die Waffe weiter auf Christian gerichtet, als ihr panischer Blick zwischen uns hin und her zuckte.

»Du warst es, nicht wahr?« Ich ging vorsichtig näher heran. »Du hast Kendal umgebracht.«

Ihre Hand zitterte, als sie ihr Kinn reckte und mich anstarrte. »Es tut mir leid, dass sie dir dafür die Schuld gegeben haben, aber das hast du dir selbst zuzuschreiben. Als du den Spaten in meinem Auto berührt hast, konnte ich dich nicht aufhalten. Und bevor ich ihn loswerden konnte, hat Campbells Team die Werkzeuge genommen und auf Fingerabdrücke untersucht. Ich hätte ihn verbrennen sollen, die Beweise vernichten, aber irgendwie hat es mir so sogar geholfen.«

»Du meinst, du hast mich da mit reingezogen.«

»Nur aus Versehen«, sagte sie. »Du bist ein anständiger Mensch, Holly. Ich wollte nicht, dass du beschuldigt wirst, aber dass die Polizei zuerst Izzie und dann dich durchleuchtet hat, hat mir die Freiheit gegeben, meinen nächsten Schritt zu planen.«

»Was ist hier los?« Christian starrte mich an. »Steckst du da etwa auch mit drin?«

Ich ignorierte ihn. »Meredith, tu das nicht. Ich verstehe, wie wütend du bist, und –«

»Du verstehst gar nichts. Hast du ein Kind verloren? Weißt du, wie es sich anfühlt, wenn dir dein Herz herausgerissen wird, nur wegen der egoistischen Taten anderer? Du hast keinen Schimmer davon, was in meinem Kopf vorgeht. Ich habe versucht, die Polizei davon zu überzeugen, die Ermittlungen noch nicht einzustellen, aber sie meinten, es wäre ein Unfall gewesen. Sie haben seine Freunde damit davonkommen lassen, weil sie sich hinter ihren privilegierten Positionen verstecken können. Das war falsch.«

Ich hob eine Hand. »Das verstehe ich. Du wurdest verletzt und willst einen Abschluss, aber jeden umzubringen, der an diesem Tag an dem See war, ist nicht die Antwort.«

Christian schnaubte und stieß ein leises, überraschtes Lachen aus. »Lady, Sie müssen sich mal durchchecken lassen. Sie –«

»Du. Hältst. Den Mund!« Meredith fuchtelte mit der Waffe herum. »Das ist die perfekte Lösung. Ich war so lange nach Sebastiens Mord wie betäubt. Ich habe versucht, es zu rationalisieren, und mich selbst davon zu überzeugen, dass diese Dinge eben passierten. Er hatte Pech gehabt. Aber tief im Innern wusste ich, dass das nicht stimmt. Irgendwann habe ich alles verstanden.

Echte Freunde hätten nicht zugelassen, dass so etwas passiert.«

»Eine Sekunde«, sagte Christian. »Es war ein Unfall. Wir haben uns alle schrecklich deswegen gefühlt.«

»Lügner! Sebastien verdient Gerechtigkeit. Er sollte hier sein. Stattdessen wurde mir mein einziges Kind von seinen kaltherzigen Freunden genommen.«

»Das ist keine Lösung«, sagte ich. »Sebastien sollte auf eine positive Art erinnert werden. Der Gedenkgarten wird genau das erreichen. Es würde ihm nicht gefallen, wenn seine Freunde von seiner Mutter umgebracht werden würden.«

Meredith blinzelte schnell und strich sich mit der Hand übers Gesicht. »Er war alles, was ich hatte. Es gab immer nur uns beide. Sein Vater war besessen von seiner Arbeit und hatte nie Zeit für uns. Sebastien war mein ganzes Leben. Als er mir genommen wurde, hatte ich nichts mehr.«

»Du hast die Erinnerungen an ihn«, sagte ich.

»Erinnerungen! Die reichen nicht. Ich muss alles in meiner Macht Stehende tun, um seinen Mord zu rächen.«

Christian seufzte. »Es war kein Mord. Sie sind die einzige Mörderin hier.« Er schaute zu mir. »Hat diese Verrückte Kendal getötet?«

Ich erwiderte seinen Blick und schüttelte mit dem Kopf. Das war nicht der richtige Zeitpunkt, um mit Beleidigungen um sich zu werfen. So, wie Merediths Arm zitterte, könnte die Waffe jederzeit ungeplant losgehen.

»Du hättest mir nicht folgen sollen«, sagte Meredith. »Du hast nichts hiermit zu tun. Ich habe auf den richtigen Zeitpunkt gewartet, um mich um Lord Rupert und seine Freunde zu kümmern.«

»Indem du sie trennst und einen nach dem anderen umbringst?«, fragte ich.

»Zuerst Kendal. Diesen hochnäsigen Bengel konnte ich noch nie leiden. Sebastien hat mir erzählt, dass er Antreiber der ganzen Hänselei an der Schule war.«

»Was ist mit Rupert?«, fragte ich. »Du hast versucht, ihn mit dem Buggy zu überfahren.«

»Ich durfte die Gelegenheit nicht verschenken. Als ich ihn alleine mit dem Kopf in einem Buch gesehen habe, hat er praktisch darum gebettelt.«

»Dann wolltest du Christian umbringen?«, hakte ich weiter nach.

Sie nickte. »Er hat sich bei dem, was Sebastien zugestoßen ist, schon immer verdächtig verhalten. Ich wusste, dass er nicht widerstehen könnte, herauszufinden, was ich wusste, wenn ich ihm eine Nachricht schickte. Das ist ein Zeichen von Schuld.«

»Falsch. Es ist ein Zeichen dafür, dass ich mich um meinen alten Freund gesorgt habe«, sagte Christian.

»Ihr seid alle schreckliche Menschen. Jeder Einzelne von euch verdient, was ihm bevorsteht.« Meredith hob die Waffe und zielte auf Christians Brust.

Er wich ein paar Schritte zurück. »Warten Sie! Lassen Sie uns darüber reden. Ich kann Ihnen alles geben, was Sie wollen.«

»Ich will meinen Sohn zurück. Kannst du das tun?«, zischte sie. »Ich glaube nicht. Sag auf Wiedersehen.«

Ein Summen erfüllte die Luft, dann schrie Meredith auf und ihr Körper krampfte.

Campbell trat hinter einem Baum hervor, in seinen Händen hielt er einen Taser.

Meredith stöhnte und brach zusammen, die Waffe fiel ihr aus der Hand.

»Woher wussten Sie, dass wir hier sind?«, stammelte ich, als Campbell zu Meredith lief, gefolgt von mehreren anderen Mitgliedern seines Teams.

»Lord Rupert hat mir gesagt, was vor sich geht, als er Sie auf die Bäume hat zurennen sehen«, sagte er. »Sie hätten mir von Anfang an von diesem hirnrissigen Plan erzählen sollen, bevor Sie auf eigene Faust handeln.«

»Ich … Ich, naja, ich dachte nicht, dass Sie mir glauben würden. Sie haben mich für schuldig gehalten, diesen Mord begangen zu haben.«

Er grunzte und sicherte Merediths Arme hinter ihrem Rücken. »Keine Sorge, Holly Holmes, ich habe alles gehört. Sie sind aus dem Schneider.«

Kapitel 22

Meine Lungen brannten, als ich mich auf den Hügel kämpfte. In dem Transportkarren hinter mir waren zwei Schachteln mit Cupcakes und vor mir wedelte Meatball in seinem Körbchen mit dem Schwanz.

Ich sauste an einer Reihe hübscher strohgedeckter Häuschen vorbei und atmete den berauschenden Duft von Geißblatt ein. Wer hätte das gedacht, als ich erst vor zwei Tagen des Mordes beschuldigt worden war? Ich hatte auch einem möglichen Tod ins Auge gesehen, nachdem ich närrisch genug gewesen war, die Frau zu konfrontieren, die Kendal getötet hatte, und dies auch bei Christian und Rupert probiert hatte.

Seit diesem beängstigenden Nachmittag war alles so schnell passiert.

Ich schnappte nach Luft, als Rupert vor mich trat, seine Nase steckte in einem Buch. Diesmal war ich vorbereitet. Ich ließ meine Klingel ertönen, trat in die Bremsen und kam gerade noch rechtzeitig zum Stehen.

Er schaute auf und lächelte, völlig unwissend darüber, dass er in Gefahr gewesen war. Das schien bei ihm Standard zu sein. »Holly! Was bringt dich aus der Burg heraus?«

»Kuchenlieferungen, wie immer«, sagte ich. »Gutes Buch?«

Er hielt es hoch. »Eins von Sebastiens liebsten. Ich dachte, da ich in letzter Zeit so viel an ihn denken musste, krame ich es noch mal heraus.«

Ich lenkte das Fahrrad an den Straßenrand, hüpfte vom Sattel und schob es neben Rupert her.

Er streichelte Meatballs Kopf. »Smitherington hat mich über die Polizeiermittlungen auf dem Laufenden gehalten. Hast du schon gehört, dass Meredith alles gestanden hat?«

Ich nickte. »Nachdem so viele Zeugen gehört haben, was sie im Wald gesagt hat, hatte sie keine große Wahl.«

»Du warst so mutig, Holly, wie du ihr nachgejagt bist«, sagte Rupert. »Ich wollte dir folgen, aber die Menge nicht in Panik versetzen. Ich habe meine Rede abgekürzt, Campbell aufgesucht und ihm alles erzählt. Ich weiß, das war nicht Teil des Plans, aber ich habe mir Sorgen gemacht.«

»Campbell hat mich über alles informiert, nachdem er Meredith der Polizei übergeben hat. Er hat mir auch gesagt, dass ich nie wieder etwas so Saudummes machen soll. Er hat mir eine richtige Standpauke gehalten. Ich habe gerade erst aufgehört, vor Angst zu zittern.«

»Du solltest eine Medaille bekommen. Wenn du nicht gewesen wärst, hätten wir es nie herausgefunden. Und, Gott bewahre, du wärst möglicherweise für ein Verbrechen belangt worden, mit dem du nichts zu tun hattest.«

»Ich wollte nicht kampflos aufgeben. Und wenn ich meine Unschuld nur damit beweisen konnte, Meredith gegenüberzutreten, dann musste ich es tun.«

»Wusstest du, dass sie eine Waffe hatte?«

»Ich habe vermutet, dass sie irgendeine Waffe bei sich hat, aber nein. Ich dachte nicht, dass sie eine Pistole ziehen würde.« Wenn dem so gewesen wäre, wäre ich ihr wohl weniger enthusiastisch hinterhergelaufen.

»Smitherington hat mir erzählt, dass die Pistole ihrem Exmann gehört. Sie hat sie von ihm gestohlen. Meredith hat diese Rache über einen langen Zeitraum geplant.« Er erzitterte. »Sie tut mir so leid. Ich hatte keine Ahnung, dass sie uns gegenüber eine solche Verbitterung hegte. Ich verspreche dir, Sebastiens Tod war ein Unfall. Wir haben alles getan, was wir konnten, um ihn zu retten. Obwohl ... Wenn wir ihn nicht vorher dazu ermutigt hätten, dort rauszuschwimmen, wäre er heute noch bei uns.«

»Dafür kannst du dir nicht die Schuld geben«, sagte ich. »Es war ein schrecklicher, tragischer Unfall. Merediths Trauer hat sie zu sehr zerfressen, um das zu erkennen. Das war ihr Versuch, einen Abschluss zu finden.«

»Nun, ich bin froh, dass es ihr nicht gelungen ist.« Er grinste. »Hast du gehört, dass Izzie und Simon wieder miteinander gehen?«

»Wow! Sie lässt nichts anbrennen. Ich schätze, sie ist nicht zu erschüttert, Kendal verloren zu haben.«

»Ich vermute, sie vermisst seine sozialen Kontakte. Er war immer auf den besten Partys.«

»Und deine anderen Freunde sind nach Hause gefahren?«

»Tony und Christian sind heute Morgen aufgebrochen«, sagte er. »Wieder zurück in ihr normales Leben. Irgendwie bin ich erleichtert. Ich weiß, dass wir diese Sachen tun müssen, um den Schein zu wahren, aber ich genieße ihre Gesellschaft nicht wirklich. Sie reden immer darüber, wie viel Geld sie verdienen und mit welchen Frauen sie sich treffen.«

Rupert war nie ein Angeber gewesen, und er hatte am meisten Grund zum Prahlen. Immerhin wohnte er in einer gigantischen Burg, umgeben von Luxus, den die meisten von uns niemals kennenlernen würden.

Wir liefen in angenehmem Schweigen weiter, bis wir meine erste Lieferadresse erreichte.

»Ich, ähm, ich wollte dich etwas fragen.« Er schob seine Hände in die Hosentaschen und schaute sich um.

»Und was?« Ein nervöses Kribbeln lief mir über den Rücken.

»Es ist nur ... Wir verstehen uns gut, nicht wahr?«

»Ich denke schon, ja«, sagte ich.

»Ja, ich auch. Und —«

»Da bist du!« Alice kam aus der Lady Belle Boutique über die Straße gerannt und warf ihre Arme um mich. »Meine kriminelle beste Freundin.«

Ich kicherte, als ich mich aus ihrer Umarmung befreite. »Moment mal. Was lässt dich glauben, ich wäre eine Kriminelle?«

»Ich habe alles über deine kriminelle Vergangenheit und die illegalen Märsche und Proteste gehört, die du mit deiner Granny besucht hast. Du freches Ding. Sie klingt witzig. Ich könnte mir vorstellen, dass sie sich gut mit Lady Philippa verstehen würde. Wir müssen arrangieren, dass die beiden sich kennenlernen.«

Ich biss mir auf die Unterlippe. »Meine Großmutter ist ... einzigartig. Und sie ist nicht oft in der Gegend. Ich höre nicht viel von ihr.« Gelegentlich bekam ich einen Brief aus dem Gefängnis, aber sie war kein großer Fan vom Schreiben.

»Ich bestehe darauf, dass du sie so bald wie möglich in die Burg holst. Granny wird so einsam in ihrem Turm. Wenn sie zu viel Freizeit hat, wird sie wie besessen von ihren Vorhersagen. Es würde ihr mehr als guttun, eine neue, lustige Freundin zu haben.«

»Das nächste Mal, wenn sie sich meldet, werde ich es ansprechen.« Ich war mir nicht sicher, wie es mir gefallen würde, wenn sie meine Großmutter kennenlernten. Sie war das schwarze Schaf der Familie.

»Oh, und bevor ich es vergesse, es gibt eine Geschichtsausstellung, die wir an deinem nächsten freien Tag besuchen müssen. Du liebst die Tudors, und dabei geht es nur um sie. Eigentlich finde ich so was langweilig, aber anscheinend wird es einen Vortrag darüber geben, wie man seine entfernte Verwandtschaft finden kann. Das könnte perfekt sein, um meinen Familienstammbaum zu vollenden. Und du musst mit deinem immer noch anfangen. Wenn wir bei dieser Ausstellung waren, könnten wir damit anfangen.«

»Meinen Stammbaum aufzustellen, wird etwa fünf Minuten dauern«, sagte ich. »Aber die Ausstellung klingt gut. Du solltest auch mitkommen, Rupert.«

Alice rümpfte die Nase. »Mein Bruder interessiert sich nicht für so etwas.«

»Es würde mir nichts ausmachen, mitzukommen. Aber nur, wenn ihr mich dabeihaben wollt.« Er sah etwas niedergeschlagen aus.

Ich lächelte herzlich. »Du musst mitkommen.« Eine Bewegung in den Schatten zog meine Aufmerksamkeit auf sich. Campbell lauerte auf seine übliche diskrete Art in der Ferne, um die Familie, falls nötig, zu beschützen.

Ich hatte ihm noch nicht ganz vergeben, geglaubt zu haben, ich hätte Kendal umgebracht, aber ich verstand, warum er mich verhört hatte. Campbells Verstand funktionierte mit Logik. Er folgte den Beweisen, und einer dieser Beweise hatte andeuten lassen, dass ich die Mörderin war.

Er nickte mir zu, bevor er sich weiter in die Schatten zurückzog.

Ich hörte Alice fröhlich zu, als sie über die Ausstellung sprach und den ganzen Spaß, den wir hätten, wenn wir nach dem ›spießigen‹ Zeug noch Mittag essen und shoppen gehen würden.

Ich lächelte Rupert an, der errötete, bevor er mein Grinsen erwiderte.

»Warum fragen wir nicht Lady Philippa, ob sie zu der Ausstellung mitkommen möchte?«, fragte ich. »Du hast gesagt, sie wird einsam. Wir könnten sie für einen Tag mitnehmen.«

Rupert und Alice tauschten einen bedeutungsschweren Blick aus, bevor sie den Kopf schüttelte. »Wir haben es ein-, zweimal versucht, aber es endet nie gut. Das Problem bei Granny ist, dass sie sehr spiritistisch ist.«

Mir fiel die Kinnlade herunter. »Das ist ein Scherz, oder?«

Rupert schüttelte den Kopf. »Anscheinend ist es eine alte Familiengabe. Keiner von uns hat sie. Obwohl ich von Zeit zu Zeit ein komisches Ziehen im Bauch spüre.«

»Das liegt daran, dass du zu viel isst. Du bist so ein Schweinchen.« Alice schnaubte, bevor sie in Gelächter ausbrach.

»Das bin ich nicht.« Rupert schaute zu mir. »Na ja, vielleicht wenn es um Hollys Kuchen geht. Aber das ist der Grund, weshalb Granny immer in ihrem Turm bleiben muss. Es ist zu ihrem eigenen Schutz, und zu unserem. Wir wollen nicht, dass die Burg einen schlechten Ruf bekommt.«

»Dabei helfen ja schon die Geister.« Alice lachte noch immer. »Eine Flüche vorhersagende Granny würde es nur noch schlimmer machen.«

Ich starrte sie an, immer noch nicht sicher, ob sie mich an der Nase herumführten. Meine Arbeitgeber waren seltsam, besonders Lady Philippa, die vollkommen recht mit dem Mord und den Problemen gehabt hatte, die sich mir in den Weg gestellt hatten. Aber das musste ein Zufall gewesen sein. Ihre Vorhersagen konnten nicht immer wahr werden.

Wollte ich ein Teil davon sein? An einem Ort leben, an dem es womöglich spukte, mit einer in einem Turm eingesperrten übersinnlichen Granny und einer Burg, die von einer Familie aus Exzentrikern geführt wurde?

Ich atmete tief ein, als ich mich in dem wunderschönen grünen Dorf und unter seinen Bewohnern umsah, die an uns vorbeigingen, und ließ die Freude zu, die mich durchflutete.

Ich lächelte. Ja, das war ein Leben, das ich wollte. Nur her mit den Seltsamkeiten.

»Ooooh! Ich habe eine großartige Idee. Lass uns dir mit den Auslieferungen helfen«, sagte Alice. »Das wird witzig, wenn die Leute ihre Türen öffnen, und Rupert und ich vor ihnen stehen. Was für ein Brüller. Vielleicht werden wir sogar zum Tee eingeladen.«

Ich zog eine Grimasse. »Ich weiß ja nicht ...«

»Wir können sagen, dass es eine Sonderlieferung ist. Ein gratis Besuch vom Gutsherrn.« Alice stupste Rupert an.

»Du solltest auf Holly hören«, sagte er. »Sie hat einen wichtigen Job zu erledigen.«

Doch Alice war bereits mit der ersten Kuchenschachtel in der Hand losgezogen. Sie ging zielstrebig auf die falsche Tür zu und klopfte laut an.

»Warte, Alice. Das ist nicht das richtige Haus!« Als ich losrannte, um die Lieferung zu retten, konnte ich das Grinsen nicht unterdrücken.

Das war auf jeden Fall ein interessantes Leben, und
ich war fest entschlossen, jede Sekunde davon zu genießen.

Bereit, für noch eine Geschichte von Holly und Meatball?

Mord und Schokoladenkuchen, Band 2 dieser Serie, wartet schon auf dich.

Nicht alles auf dem (Lebensmittel-) Markt macht Spaß!

Eine Leiche auf dem prestigeträchtigen jährlichen Lebensmittelmarkt von Audley Castle zu finden, ist das Letzte, was ich erwartet habe, als ich mich melde, um an dem Informationsstand der Burg zu helfen.

Ich konzentriere mich auf meinen Beitrag für den Backwettbewerb, aber durch meine neugierige Natur kann ich einfach nicht widerstehen, mich zu fragen, wie das Kuchenmesser in den Rücken des Mannes gelangt ist!

Während ich mich zum Leben (und Tod) des Opfers schlau mache, erfahre ich mehr über seine zwielichtigen Geschäfte. Können sie der Grund dafür sein, dass er getötet wurde? Oder hat die Anwesenheit einer Exfreundin etwas damit zu tun?

Begleitet mich, wenn ich backe, herumschnüffle, Ziegen-Yoga ausprobiere und mir Mühe gebe, nicht in zu viele Schwierigkeiten zu geraten, während ich versuche, diesen Mord zu lösen.

Hol dir jetzt Mord und Schokoladenkuchen.

Weitere Bücher dieser Reihe

Genieß weitere Krimis aus der Holly-Holmes-Reihe

Mord und Karamellkuchen
Mord und Schokoladenkuchen

Während Sie auf weitere Bücher warten, genießen Sie
dieses köstliche Rezept von Holly and Meatball!

Köstliche Muffins mit Karamellglasur

Viel Spaß mit dem Muffinrezept, das in diesem Buch vorgestellt wurde.

Vorbereitungszeit: 10 Minuten **Backzeit:** 20 Minuten

Ein einfaches Rezept für köstliche, saftige Muffins. In einer Dose im Kühlschrank 4 Tage haltbar, im Gefrierschrank für bis zu 3 Monate.

Das Rezept kann auch frei von Milch und Eiern gestaltet werden. Ersetze die Milch durch eine Pflanzen-/Nussalternative, verwende milchfreie Margarine und vermenge 3 Esslöffel Leinsamen mit 1 Esslöffel Wasser, um ein Leinsamen-»Ei« als Bindemittel herzustellen.

ZUTATEN

¼ Tasse (57 g) ungesalzene Butter, geschmolzen
1 Tasse (227 g) Buttermilch
1 großes Ei
¼ Tasse (57 g) Raps- oder Pflanzenöl
1 Teelöffel Vanilleextrakt
1 Esslöffel Karamellextrakt
1 Tasse (227 g) hellbrauner Zucker – benutze etwas weniger, falls du es nicht ganz so süß magst
2 Tassen und 2 Esslöffel (270 g) Mehl
1 Teelöffel Backpulver
1 Teelöffel Zimt

Gesalzenes Karamell für die Garnierung (Ich benutze fertig gekauft von Hershey's oder Carnation)

ZUBEREITUNG

Heize den Ofen auf 180 C vor und lege 12 Muffinformen mit Papier- oder Silikonförmchen aus.

1. Bring die Butter in einer großen Schüssel in der Mikrowelle zum Schmelzen und stell sie zur Seite.

2. Vermenge in einer mittelgroßen Schüssel Buttermilch, Öl, Ei, Vanille und Karamell.

3. Gib die geschmolzene Butter hinzu und hebe sie kurz unter.

4. Füge den braunen Zucker hinzu und verrühre die Mischung.

5. Füge Mehl, Backpulver und Zimt hinzu und verrühre alles. Den Teig nicht zu lange rühren. Der Teig wird klumpig werden (das ist richtig so).

6. Verteile den Teig in den Muffinformen – fülle sie nur bis zu ¾ auf.

7. Für 18-20 Minuten backen, bis die Oberseite gewölbt ist und der Zahnstochertest bestanden wird.

8. Lass die Muffins für 10 Minuten abkühlen, bevor du sie aus der Form nimmst.

9. Verziere die Muffins mit der gesalzenen Karamellsoße. Füge die Soße erst kurz vor dem Verzehr hinzu, damit der Boden nicht durchweicht.

Über die Autorin

K.E. O'Connor (Karen) ist eine Cozy Mystery-Autorin, die inmitten der wunderschönen britischen Landschaft wohnt. Sie liebt alles, was mit Geheimnissen, Tieren und Kuchen zu tun hat (diese Dinge schaffen es auch häufig in ihre Bücher).

Wenn sie nicht gerade über Mysterien, Morde und Leckereien schreibt, arbeitet sie ehrenamtlich in einem örtlichen Tierheim, liest jede Menge Bücher, sieht sich Krimiserien an und träumt davon, an einem wärmeren Ort zu leben.

Um über Krimis, in denen der Mörder sein Fett wegbekommt, auf dem Laufenden zu bleiben, abonniere Karens unterhaltsamen monatlichen Newsletter mit Buchneuheiten, Rabatten und weiteren Cozy-Mystery-Leckereien. Außerdem erhältst du eine exklusive Kurzgeschichte mit Holly Holmes. Diese Geschichte ist nirgendwo sonst erhältlich, sie ist exklusiv für ihre Newsletter-Abonnenten.

Hol dir jetzt Raub und pinker Zuckerguss – https://Bo okHip.com/SNVNMRZ

www.ingramcontent.com/pod-product-compliance
Lightning Source LLC
Chambersburg PA
CBHW020754190726

48285CB00006B/2023